小学館文庫

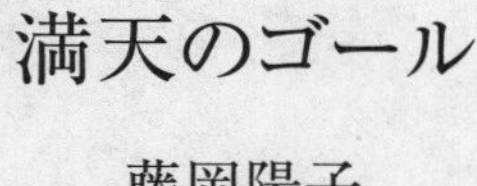

# 満天のゴール

藤岡陽子

小学館

# 満天のゴール

目次

# 1 帰郷

この町に戻ってくることは、二度とないだろう――。

そう決めて出た町に、十一年ぶりに帰ってきてしまった。仕事も才能もお金も人脈もなにもない。丸腰なのは二十二歳の、あの時のまま。でもいまはそれより十一歳ぶん年を取り分別がついただけ、よけいに惨めな気持ちで故郷に向き合わなくてはいけない。懐かしさを感じる心の余裕など、どこにもなかった。

京都駅から乗った特急電車を降りホームに立つと、海辺の町特有の潮を含んだ湿った空気が内山奈緒の身を包んだ。つい一時間ほど前に降り出した夏の強い雨が、ホームの端を濡らしている。

「涼介、さっさと歩いて」

奈緒は後ろを振り返り、スニーカーを地面に擦りつけるようにして歩く息子に声をかける。小学四年生の涼介は、子供なりに家庭内の不穏を察し、この数日間ずっと不機嫌なままだ。

「疲れたのはわかるけど、お母さんの実家までここからまたバスに乗らないといけないの。ここがゴールじゃないんだからね」

奈緒の実家は、丹後(たんご)半島の北端にある。東京駅から京都駅まで、新幹線のぞみで約二時間二十分。京都駅から特急に乗り換えて二時間ほど走り、ようやく最寄りの宮津(みやづ)駅に到着する。最寄りといっても駅から実家まではさらに路線バスに乗って、二時間近く北へ向かって走らなくてはならなかった。

路線バスの時刻表を確認すると十五分ほど前に出たばかりで、あと一時間近く来ないことがわかった。

「やっぱりね。ぐずぐずしてるから乗り遅れちゃったじゃない」

本当は涼介のせいではない。もともと一時間に一本あるかないかのバスダイヤは、十一年経(た)っても変わっていない。

奈緒はバス停のあるロータリーから駅舎の待合室に戻ることにした。待合室には観光パンフレットを置いた簡易テーブルがあり、昼間にもかかわらず蛍光灯が煌々(こうこう)と灯(とも)っている。

「駅の周り見てくる」

いったんは待合室の椅子におとなしく座った涼介だが、五分もしないうちにそう言って立ち上がった。ゲーム機もマンガも東京のマンションに置いてきたので、涼介の退屈は続いている。

「いいけど、バスの発車時刻までには戻ってきてよ。次は二時四十五分だからね。それ逃したらまた一時間も待つんだから」

「わかった」

「あまり遠くに行かないで。雨強いから屋根のないところはだめよ」

「わかってるって」

小走りで待合室を出ていく背中を見ながら、奈緒はため息を吐く。涼介を連れてマンションを飛び出したものの、疎遠にしている実家しか行くあてがない。情けなさにため息が重なりそうになるのを抑え、奈緒はバッグの中の携帯に手を伸ばす。画面の上に指を滑らせ、夫の不倫相手、篠田響子のブログを開いてみるが今日はまだ更新されていない。

——あの……ちょっと言いにくい話なんだけど、ネットで寛之さんの写真、見つけちゃったの……。

高校時代からの友人、かおりからそんな電話がかかってきたのは、いまから二週間前、七月七日のことだった。携帯の画面にしばらく会うことのなかった彼女の名前が表示された時から、なんとなく不吉な予感がしていた。

かおりの話によれば『ソムリエ響子のワインEYE』というブログに夫、寛之の写真がアップされていたという。ブログの中で女と寛之らしき男が二人旅をしていて、その旅先で飲んだワインの話題が綴られているとのことだった。

――ブログ？　どういうこと？　ほんとにうちの主人なの？

――うん。あれは寛之さんだった。間違いないと思う。

初めのうちは、まったく信じていなかった。

ワインソムリエ……そんな女の存在を、寛之からはこれまで一度だって聞いたことがなかったし、まして二人で旅行に出かけているなどあり得ない。そこまで断定的に言われても信じられるわけがなかった。寛之はホテルマンなので、たしかに家を空けている時間は長い。出張もあったし、正午に出勤して翌日の正午に仕事が終わるといった変則勤務も珍しくない。でも結婚してからの十一年間、彼が不倫をしているなんて考えたこともない。

――そのツーショット写真があまりにも親密だったから……。

よけいなことかと迷ったけれど、電話をかけずにいられなかった。お中元に贈るワインを探していたら、知らず知らずに行き着いてしまったのだと、かおりは申し訳なさそうに声を落とした。結婚を機に東京に出ていった自分とは違い、かおりは高校を卒業して地元で就職した。いまも大手化粧品会社の販売員として働いている彼女が、この電話をかけるまでのいきさつを理路整然と話す。

――わざわざありがとう。うん、だよね。またゆっくり会おうね……。

奈緒は彼女との電話を切ってすぐに、携帯でそのブログを探してみた。『ソムリエ響子のワインEYE』と検索すればすぐさまたどり着くことができ、でもブログを見ていても夫の写真などどこにもなかった。たしかに男と二人旅をしているらしき文章はあったけれど、寛之の写真など一枚もない。

なんだったのかな、いまの……。逆にかおりへの不信感が沸々と湧き上がってきた。わざわざ電話をかけてきて友人の気持ちをかき乱すなんて、人の好い彼女がすることではない。むしろいまのかおりの精神状態を危ぶみながら、なんとはなしに指だけは過去のブログをなぞり続ける。なるほどワインソムリエという特殊な仕事をしている女らしく、ブログの主は洒落た文章を書いていた。いくつくらいだろう。三十三歳の自分よりいくらかは年上のような気もする。ホテル会場でのワインの試飲会、著名人を招待したパーティー、華やかな出来事が次々にアップされる画面を見ていた時だった。一枚の写真の上で、奈緒の指が止まる。

これは……。

響子の肩を抱いている男の腕に目が留まる。写っていたのは、腕。それも肘から下の部分だけだ。でもこれは、この腕時計は、寛之が持っているものと同じではないだろうかと奈緒は携帯の画面を拡大した。「スイスの会社が日本限定で販売したんだ」と寛之が自慢げに語っていたクラシックな外観。ゴールドの縁に青い針。奈緒にはよくわからないが、エナメルのダイヤルが秀逸なのだと興奮していた。どうしてこの時計をこれほど憶えているかといえば、価格が百万近くする、奈緒にとったらあり得ない高級品だったからだ。そんな時計を寛之はローンを組んで手に入れた。ホテルマンが身に着けるものはホテルの品格そのものだから、と。

疑惑の写真を一枚発見してしまったら、過去のブログをすべて見てやらなくてはと躍起になった。半年前のもの。一年前のもの。時間を忘れて携帯の画面に目を凝らすと、ワイングラスを持つ指すべてが寛之のものだった。京都らしき町並みを歩く観光客の雑踏の中に、寛之の横顔があった。夕暮れの海を背景に響子がしなだれかかっている背中が、寛之だった。

ここまでならよくある、夫の浮気話だったかもしれない。だが思いきって寛之に問いただしてみれば、もうすでに響子と二人で住む家を都内に購入したのだと開き直られた。

——離婚してくれ。実はもう一緒に暮らし始めてるんだ。

駅舎の待合室を照らす白すぎる蛍光灯をぼんやり眺めていると、寛之の淡々とした口調が蘇ってくる。自分の夫はこんなに薄情だったろうかと、まるで見知らぬ人と話しているような混乱に陥ったあの夜。夫が通勤に使っているブリーフケースの中には、ご丁寧なことに離婚届まで準備されていた。夫のサインはすでにあり、証人の欄も見知らぬ名前で埋まっていた。奈緒が切り出すのを待っていたかのように、寛之はなんのためらいもなく、「離婚してくれ」と急き立ててきた。

そしてその日を境に、寛之は平気で家を空けるようになった。

雨は烈しさを増していく。待合室のガラス戸越しに見える路面には雨滴が叩きつけられ、水煙が立ち上っていた。湿った風に煽られているのか、斜めに降っていた雨がさらに角度を鋭くし、灰色の景色を斜めに濁らせる。

「お母さんっ」

待合室のドアが開かれ、それと同時に雨音が一気に高まった。ドアのほうに目をやれば、不安げな表情をした涼介が息を切らして立っている。

「どうしたの」

「お母さん、大変だっ。道路でおばあさんが倒れてるっ」

涼介がびしょ濡れになった手を奈緒に向かって差し出す。ためらいつつもその手に触れると、涼介は奈緒を引っ張って待合室を出ていこうとする。

「ちょ、ちょっと涼介」

雨の溜まった道路が黒い川のように見える中、奈緒は涼介に手を引かれ雨に打たれながら走る。芯のある荒い雨粒が顔の真正面から吹きつけ、半袖の綿シャツをびっしょりと濡らしていく。

「あれっ、あれだよ、お母さんっ」

悲鳴に近い声で涼介がバスのロータリーを指差した。ロータリーは一方通行の円を描くような構造になっていて、その円の入り口付近に向かって涼介が駆けていく。遠目には大きな段ボール箱がぐしゃりと潰れているようにしか見えないが、傍らに水色の傘が裏地を向けて転がっていた。

「大丈夫ですか」

やっとの思いで涼介に追いつくと、奈緒はうつ伏せに倒れている女の肩に手をかける。奈緒の呼びかけに、女が微かに身を捩った。意識でも失っていたのか、頭を左右に振りながら必死で覚醒しようとしているのがわかる。

「ああ……ごめんなさい」

奈緒が手を貸そうとすると、女はうっすらと両目を開き、体をふらふらと左右に揺らしながら立ち上がった。

「どこか具合が悪いんですか。救急車呼びましょうか」

バッグから携帯を取り出したとたん、画面が水浸しになる。

「少し休めば……大丈夫です。ご親切にありがとう」

頬に張りつくひと筋の髪を手の甲で拭い、女がゆっくりと頭を下げた。七十を少し過ぎたくらいだろうか。奈緒は目の前の女とどこかで出会ったことがあるような気がして、青ざめた顔を凝視する。

「あの、失礼ですが」

だが名前を尋ねようとしたちょうどその時、黒塗りのタクシーがロータリー内に入ってきて「あのタクシーに乗っていきます」と女が手を挙げた。奈緒は口を半開きにしたまま「ありがとう」ともう一度深く腰を折る女に会釈を返す。

女を乗せた車が視界から消え去ると、雨音がまた聞こえてきた。

「タクシー、おれたちも乗せてくれって言えばよかったな」

大きなくしゃみをした後で、涼介が軽口を叩く。短い髪が頭にぺったりと張りつき、Tシャツも短パンも水を含んですっかり色が変わっていた。

「スーツケースからタオル出してよ。このままだとおれ、河童に間違えられる。お母さんも化粧剝げてっぞ。……どうしたんだよ、そんな顔して」

「ねえ涼介。……お母さんね、あのおばあさんのこと知ってる」

「誰だよ」

「誰だっけ……」

「なんだよそれ。それよか早く行こうぜ」

涼介が腕を引っ張るまで、体が冷えるのも忘れてその場で立ち尽くしていた。おぼろげな昔の記憶をたどったけれど明瞭な像を結ぶことはなく、いっそう強まる雨の暗さに濁っていった。

オレンジ色の路線バスには、奈緒と涼介以外乗客はいなかった。涼介はいつの間にか機嫌を直し、「うわ、海じゃん」と窓の外に視線を向けている。

「お母さんの家も海の近くにあんの？」

「海沿いではないけど、まあまあ近いよ」

奈緒は十八歳まで生まれた町で暮らし、地元の高校を卒業してからは三年間、京都府内にある看護学校で寮生活をしていた。二十一歳で看護師免許を取り、だが看護師として働くことなくこの町を出た。寛之とは京都市内のカフェでアルバイトをしている時に出会い、二十二歳の結婚を機に東京で暮らすようになった。

「おれのおじいちゃんって、いまでもここに住んでんだよな。名前なんだっけ？前に聞いたけど忘れた」

「川岸よ。川岸耕平」

今年で七十三歳になる父とは、奈緒の結婚式を最後に会っていない。今回も実家に帰省する日にちだけを手紙に綴って送っただけで、電話の一本も入れずにここまで来てしまった。

「お母さんの父親ってことは、真一おじさんの父親ってことだよな」

「もちろんそうよ」

奈緒より十歳年上の兄、真一は京都市内の電機メーカーに勤め、妻と二人の息子と暮らしている。めったに会うことはないけれど年賀状のやりとりはあり、関係は悪くない。

「それよりわかってるよね、涼介。何度も言うようだけど、おじいちゃんには『夏休みだから遊びに来た』って言うのよ。あと、お母さんとお父さんがいま一緒に住んでいないことは絶対に内緒にして。わかった？　あと丁寧な言葉遣いしてよ、あなた最近喋り方が」

「わかったって。何度も聞いたし」

耕平にも真一にも、寛之とのことは話さないつもりでいた。涼介が夏休みの間にどうにかして寛之と響子を別れさせ、また家族三人の生活を取り戻すつもりだった。自分と涼介が突然マンションから姿を消したなら、いくらなんでも寛之は狼狽するだろう。奈緒にとってこの家出は、寛之を取り戻すための賭けだ。

――好きな人がいるから別れてくれって？　そんなこと突然言われて、私が素直に離婚届にサインなんてすると思う？

この二週間、別れ話を切り出してきた寛之に、奈緒は全力で抵抗してきたのだ。マンションはこのまま奈緒と涼介とで住み続ければいい。だが奈緒にも働いてもらう。養育費の代わりにマンションのローンは自分が払ってもいいが、生活費の面倒はみられないと思う。そんな自分勝手な言い分ばかりを並べ立てる寛之に腹が立ち、夫の頬を殴りたい気持ちで何度もテーブルを叩いた。自分のものとは思えない甲高い声を上げているうちに頭の芯が痺れてきて、涼介が途中で止めに入らなければどうなっていたかわからない。マンションのベランダでの家庭菜園。自家製野菜を使った季節感たっぷりの炊き込みごはん。クリスマスには夫と息子にお揃いの白いマフラーをハンドメイドして。SNSに家族との幸せな日々を綴ることを楽しみに倹しく生きてきたのにと、悔し涙が止まらなかった。

「あ、雨やんだ。降るのも突然だけど、やむのも突然なんだな」

窓に額をくっつけるようにして外を眺めていた涼介が、奈緒を振り返る。切れ長の二重瞼にまっすぐな鼻梁は寛之譲りで、薄い唇だけが奈緒に似ている。夫は、涼介までも人生から切り離すつもりなのだろうか。

「ねえ。あのでっかい建物なに？」

ほとんど車のない道路を進んでいくと、平坦な景色の中でひときわ目立つコンクリートの建物が見えてきた。

あれは、海生(かいせい)病院——。母の春江(はるえ)が死んだ場所だ。

「病院よ」

「巨大じゃん」

「田舎にあるから大きく見えるの。規模だけで言えば、東京の病院のほうがずっと巨大よ」

いまはどうなっているか知らないが、奈緒がこの土地で暮らしていた頃、海生病院は地域で唯一といえる総合病院だった。救急病院の役割も担っている、地元の砦(とりで)のような存在だった。奈緒が看護学校に進んだのも、いずれは海生病院で働きたいという憧れがあったからだ。でもその憧れも、母が死んだ日に消え失(う)せてしまった。

奈緒は海生病院から顔を逸(そ)らし、雨を受けた灰色の海に視線を向ける。耕平は突然やってきた奈緒と涼介を受け入れてくれるだろうか。気分が重い。

「お母さん、どうした？　顔が暗いぞ」

バスはトンネルをいくつか通り抜け、海岸の緩やかなカーブに沿ってゆっくりと走っていく。

「なんでもないよ。それよりバス酔いしてない？」

短い距離なら平気だが、涼介は乗り物酔いをする。

「全然。あのさ、お母さんの実家って、さっき海のそばにあった家みたいなやつ？

牛乳パックみたいな縦長の家」

牛乳パックとは舟屋のことだろうか。一階が船のガレージになっていて、二階が人の住むスペースになっている特徴のある家屋。湾に沿った水際ぎりぎりに建ち並ぶおよそ二百三十軒の舟屋は、観光名所にもなっている。だが奈緒の実家は舟屋が建ち並ぶ海辺の町からまだ一時間近くバスで北上しなければならず、山間の集落という以外の特徴はない。

「うちは普通の古家よ。お母さんのおじいちゃんとおばあちゃんの家は舟屋だったけれど、残念ながらいまはもう残ってないの。何年か前に売ってしまったんだって」

なぁんだ、と恨めしそうに呟き、涼介が窓の外に視線を戻す。そういえば祖父母が元気だった頃は、舟屋を訪ねるのが楽しみでしょうがなかった。祖父は漁師だったので、もんどりというかごを仕掛けて魚を捕ったりもした。かかった魚を持ち帰ると祖母がすぐに捌いてくれて、潮のしょっぱさと甘みの混じった刺身を頬張ったものだ。身を寄せ合うようにして建ち並ぶ舟屋の町並みを眺めていると、古く温かな記憶が、塞いでいた胸に少しだけ空気を入れてくれる。

バスはさらにトンネルをいくつか抜けて山の奥へと入っていく。ここまで来れば道を歩く人の姿はほとんどない。田んぼの中に農具小屋があることで、人が暮らしていることがわかるくらいだ。駅前にはまだコンビニもありちょっとした歓楽施設もあるのだが、ここはもう、生い茂る草木ばかりが目につく。手入れの行き届いた田や畑ならまだしも、その緑はしだいに放置されたただの野原となり、人が住んでいるのかいないのか、そんな場所へとバスは分け入っていった。

ゴーストタウン——。

奈緒がまだこの土地にいた頃から、そんな言葉は耳にしていた。ここはいずれゴーストタウンになるだろう。そう言われ始めたのはいつ頃のことだったか。奈緒が小さかった時も廃屋はそこら中に点在していた。遊び場にしようにも、木が朽ちていたのでいつ崩れるかわからない状態だった。虫が湧き、有機物が腐っていく臭いが廃屋から漂っていた。廃屋を潰して更地にしようという声も出ていたが、解体の予算すら自治体にはなかった。家がゆっくりと朽ちていく姿は恐ろしい。かつて堂々と家人を守っていた建物が、雨や風や太陽や蠢く虫にじわじわと侵されていく。家が死んでいく……小さかった奈緒は、廃屋を見ていると可哀想でたまらなかった。それは大型の肉食動物が餓死していく様にも重なり、たとえようのない寂寥感に駆られた。

バスは停留所に関係なく、通りで手を挙げた人のすぐそばに停車する。乗客は停留所以外の場所であっても降ろしてもらえる。そのことを涼介に伝えると「すげえ」としきりに感心し、誰かが手を挙げてバスを停めないかと必死で通りを探していた。

「運転手さん、この辺で停めてもらえますか」

奈緒が実家に近いバス通りで声をかけると、運転手がゆっくりとブレーキを踏み込む。

「ほんとだ。すげえな、タクシーみたいだ」

涼介は停留所のない場所にバスが停まってくれたことに感動して、バスを降りる時に運転席を振り返り手を振っていた。民家がぽつりぽつり建っているだけで店もない、めったに車も通らないゴーストタウンに、スーツケースを手にした自分たちはひどく不釣り合いに思える。ここから先は下草(したくさ)の蔓延(はびこ)る野道を歩かなければならず、雨が降った土の上でスーツケースのキャスターが上手(うま)く回転するか、不安になった。畑の跡らしき空き地には穴だらけのビニールハウスが、骨を剝(む)き出しにして腐敗していく恐竜のように続いている。

それにしても、この辺りのバス通りにはまだ何軒か店が並んでいたはずだ。酒店も雑貨店も書店も、食料品を扱う小さなスーパーマーケットもあった。でもいまはどの家屋にも土埃(つちぼこり)が膜のように張りついたシャッターが下ろされ、ペンキの剝げた看板だけがかつてここが店であったことを物語っている。濡れたダンボールみたいに屋根がふやけて破れているこの店は、たしか文具なども置いていた雑貨店だった。

奈緒と同い年の女の子が住んでいて、何度か家に上がったことがある。ひび割れて変形した洗濯機。夥(おびただ)しい苔(こけ)が付着した物干し竿(ざお)。そんな生活の道具が店舗のそばに放り出されているのが妙に生々しく、いるはずもない人の気配を感じた。

人の、気配……？

道路のすぐわきの、胸の辺りまで伸びた雑草地から草を踏む足音が聞こえてきた。明らかになにかが近づいてくる空気の揺れに、

「涼介っ」

奈緒は涼介の手を取り、思いきり引っ張る。

猪(いのしし)や鹿、狸(たぬき)や狐(きつね)……あるいは熊に出くわしたとしても不思議のない山奥だ。春先から秋にかけて獣が山から人里に下りてくるのは珍しいことではなかったし、ましてやここはもう人里とは呼べない、ゴーストタウン。

「なに？」

涼介が訝(いぶか)しげな目を奈緒に向けて、摑(つか)まれた手を振り払おうとする。

「しっ。静かに。熊かもしれない」

奈緒は草むらの中の足音に背を向けないように、涼介の手を握ったまま後ずさった。獣に背を見せたら追いかけてくる。「もし獣に出逢(であ)ってしまったら、その目を見据えたまま、ゆっくりと後ずさりなさい」と母が昔教えてくれた言葉を頭に浮か

べながら、涼介の手を引き一歩、二歩、身を屈(かが)めて足音から遠ざかる。草が右にうねり、左にうねりしながらその細い隙間(すきま)から生き物の影をちらつかせた。動く草のすぐそばには、倉庫として使用されていた運送トラックのコンテナが転がっていた。

　奈緒は腰を伸ばして草むらの奥を見つめる。

「ねえ涼介、あれ見て。獣じゃ……ないみたい」

だが蔓(つる)のように伸びた草の向こうにあるのは、猪や鹿ではなく人影だった。白っぽい服を着た人が、草の隙間から見え隠れしている。

「どこ？」

「ほらあそこ」

顔をはっきりと見たわけではないが、人影は男のように思えた。観光客だろうか。だがこんな場所にまで足を延ばす観光客なんているとは思えない。

　こんなところでなにしてるんだろう。

　男は草をかき分け、バス通りとは逆のほうへと歩いていく。見たところ荷物はそれほど大きくもないリュックひとつで、登山者にも見えない。男が背の高い雑草に紛れていく姿を、奈緒は黙って見つめる。

「涼介、いま男の人いたよね？」

「見てない」

「嘘、いたよ」

「わかんね」

涼介が首を振って、奈緒の目を見上げてくる。たしかに百四十センチあるかないかの彼の身長では、草むらの奥までは視線が届かないかもしれない。

「そう」

あの男……のように見えた人影は、このゴーストタウンに住みつく地縛霊かなにかだろうか。でも、そんなことを息子の前で口にしたなら、なにを言ってるのかと笑われてしまう。

「それよりさ、あっちに人がいるんだけど」

奈緒が男の消えた方向に気を取られていると、涼介がシャツの袖を引っ張ってきた。涼介の視線を追うようにして首を巡らせると、雨の跡が残る道路の上に、今度ははっきりと人の姿が見える。灰色のスラックスに同系色のシャツを着た男は、奈緒の父、耕平だった。想像していたよりずっと老けた様子に烈しく動揺しながらも、

「なにしてるの？」

挨拶より先に、愛想のない声が口をつく。

「今日来るって手紙に書いてたやろ。あそこに車置いてるから」

耕平の指差す先に、クリーム色の塗装が剝げた、錆の目立つ小型トラックが停ま

っている。エンジンをかけっぱなしにしているのか、トラックは落ち着きのない子供のように小刻みに上下している。

「ひどい雨だったのに……。ずっと待ってたの？」

「ずっとやない。バスがここに来る時刻に合わせてや」

奈緒はなにも言わずに、耕平の前を通り過ぎてトラックに向かって歩く。耕平とまともに話をするのは母の葬式以来のことで、どんな顔をすればいいのかわからなかった。

奈緒が黙り込んだからか、

「こんにちは。ぼく涼介です」

後ろを歩く涼介が声を上げた。この子の愛想の良さにはいつもながら驚かされる。立ち止まって後ろを振り向けば、涼介の頭に手を置く耕平と目が合ってしまう。

スーツケースや涼介が背負っていたリュックを荷台に積むと、真ん中に涼介を挟む形でトラックに乗り込んだ。涼介が耕平に挨拶した後は、誰もなにも話さないので、エンジン音だけがやけに響いている。

「暮らしはどうや」

トラックは山に向かう一本道を、ゆっくりと走り出した。歩いて十分もかからない距離を、わざわざ迎えに来ることないのに。礼も言えない言い訳が口の中に苦く広がる。

「どうって言われても。普通よ」

「東京は人が多いか」

「たも網ですくえば、溢れ落ちるくらい」

奈緒の返事に耕平が片側の頬を緩める。話すことがないのは父も同じなのだろう。隣に座る涼介が「あれなに？」と窓の外を指差すと、奈緒の通っていた幼稚園があった。

「幼稚園よ。昔々、お母さんも通ってたの」

「げっ。嘘だろ」

熱で溶けたかのようにひしゃげた鉄柵の向こう側に、横に長細い手洗い台が残っていた。ただ手洗い台の蛇口はすべて抜き取られ、蛇が通り抜けられるような黒い穴が五つ並んでいる。ブランコの椅子は取り外され、象の鼻の形を模した滑り台もなぜか階段だけがなくなっていた。

「この辺りってまだ人住んでるの？」

トラックは波に乗っているかのように上下に揺れる。車酔いを心配していたけれど、涼介は何度も腰を浮かせては楽しそうに声を上げている。

「住んでる家もある。でもほとんど空き家や」

「さっき、この車を停めてた場所あるでしょう。あの茂みの奥、山のほうって人が住んでたりするの？」

白い服を着た男が分け入っていった場所だった。あんなところに人がいるなんて、やはりどうしても腑に落ちない。

「茂みの奥？　そういえばあの方角に一軒、家があるわ。うちから二百メートルほど離れた辺りや。もともと住んでた老夫婦はとうに亡くなって、いまは旦那と別れて帰ってきた娘がひとりいるはずや。娘っていっても、おまえが小学生くらいの頃に婚家から戻ってきていたから、いまはばあさんになってるやろ」

「なってるやろって、会ったことないの？」

「なんか訳ありみたいでな。両親はともかく、娘のほうはまったく近所づきあいをしてないんや。定年近くまでどっかで働いてはいたみたいやけどな」

過疎の集落だからといって、住人がすべて結束しているとは限らない。世を捨てたように暮らし、他の住民と関わり合いになることを拒む人もいるからなと、耕平は話す。

「じゃあこの辺に男の人が住んでるって話、聞いたことある？　けっこう若い感じの」

「若い男？　若者の姿なんてもう何か月も見てないなぁ。いまこの集落で暮らしてるのはじいさんとばあさんだけや。こんな場所に観光客が来るわけもないしな」

家族で暮らしていた頃もこの町には三千四百人ほどしか人がいなかったが、この十数年でさらに減ってしまったと耕平が話す。奈緒は耕平の話を聞きながら窓の外に目をやり、無駄と知りつつさっきの男の姿を捜した。

「それより、いつまでここにおるんや」

ガソリンの臭(にお)いが鼻をかすめ、エアコンの風が強くなった。

「夏休みの間、ちょっとだけ遊びに来たんだ」

奈緒の代わりに涼介が答える。あらかじめ打ち合わせていた通りの答え。

「休みの間はこっちにおられるんか」

「まあ……そのつもりだけど」

一本道だった農道が二股に分かれると、車は左に折れ、坂道に差しかかる。年季もののトラックが、苦しそうなエンジン音を上げる。

「なにかあったんか」

「なにかって?」

「いや……。だいぶ疲れとるみたいやから」

そんなことを言われるほどやつれて見えるのだろうかと、奈緒はさりげなくサイドミラーに目をやった。寛之から離婚話を切り出されてからはむしろ、身なりには気を遣っている。あんなだから旦那に見限られたのだ、と陰口を叩かれたくはない。

美容院にも行き、少ない貯金の中から流行の服も買った。生まれて初めてネイルをし、近所のスーパーに足を運ぶのにも、よそ行きの服装に着替え直した。この数日間は、若い頃のように見た目を気にして過ごしてきたはずだ。

「別になにも……」

　奈緒はハンドルを握る父親の、鉤針（かぎばり）のように曲がった指を横目で見つめた。二年ほど前からリウマチを患っていることは兄から聞いている。

　野道を走っていたトラックが急な坂道をエンジン音を唸（うな）らせながら上りきると、実家が視界に入ってくる。一階に八畳の客間と、居間と台所。二階に六畳の洋間が二つある一軒家は、奈緒が小学校に入る年に建てられたものだ。田舎の民家らしく建坪以上に敷地が広く、家の側面をぐるりと囲むような形で庭がついていた。

「涼介。家に着いたら荷物運んでよ」

　トラックが家の敷地に入り、玄関のすぐ前、築山（つきやま）の植え込み辺りで停められた。奈緒が住んでいた頃にはなかった畑が庭に作られ、キュウリやナス、カボチャが植わっている。

「ここがお母さんの実家かぁ。でっかい庭だなぁ」

「そう？　この辺じゃあ小さいくらいよ」

涼介が素早く庭に飛び降りた。生まれた時からマンション暮らしをしている息子には、車を停められるほど大きな庭など想像もつかないのだろう。都内では車を持つことすら難しい。毎月の駐車場代を考えればタクシーで移動するほうが安くつくという寛之の考えで、わが家は車を持っていない。

七十を過ぎた男の独り暮らしなのでさぞ荒れているだろうと思っていた家屋は、意外にも手入れが行き届いていた。庭の周囲を巡らせてある竹の垣根にはほつれひとつなく、門扉(もんぴ)から玄関先までは白い砂利が敷き詰められていて、町外れの料亭のような趣さえある。奈緒は、実家を見上げている涼介の後ろ姿を携帯のカメラで写し、コメントを添えないまま寛之の携帯に送った。

耕平から二階の洋間に荷物を置くように言われ、スーツケースを持って階段を上がった。古びた階段は足を置くたびに軋(きし)み、この家を離れていた年月を感じさせる。二階の部屋は兄の真一と奈緒がそれぞれ使っていたものだが、さすがに中に入ると長年積もった埃(ほこり)のせいか鼻と喉(のど)が痒(かゆ)くなった。

「涼介はいくつになったんだ」

スーツケースのキャスターを拭(ふ)くため雑巾(ぞうきん)を探しに階段を下りる途中で、耕平が涼介に話しかける声が聞こえてくる。

「十歳。四年生」

「そうか。四年生か。学校は楽しいか」

「楽しすぎて、熱が出ても休めない」

会話はそれで途切れ、奈緒の姿を見つけた涼介が「腹減ったんだけど」と近寄ってくる。おやつに用意してくれていたのか、耕平が戸棚から饅頭を取り出してくると嬉しそうにかぶりつく。

「ねえ、雑巾ある？　スーツケース拭きたいんだけど」

「雑巾なら、物干し竿にかけてある」

実家には奈緒の記憶にあるものとないものとが混在していて、その頼りなさが夢の中の景色のようだった。たとえば、ベージュのビロード生地にオレンジ色の線の入ったソファには見覚えがある。居間の中央に鎮座し、体調がすぐれない日の母は一日のほとんどの時間をそのソファで過ごしていた。だが毎日のように奈緒が歌番組を見ていたテレビは薄型のものに替わっていて、ブラウン管の野暮ったいテレビではない。冷蔵庫は昔のまま。炊飯器は新品。電化製品の新旧がそのまま、倹しい暮らしの起伏を物語っていた。

そして居間の壁には、いまから十二年前に撮った家族写真。母の入院が決まった年に訪れた、沖縄旅行のものだ。薄紫色のムームーを着た春江が、首に赤いハイビスカスのレイをかけて微笑んでいる。この時期すでに春江の状態が深刻なものであることをわかっていたけれど、不吉な影は微塵も滲んでいない。だからなのか、この写真は母の一番のお気に入りだった。

「お母さん」

部屋の中をぼんやり見回していると、饅頭を食べ終えた涼介がすぐ目の前に立っている。

「じいちゃんと外行ってくる」

「お父さんと？　まぁ……いいけど、よけいなこと言わないでよ」

長時間体を動かせずにいた涼介に、これ以上おとなしくしておけというのも無理な話だろう。窓から差し込む光が、日焼けした居間の古い畳を照らしていた。

物干しにかかっていた雑巾を手にすると、奈緒はまた居間を抜けて階段を上がっていく。

二階には廊下がなく、階段を上りきった右側が奈緒の、左側が兄の部屋だった。

奈緒は自分が暮らしていた頃とほとんど変わりのない部屋に入り、本棚の隙間に置かれたお気に入りのキューピー人形を手に取った。キューピー人形にはピンク色の極細毛糸で編んだワンピースが着せられていた。そのワンピースは編み物が好きだった春江のお手製で、指の腹で毛糸に触れると鉤針を持つ春江の細い指先が瞼の裏に浮かんでくる。

（ただいま、お母さん）

心の中でそう呟けば、

（おかえり、奈緒）

埃を被ったキューピー人形が、丸く大きな目を見開いたまま奈緒を見つめてくる。

十一年ぶりに嗅いだ実家の匂いのせいか、ピンク色のワンピースのせいか、現実ではもう聞くことのできない声が耳の奥をくすぐる。母を思い出して気が抜けたのかもしれない。目に涙が浮かんできた。寛之の不貞を知ってからの疲労が首の後ろにずんと重く、押し潰されそうになる。奈緒はなんとか手を前に出し、スーツケースのキャスターを雑巾で拭う。体のどこかを動かしていないと、心がどこかに埋まりそうだった。

## 2 不穏

携帯の着信音に目を覚ますと、悪寒がした。二階の洋間で考えごとをしているうちに、いつの間にか眠ってしまったのだろう。そうだ、電話。すぐに体を起こし、携帯を置いていた居間に向かって階段を駆け下りていく。寛之からの連絡かもしれない。

「はい」

憶(おぼ)えのない番号表示を見つめながら、硬い声を出した。携帯を握る手の指先が冷たい。

『お母さん、おれいま畑の近くにいるんだけど』

涼介の声が受話口から聞こえてくると、身構えていた全身から力が抜ける。途切れ途切れに状況を説明するのでなかなか要領を得ず、「もう一回言って」と何度も聞き返しているうちにぷつりと電話が切れた。

「涼介？」

慌てて着信履歴から電話をかけ直すと、今度は涼介ではなく知らない男が電話に出てきた。男の説明によると、耕平が運転していたトラックが事故に遭ったのだという。軽い接触事故だが、念のためにいま救急車を呼んだところだ、と。

「あなたの車と衝突したんですか」

『いえ、ぼくは通りかかっただけです。ただ被害者の付き添いが子供さんしかいないので、ぼくも一緒に救急車に乗っていこうと思ってます。警察には連絡しました』

男は「三上」と名乗り、「海生病院の医師だ」と身元を告げてきた。救急車は海生病院に向かうはずなので、奈緒にも後から来てもらいたいと伝えてくる。

「ありがとうございます。事情はわかりました。すみません、父と息子がご迷惑をかけてしまって」

『いえ、いいんですよ。お父さんの怪我も命に関わるような感じではありませんし、そう心配しないで』

自分は唯一の目撃者なので、病院に運んだら警察官と話をすることになりそうだと言い、男は電話を切ろうとした。

「あの、海生病院って、いま診療しているんですか」

『え？　ええ、やってますよ』

質問の意味がわからないというふうに、男が一瞬間を置いて返してきた。奈緒は
「それならいいんです。ありがとうございました」と礼を伝えて電話を切り、すぐ

に出かける支度を始める。ここから海生病院までバスで一時間はかかるので、どれだけ早く着けたとしても午後六時は過ぎてしまうだろう。

海生病院の名前を耳にして、母にまつわる辛い記憶が蘇りそうになったけれど、いまはそんなことを考えている場合ではない。とにかくまず耕平の保険証を捜さなくてはと、家の中を駆け回る。あちらこちらを捜しながら、昔と変わっていなければ、台所の戸棚の引き出しに入っていることを思い出した。母が大事なものを全部まとめて保管していた場所だ。

「よかった。間に合った」

駆け足でバス停まで出ると、十分後にバスが来ることがわかった。これが最終バスだったので、あと少し遅れていたらタクシーを呼ばなくてはならないところだ。タクシーを呼ぶといっても、ここに到着するまでに一時間以上はかかる。

バス停のすぐそばにベニヤ板を組み合わせた小屋があり、その中に渡してある長椅子に腰をかけてバスを待った。誰かが暇つぶしをしていたのか、ベンチのわきには石が堆く積み上げられている。

西の山に沈んでいく夕陽を見ながら、三上という男はあんなふうに言ったけれど、本当に命に別状ないのだろうかと心配になってきた。事故の直後はなんでもないと思っていた怪我が、時間が経過するにつれて悪化していくこともある。そもそも、あの電話は本当のことなのだろうか。誰かの悪戯かなにか……。いや、でも涼介の声は本物だった。

バスを待つこと以外なにもできない状況で、不安だけが大きくなっていく。事故のことを寛之に報告しようかと思い、でもやめておく。いまの自分の気持ちが東京にいる寛之にわかるはずもない。

上ずる気持ちを鎮めるため、目の前に広がる田畑に視線を向けた。ただ雑草が生い茂る空き地が多い中で、こうして人の手が入った土地を見るだけで救われる。土の色が広がる畑では、八十に手が届きそうな男がひとり土になにかを撒いていた。男が撒いているのは、おそらくスト酎だ。スト酎は焼酎に酢とトウガラシ、にんにくを混ぜ込んだもので虫除けになるといわれている。吸い込むと涙が浮かぶくらい強烈な刺激臭がするので奈緒は苦手だったが、この集落の匂いだ。母の葬式の日も同じ匂いがしていた。

畑で作業をする老人の真剣な表情を眺めているうちにバスが到着した。奈緒以外乗客のいない車両の一番後ろの座席に座り、窓越しに見えるビニールハウスの残骸をぼんやりと眺めていた。かつてハウスだった丸みを帯びた透明の屋根が、ほとんど取れかかった状態でだらりと垂れ下がっている。その汚れたビニールが日暮れの茜（あかね）色を反射していた。ハウスの連なりの向こうには土手があり、そのさらに奥には名前も知らない山がずっと連なっている。山は鬱蒼（うっそう）とした樹々（きぎ）に覆われ、もう長く人の手が入っていないことを感じさせた。

いまから十一年前、自分はこの風景をもう二度と見ることはないと決めてこの町を去った。それなのにまたこうして戻ってきて、いまは慌てふためきながらバスに揺られている。人生はどうして平坦（へいたん）ではないのだろう。決して欲深く生きてきたわけではないのに、穏やかな暮らしが続かないのはなぜなのだろう。

「お客さん」

耳元で男の太い声がして、うっすら瞼（まぶた）を開いたとたん、電灯の褪（あ）せた光が視界を満たした。

「海生病院前ですよ。もしここから先に行かれるんでしたら、バスを乗り換えてもらわないと」

すぐ目の前に、困ったような顔をした制服姿の男が立っている。

「あ、降ります。乗り換えません、ここで降ります」

自分がバスに乗っていたことに気づき、奈緒はだらしなく傾いていた体を起こした。海沿いを走っている間に山の端（は）に日が沈み、辺りがしだいに暗くなっていくところまでは起きていたのに、それから目を閉じ車の揺れに身を任せているうちに眠ってしまったのだろう。運転手に頭を下げ、奈緒はバスを降りた。外に出たとたん、海から吹いてくる潮混じりの風が体を湿らす。まだ夜の七時前だったけれど、町全体がもう、一日の終わりに向かおうとしている。海沿いの町は昼と夜の温度差が烈(はげ)しいということを、久しぶりに思い出した。

奈緒は星のない空と湾に浮かぶ漁船の灯(あか)りに目をやりながら、病院の正面玄関に続く道を歩いていく。

十二年ぶりに間近で見る海生病院は、あれから建て替えをしたのか、あるいは昔もこれほど大きな建物だったのか、三階建ての重厚な構えで目の前に現れた。こうして間近で病院を見上げれば、必死に抑え込んでいた過去の記憶が蘇(よみがえ)り、心臓が痛いくらいに脈打つ。

奈緒はバッグに手を入れて携帯を取り出し、着信履歴を頼りに三上という男に電話をかけた。電話を待っていたのか二度目のコールの途中で、男が電話に出てくる。

「川岸の娘です。遅くなってすみません、いま病院に着いたところです」

男は東病棟の二階まで来てもらえないかと告げてきた。二〇一号室だという。処置室にいるとばかり思っていた耕平が病室にいるのを不思議に思いながら、奈緒はエントランスを通り抜け、左手にある階段を上った。

　奈緒の足音が、静かな院内に響いていた。夜の病院はやけに静かで、入院患者やスタッフがいるはずなのに階段には物音ひとつしない。ひと気のない院内をひとりで歩いていると、無数の視線が自分を見つめてくるような気がする。

　階段を上りきるとすぐ正面にナースステーションがあり、そこだけは昼間と同じ明度で機能していた。中で忙しそうに立ち働いている看護師のひとりに、「川岸の娘ですが」と声をかける。二〇一号室の場所を尋ねたかっただけなのに、奈緒の顔を見るのと同時に看護師が、「そこに座って」と促してきた。看護師の名札には「友阪(ともさか)」とあり、奈緒と同じ年頃の気の強そうな女だった。

「この用紙に記入してもらえます？」

　クリップボードに挟んだ用紙を見せながら、友阪がボールペンを差し出してくる。用紙には記入すべき空欄がたくさんあって、奈緒は指示されるままその欄を埋めていく。

「お父さん、普段は独居なのね。娘さんとは一緒に住んでないんですか」

「ええ、私は今日たまたま帰省していて」

「じゃあその欄に、あなたの住所と携帯の番号書いてください」

　最後まで空欄にしていた「家族の連絡先」を友阪が指差してくる。奈緒は少しの間考えた後、空欄に東京の住所を書き入れた。

ようやくひと通りの記載を終えると、ナースステーションの前の廊下をまっすぐ進み、友阪が二〇一号室まで連れていってくれた。部屋の近くまで来ると、涼介の声が廊下にまで聞こえてくる。

「まじで？　おれまだ一回も見たことないんだよな」

「夜の山道を車で走っていたりすると、けっこう遭遇するんだ。一度なんて腰の曲がったおばあさんがこっちに向かって手を振ってたから、ブレーキ踏んだんだよ。夜中だし物騒だから乗せてあげようと思って。でも声をかけたら、ふっと消えてしまった。おかしいなと思って車を降りて近づいてみたらその場所は断崖絶壁だったんだ」

「やっべ。それ絶対あっちの世界に呼ばれたんだぜ」

「いや違う。あれは『こっちは危ないぞ』って教えてくれたんだと思う」

「どっちでもいいけど、おれもそこ連れてってくれよ。な、先生。いいだろ」

奈緒が病室に顔をのぞかせると、話し声がふつりとやんだ。六人部屋と聞いていたが、窓際のベッドに耕平が横たわっているだけで、ひと目見たところでは他に患者はいなそうだ。耕平が横になっているベッドのそばに、涼介と見知らぬ男がパイプ椅子に腰かけていた。

「川岸さんの娘さんですか？　三上です」

どうして耕平が病室にいるのかと問いかける前に、男が椅子から立ち上がった。

電話の声ではてっきり年配の男だと思い込んでいたが、自分とさほど変わらないように見えた。

「ご迷惑をおかけしてしまって、申し訳ありませんでした」

奈緒が頭を下げれば、三上は背筋を伸ばし、「いえいえ」と穏やかな笑みを浮かべる。「たまたま通りかかってよかった」

先に職業を聞いていなければ、三上のことを医師とは思わなかっただろう。長袖の白い綿シャツにチノパンを合わせたラフな姿は、観光客のようだった。言葉にもこの土地の訛りはない。

「おれも、事故の相手のじいさんも携帯電話なんか持ってへんからな。この先生が通りかからんかったら大変なとこやった」

それまで黙って横たわっていた耕平が肘に体重を乗せた。上半身を横にし、そのまま体を起こそうとするのを三上が手を伸ばして体を支える。

「ずいぶん一方的な事故でしたね」

三上の話だと、事故の相手は右折しようと交差点内に停まっていた耕平のトラックに、ブレーキなしで突っ込んできたのだという。突っ込むといっても足をブレーキから離した隙にスルスルと前に出てきたくらいの速度だったので、さほどの衝撃ではなかった。「コツンという感じでした」と三上が両手で拳を作り、コンと合わせる。加害者は八十二歳の男性で、地元で農業をしているという。

「父は軽傷ではなかったんですか。どうして病室に？」

「電話した時はそう見えたんですが、検査をしたら大腿骨の骨折が判明したんです。それで急遽入院ということになって」

「ダイタイコツって……足の骨ですよね」

「そうです。太腿の骨のことです。高齢者の方だと少し転ぶくらいですぐにポキリとなることがあるんですよ」

三上の口調がそれほど深刻なものではなかったので、奈緒は小さく息を吐きベッド上の耕平に視線を向けた。水色の患者着姿の耕平は、ばつが悪そうな表情をしている。

「軽く追突されたくらいで骨って折れるもんなの？　涼介は無傷だったんでしょう」

ひとまずほっとするとそれまで張り詰めていたものが緩み、苛立ちが込み上がってくる。到着早々に涼介を連れ出して事故に遭うなんて、不注意にもほどがある。

「違うんだって。じいちゃんさ、追突された後、ドア開けて外に出ようとしたんだ。そうしたら運転席から道路に転げ落ちちゃって。なあ、びっくりしたよな」

二次災害ですね、と三上が繋ぐ。

「じいちゃん、手術するんだって」

本当にどこも怪我をしていないのかと、手のひらで涼介の頭や首筋を撫でていると、涼介がぼそりと口にする。

「手術？」

「だよな、先生」

「日程はまだわかりませんが、できるだけ早くできるように調整しています」

といっても自分の専門は整形外科ではない。手術は非常勤の整形外科医に任せることになるので、予定が決まりしだい連絡すると三上は続けた。

「この病院で？　手術をここでするんですか」

手術という言葉を聞いたとたん、嫌な汗が手のひらに滲んだ。

「ええ、そのつもりですがなにか不都合でも」

「……いえ。あの、いろいろとお世話になりました」

改めて礼を告げると三上は医師らしい鷹揚な笑みを返し、「じゃ、ぼくはこれで」と病室を出ていく。彼がいなくなると耕平はなにも話さなくなり、それは奈緒も同じだった。十一年ぶりの再会をできるだけ自然なものにと懸命に振る舞っていたけれど、海生病院で手術、そう耳にしただけで昔の自分に戻ってしまう。母を死なせた自分自身を責め、父を恨み、兄を恨み、この町を飛び出した頃に。きっと耕平にもいま奈緒がなにを考えているのかが伝わっている。涼介だけが初めて乗った救急車のことを、興奮気味に口にしていた。

病院から出る頃にはもう八時を回っていた。外はすっかり暗くなり、気温も少しは下がっている。周囲に灯りが少ないからか、海を背にしているからか、夜の病院は大型客船のように見えた。

「さっき三上先生に聞いたんだけど、この辺に心霊スポットがあるんだって」

「そう」

「行ってみようぜ」

「なに言ってんの。どうやって行くのよ」

奈緒は涼介を連れて夜間出入り口を抜けると、タクシーを呼んだ。二人で駐車場に置かれた木製のベンチに腰かけながら、病院から実家までタクシーに乗ればいくらかかるのだろうと考えていた。それまでずっと元気にしていた涼介は、ベンチに腰かけると同時にとろりとろりと眠り始めている。

「ごめんね涼介。疲れたね」

無理もない。まだ暗いうちから東京のマンションを出発して、到着した先の見知らぬ土地で事故に遭い、初対面の祖父が入院までしたのだ。奈緒のこめかみにも鈍い痛みがきりきりと始まった。鎮痛剤の入った箱をバッグから取り出し、薬を二錠、シートから外して口の中に放り込む。若い頃は錠剤が苦手で薬は粉か液体で出してもらったのに、いまでは水なしで飲めるようになった。

「涼介、寝ちゃったの？」

涼介が寝息を立て始め、息子の重みと温かさが萎えそうになっていた気力を奮い立たせる。いくら強気な性格だからといっても、この子はまだ十歳なのだ。子供はいつだって大人の事情に振り回される。

鎮痛剤の箱をバッグにしまい、携帯を取り出して涼介の寝顔をカメラで撮影した。フラッシュが点いた一瞬だけ、マッチを擦った手元みたいに周囲の景色が浮かび上がり、そしてまた暗がりに戻る。胸が締めつけられるような無防備な寝顔を、そのまま寛之の携帯に送信する。これまでもこうやって、寛之には涼介の写真を送ってきた。『寝返りを打ちました』『つたい歩きができました』『補助輪なしの自転車に乗れました』『プールで顔をつけられました』『お友達と喧嘩をして、でもちゃんとゴメンネが言えました』日々仕事に追われていた寛之に、できる限り家族の繋がりを伝えてきたつもりだ。寛之も送られてきた写真を携帯に保存し、大切にしてくれていた。自分たち夫婦は涼介を真ん中にして柔らかく、でもしっかりと手を繋いで結びついているのだと信じていた。

タクシーは二十分後くらいに到着すると言っていたので、奈緒はこめかみに走る痛みを鎮めるためにそっと目を閉じる。視界を塞げば涼介の寝息が大きく耳に届き、生温かい体がいっそう近くに感じられた。

やっぱり、明日東京に帰ろう。

今夜のうちに兄に電話をして事情を話せば、本人は無理だとしても兄嫁の理沙さんが出向いてくれるかもしれない。兄の家からなら車で三時間程度の距離なので、明日の午前中には来てもらえるだろう。そう思うと少し気分が軽くなり、薬が効いてきたのか頭痛も和らぎ始める。

タクシーが家に着く頃には、涼介はすっかり熟睡していた。

「涼介、ちょっとだけ起きて。家着いたから」

汗だくになりながら半分覚醒した涼介を家の中までなんとか運び入れると、後はバンザイさせた両手を摑んで玄関横の客間まで引きずっていった。押入れの中にしまってあった布団を八畳の隅に敷き、なんとかその上に寝かせる。長い間使われることがなかったのだろう、布団から湿気と樟脳の匂いがした。

「疲れた……」

涼介を寝かせ、居間のソファに腰を落とす。さっきタクシーの運転手に支払った一万円近い出費も痛く、胸の奥にやり場のない鬱憤が溜まっていた。携帯からメールの着信音が聞こえたので手を伸ばせば、なんのことはない広告が入ってきただけだ。相変わらず寛之からの連絡はない。

ひと息つけば今度は空腹に気がつき、冷蔵庫の中につまめるものがないか探してみる。だが卵とバターと味噌しか入っておらず、諦めて扉を閉めた。蛇口を捻りコップに水を汲みながら、やっぱり田舎暮らしは不便だと二十四時間灯り続けるコンビニの青白い光が懐かしくなる。でも都会は都会で、誰かの便利のために、誰かが宵っ張りで働いているのだ。誰かがふと飲みたくなった夜中のビールのために、誰かの生活が昼夜逆転する。それは果たして便利という言葉だけで片付けていいのだろうか。とりとめのないことを考えていると、こめかみの辺りに嫌な痛みが再び滲んでくる気配がして鎮痛剤を一錠口に含んだ。

小さな豆電球の下で涼介が寝息を立てている。奈緒は涼介の隣で横になった。天井に向かって大きく息を吐き出し、自分の手に余る多くの厄介ごとからいったん離れるつもりで、子供がするように体をくの字に丸める。だがうつらうつら、心地良い眠りに落ちていく途中で、兄に電話をかけるのを忘れていたことを思い出す。耕平が入院したことを伝えて、明日できるだけ早い時間にここまで来てもらわなくてはいけない。奈緒はこのまま眠りに落ちたい欲求に抗い体を起こし、枕元の携帯を手に持って居間へと移った。

「あ、お兄ちゃん。私、奈緒だけど」

　今日は休みだったのか、すぐに真一が電話に出てくる。

「私、いま実家に来てるんだけど」

　電話の向こうの兄に対して、一日の出来事をかいつまんで話していく。今日がどれほど大変だったかを奈緒が一方的に話している間、真一は言葉を挟むことなく黙って聞いていた。

「それでね、お兄ちゃん、明日こっちに来てもらえる？　お兄ちゃんが仕事だったら理沙さんでもいいんだけど」

　兄と耕平は折り合いが悪くなかったので、奈緒はふたつ返事で引き受けてくれるものと思い軽く言った。ところが真一は『おまえが実家に残ったらええやろ』と不機嫌な声で返し、わざとらしい大きなため息を返してくる。

『あのなぁ。こんな時間に電話かけてきて突然明日来てくれ言うても、そんなすぐに行けるわけないやろ』

「だから、理沙さんでもいいって」

『理沙かてパートで働きに出てるんや。おまえももう二十歳（はたち）やそこらの小娘やないんやから、もうちょっと考えて物言えよ』

　兄と直接会話するのは一年ぶりだったか、二年ぶりだったか。刺々（とげとげ）しい口調に知らない男と話しているような心地悪さを感じる。

「ちゃんと考えて話してます。私だって涼介がいるんだから、お父さんの入院の世話なんてできないわよ」

『涼介はまだ小さいし、夏休みの間はおれるやろ。うちの息子らは中学生と浪人生なんや。目ぇ離したら横着しよる年頃やし、浪人生のほうは四月から予備校通いしとるから、理沙も苛々してるしな』

「じゃあ私がずっと実家にいるわけ？」

『そんなこと言うてへん。とにかくすぐには行けんってことや』

奈緒がなにか口にするたび、それ以上の語気の荒さで兄が言い返してくる。奈緒は適当なところで電話を切ると、携帯をソファの上に投げ出した。これまでの兄なら、奈緒が電話をかけたら電話口に理沙さんを呼んでくれるのに、今日はそれもなく電話を切ってしまった。自分と同様に、兄たちの夫婦関係も以前と同じではなくなったのかもしれない。人と人との関係は年月とともに変わっていくものだから。それがたとえ家族であったとしても同じではいられない。

兄がすぐに来てくれないとなると、耕平の面倒はしばらく、自分がみなくてはいけないのだろうか。奈緒はソファに置いていたバッグから、入院に関する注意事項が書かれたパンフレットを取り出し、気乗りもせず読み始める。病院の帰り際に看護師が入院中に必要な持ち物をいくつか伝えてきたが、真一に丸投げするつもりでいたので頭に入っていない。

いったんおさまっていた頭痛が増してきたような気がする。

もう一錠だけ鎮痛剤を増やそうと奈緒が立ち上がったその時、携帯が鳴った。真一がかけ直してきたのだろうか。理沙さんと話し合って明日こっちに向かってくれる、そういう話だったらいいのに。だが青白いディスプレーに浮かび上がったのは、寛之の電話番号だった。

「もしもし?」

震える指で携帯を強く握った。寛之の声を待って、構える。

『シノダです』

女にしては低い声が聞こえてきた。

電話口から聞こえてきた女の声に「はぁ」と間の抜けた返答をしてしまったのは、シノダと名乗る女と夫の不倫相手、篠田響子とが瞬時には合致しなかったからだ。相手の女からいつか連絡が来るかもしれない。対峙(たいじ)する日は避けられないだろう。そんな心の準備をしてきたつもりだが、まさかそれが今夜であるとは考えてもいなかった。

「……ご用件はなんですか」

それでも奈緒は、平たい声でそう返す。この言葉だけは、前もって準備していたものだ。自分はなにひとつ悪いことをしていない。篠田響子から責められる筋合いはない。もし相手がこの先なにか言ってきたなら「ご用件はなんですか」と応じよう。そんなふうに何度も頭の中でこの瞬間を想定してきた。

『あなた、一日に何度も何度も、寛之さんの携帯に写真を送ってきているみたいだけど』

響子はわざとなのか、言葉を切るようにゆっくりと話してくる。そうでもしないと奈緒には理解できないとでもいうように。

『いいですか。もっと大人な対応しましょうよ。私は彼と新しい生活をスタートさせています。これは現実です。彼がそちらのマンションに戻ることは今後ありませんし、あなたとやり直すこともありません。それならきちんと話し合って、あなたや息子さんも前に向かって歩き出したほうがいいんじゃ――』

無意識に指が動き、気がつくと携帯の電源を切っていた。『前に向かって』の辺りから、みぞおち付近に留まっていた怒りがせり上がってきて、それ以上聞く気にはなれなかった。これが篠田響子。夫が自分に隠れて会い続けた女。着信音を響かせる携帯に枕を被せ、奈緒は喉を反らして天井を睨み上げた。

# 3 暗転

翌朝、七時四十二分のバスを涼介と二人で待ちながら、奈緒は胸を圧迫されるような不安を感じていた。

「なぁお母さん、バス、ほんとに来るのかな」

朝といっても夏の陽射(ひざ)しはすでに眩(まぶ)い。奈緒はバス停のそばに建つ小屋の中にいたが、涼介はバス通りに飛び出してラジオ体操をしている。

「あと五分ほどで来るはずよ」

「もっと寝てたかったなぁ」

「だめよ。時間ないんだから。そんなとこにいたら車に轢(ひ)かれるでしょ。こっち来なさい」

「車なんてさっきから一台も通ってないじゃん」

さほど大きな声を出しているわけでもないのに声が反響する。山のほうからキキキという獣の声が不気味に聞こえ、思わず辺りを見回した。

「いまからどこ行くの」

「おじいちゃんのお見舞い。それよりこっちに来なさいって、そんなところに立ってたらほんとに轢かれるからね」

海生病院に顔を出した後は今日中に東京に帰るつもりで、いったんはほどいた荷物をまとめ直した。響子からあんな電話を受け、すぐにでも寛之と話し合わなくてはいけないと心を決める。それにしても奈緒からのメールが届いているのに寛之から連絡が来ないことが、不思議でならない。もしかすると寛之は響子に弱みを握られていて、奈緒には話せない事情があるのかもしれない。

「いま……犬の遠吠えが聞こえたよな」

ひと通りの体操がすんだのか、涼介が奈緒のそばまで戻ってきた。

「犬の遠吠え？」

「うん、ウオーンウオーンって狼みたいなやつ。あっちのほうから」

涼介がバス通りの向かい側にある草むらを指差す。昨日、白い服の男を見かけた辺りだ。

「もうバス来るから、犬の鳴き声くらい気にしないで」

両目を細め、草むらの奥を見据えている涼介の腕を奈緒は掴む。掴んでおかないといまにも走り出しそうで、手綱を引くように力を込める。

「ほら、気にしない気にしない」

涼介の頭に手を置き、顔の向きを無理やり変えた。

「行ってみようぜ」

「なに言ってんの。ここは山の中だから、動物の声がしたっておかしくないの」

「でも犬ってさ、人がいるところで暮らすんだって。あっちに誰かいるんだよ」

「野生の犬もいるわよ。とにかくあと五分ほどでバスが――あっ、ちょっと。涼介っ」

涼介が奈緒の手を振り払って、駆け出していく。道路を横切り、転がるボールのように草むらの中に潜り込んでいくのを呆然と見ていたが、慌ててその後を追う。涼介は自分の背丈以上に伸びた草むらを、両手でかき分けるようにして進んでいく。

「見ろよお母さん、道がある」

目を瞑り、息を止めて通り抜けた草むらの先で涼介が待っていた。烈しい鼓動に胸を押さえながら顔を上げると、たしかに道が続いている。密集した草むらが塀のようになって道路側からは見えなかったが、車が一台通れるくらいの野道が山の麓へと続いていた。

「あれは誰かを呼んでる声だって。おれにはわかる。ほらまた聞こえてきた」

涼介の青色のTシャツにシロノセンダングサの実がびっしりと張りついていた。自分の服を見下ろせば同じように刺々しい実があちこちにひっついている。

「だから行かなくていいって。バス来ちゃうから戻ろうよ」

「いや、絶対なにかあったんだよ。お母さん行かなくても、おれ行くから」

涼介が肩越しに振り向きながら駆け出し、奈緒はまたその背を追うはめになる。

「待って。ひとりだと危ないからっ。待ちなさいって」

声を張り上げ涼介を制しつつ、ふと昨日見かけた男のことを思い出した。あの男も、この道から続くどこかへ向かったのかもしれない。野道の先は霧が立ち込めてかすみ、なにも見えない。点在する朽木を眺めながら、奈緒は雑木林の中へと入っていく涼介の後を追った。

野道がしだいに狭くなり、ほとんど行き止まりになったところに、民家らしき屋根瓦が見えてくる。近づけば蔦に覆われた塗り壁の土蔵が手前にあり、その奥、庭の向こうに母家があった。庇代わりの波板にぼこぼこと大きな穴が開いているのを見ながら、ここが耕平の言っていた隣家なのかと立ち止まる。庭に続く垣根を覗けば人の気配が残っていて、玄関の引き戸のわきには真新しい箒が立てかけてあった。

「お母さんこっち」

引き止める間もなく涼介がぐんぐんと庭の奥に向かって歩き、縁側のすぐ手前で奈緒を振り返る。「お母さんっ」悲鳴に近い声が庭中に響く。「お母さん、早く来てって」涼介が呼べば、彼の足元にいた白い毛をした大型犬が、喉を震わせ吠え立ててくる。

「このばあちゃん」

「この人って……」

同時に声が漏れた。縁側には年嵩（としかさ）の女が仰向けに横たわっていた。この人……。駅前のロータリーに倒れ込んでいた女だった。女と初めて出会った時の既視感は、同じ集落の住人だったからだろうか。

「大丈夫ですか」

奈緒が女の肩口に手を置き軽く揺すると、瞼（まぶた）が微（かす）かに動いた。

「どこかご気分でも悪いんですか」

よく見れば、女の着ている水色のブラウスの袖口（そでぐち）に土がついていた。くるぶし丈のベージュ色のパンツも同じように土で汚れている。髪にも手の甲にも砂がついていたので、庭のどこかで転んだのかもしれない。

「あぁ……」

女の瞼が、奈緒の呼びかけにうっすらと開く。庭で倒れ、そこから縁側まで自力で歩き、力尽きたのだろうか。縁側のすぐ下では犬が前足を揃（そろ）えて座り、奈緒と涼介をじっと見上げていた。

「ああ……私、また……」

両目を開くと、女は片肘を床について体を起こした。頭を持ち上げた時に眩暈を感じたのか、動作を途中で止めて目を強く瞑る。

「まだ横になっていたらどうですか」

「大丈夫……。あなたがここまで運んでくれたのね」

意識を失った時のことを憶えていないのか、女は奈緒と涼介がこの縁側まで自分を運んだのだと勘違いしているようだった。奈緒は奥歯を嚙みしめるように座っている、行儀の良い犬の顔をちらりと見た。状況を知っているのはこの犬だけだが、いくら賢そうでも聞くわけにはいかない。

「いいえ、ご自分で縁側まで歩いてこられたんじゃないですか？　私と息子が駆けつけた時はすでに横になっておられたから」

認知症でも患っているのかもしれない。奈緒は涼介と目を合わせ、首を傾げる。

「そうだったかしら？　ごめんなさいね、ちょっと持病があるもんだから……」

瞬きを繰り返し、女が懸命に目の焦点を合わせようとしていた。

「お体、悪いんですか」

「そうたいしたことじゃないんですよ」

時々こんなふうになるのはもう慣れっこなのだと女が逆に慰めるように言ってくる。ただこのところ意識が遠のくことがあるので、それだけは困っている。いまも洗濯物を干そうと庭を歩いていたら物干し台に体当たりしてしまった。そうしたら竿が落ちてきて、その下敷きになって——。女がさほど深刻そうでもなく笑みさえ浮かべて話していると、白い犬がすっくと立ち上がり自分の居場所を知らせるように小さく吠えた。

「シロ、そこにいたの。いらっしゃい」

女が手招きすると、犬が濡れた瞳で女のそばに寄っていく。犬にはそれほど詳しくないのでわからないが、たしか盲導犬などになるような利口な犬種だった。辺りを警戒しているのか耳と尻尾をピンと立て、水っぽい鼻先を突き出すようにして縁側に顎を載せている。

「ああそうだわ……私は、早川と申します」

「あ、内山奈緒です。こっちは息子の涼介です。この夏休みの間だけ実家に戻ってきていて……。ここから少し離れたところに川岸という家があるんですが、そこの娘です」

「川岸……さん」

早川の目が、なにかを思い出そうとするように大きく揺れる。そういえばもう長い間、近隣との接触を絶っているのだと耕平が言っていた。二百メートルほど離れた隣家が川岸という名前だったことも忘れているかもしれない。

「早川さんはおひとりで暮らしてるんですか」

「ええそうよ。ひとりと一匹ね。この子とは三年ほど前から一緒に暮らしてるの。うちに迷い込んできた時に首輪をしてなかったから、野犬だったのかしらねぇ」

早川が伸ばした手のひらの上に、犬が鼻先を寄せた。人を信用しきっているその仕草と指示を聞き逃すまいとする両目の動きは、この犬が野犬なんかではないことを物語る。賢そうな濡れた瞳が奈緒を窺うようにこちらを向いた。

「せっかくだからお茶でも飲んでいって」

「いえ、いまバスを待ってるところなんで」

バスはとっくに行ってしまっただろうが、女の家に上がるのは気が引ける。物干し台に体をぶつけた。竿が落ちて下敷きになった。彼女はそう話すが、竿はちゃんと物干し台にかかっている。

――なんか訳ありみたいでな。両親はともかく、娘のほうはまったく近所づきあいをしてないんや。

耕平に聞いた話が頭をよぎる。奈緒は早川に気づかれないよう薄暗い家の中に視線を向けた。縁側から続く六畳の和室は小箪笥と仏壇が置かれているだけで整然としており、ぴたりと閉じられた襖の奥はなにも見えなかった。小箪笥の上には白木の位牌と写真立てがひとつ置かれていたが、ここからでは写真の人物まではわからない。

「じゃあ私たちはこれで」

軽く会釈をして踵を返そうとしたその時だった。

「おれはお茶よりジュースがいいな」

能天気な声が背後から聞こえてくる。はっとして後ろを見れば、きゅっと口の端を上げた涼介が靴の踵を踏んでいまにも縁側に上がろうとしていた。

「どうぞどうぞ。ジュースはオレンジとブドウがあるけど、どっちがいいかしら」

「ブドウでお願いしますっ」

こんな時だけハキハキと丁寧語を使う涼介を横目で眺めつつ、「すみません」と奈緒は小さく頭を下げた。早川は微笑みながら頷き、奈緒と涼介に縁側で座っているようにと言い残して奥の部屋に入っていく。その足取りはしっかりとしたものだったので安心する。

「涼介、ほんとこういうのやめてよね。厚かましすぎてお母さん恥ずかしい」

「へいへい」

涼介が沓脱石の上で靴を脱ぎ、縁側に上がり込んだ。奈緒はスニーカーを履いたまま縁側に座らせてもらう。古いけれど漆の重ねられたこの板は、檜を使ったものだろう。縁側の端のほうには年季を感じさせる文机が置いてあり、厚みのある帳面が広げてあった。

「なんだこれ」

涼介が、赤ちゃんのハイハイのようにして文机のほうに寄っていく。

「こらっ。勝手になにしてるの」

Tシャツの裾を引っ張って引き戻そうとしたが逃げられてしまう。

「へええ……お母さん、これ、あのばあちゃんの日記みたいだ。日付とか書いてあるし」

「そんな大事なもの、勝手に読んだらだめでしょっ。ちょっと涼介っ」

襖が開く音がして振り返れば、木製の丸いお盆を持つ早川が立ったまま奈緒たちを見つめていた。

「あっ、すみません。この子ったら」

「いいのいいの。昔の日記よ。もう読み返すのも最後だと思って、暇な時に時々開いているんですよ」

早川は膝を折ってその場に座ると、涼介を手招きする。お盆の上にはブドウジュースの他にも涼介が喜びそうな海老せんべいが、皿に載せられこんもりと盛ってあった。

「でもずいぶん厚みのある日記帳ですね。すごいなぁ、私なんて日記を書こうにも二日と続いたことないから」

「なんだよ、三日坊主にもなんねえじゃんか」

「私のだって日記というより断片的な記録みたいな。とても読めるもんじゃないですよ」

仕事で行き詰まった時や理不尽な思いをした時、誰にも話せない胸の内をただ書きなぐってるだけのつまらないものですよと、早川は苦笑いしながら帳面をぱたりと閉じた。

「早川さんはずっとここに住んでるんですか」

耕平の話だと定年近くまで働いていたというが、この土地にそれほど長く働ける場所があるのだろうか。

「ずっとじゃないわねえ。二十歳（はたち）くらいから四十代の半ばまでは東京で暮らしてたから」

「東京に？ あぁ、だから標準語を」

「そう……。いまさら言葉を戻すのもなんか億劫（おっくう）でね」

自分たちも東京に住んでいるのだと、涼介が口を挟んでくる。どのような経緯でここで独り暮らしをしているのか。家族はいないのか。早川に尋ねてみたいことはあったけれど、これ以上立ち入ってはいけないと思い、話を切った。奈緒にしても答えたくないことはたくさんある。

「今年の夏も暑くなりそうね」

気遣うように早川が呟く。

「ほんとに」

奈緒は氷の入ったお茶を、最後までひと息に飲み干した。

「じゃあ私たちはそろそろこれで」

奈緒が空になったグラスをお盆に置くと、

「ごちそうさまでした。やばいほどうまかった」

海老せんべいを食べ終えた涼介が手を合わせている。家では見せない行儀の良い姿に呆れてしまう。

「お母さん、おれ、バスの時間まで外にいるわ」

次のバスは三時間後にしか来ないので、家までの道のりをのんびりと歩いた。道のりといっても草を踏み入って獣道を通れば、そう離れていないことがわかる。

「だめ。あんたどっか行っちゃうから」

「だって今日東京に帰るんだろ。そしたらもうここで遊べないじゃん」

奈緒の返事を待たずに涼介が走り出してしまう。網もないのに、虫捕りをするのだという。

「この辺はマムシが出るから、体に模様のある蛇には絶対近寄らないで。出歩くのはいいけど、家の近くだけにしてね」

「へぇい」と片手を挙げ、青いTシャツ姿の涼介が蒸れた夏の景色に混ざっていく。一瞬にして青が緑に溶け込んでしまった。

涼介が行ってしまうと、体に溜まる憂鬱をすべて吐き出したくてため息を吐いた。ため息を吐くと幸せが逃げる。自分の幸せを疑っていなかった頃はそんなジンクスを生真面目に信じていたけれど、いまは長い息でも吐かないと胸が塞がってしまいそうだった。

ひとりきりになってしまうと緑がいっそう濃く迫り、まだ小さい頃、山で迷子になったことを思い出す。あの日もいまと同じ夏の暑い日だった。ニイニイゼミが鳴いていたから梅雨が明けてまだ間もない頃だったのだろう。オニユリに集まるアゲハチョウを追って山の奥へ奥へと足を進め、一匹、二匹と捕獲した蝶を虫かごに押し込んでいった。まだまだ。もっと。子供の自分はいやらしいくらい強欲で、蝶がかごの中で折れ重なっているのも無視して数を求めた。日が落ちきった数時間後、集落の大人たちが自分を捜し出した時は、泣き疲れて道端で眠っていたのだという。山の上へ上へと向かっていたのに、深い穴に落ちたと思い込んでいたことだけは、いまでもはっきりと憶えている。心臓を患う母親までが捜索に加わっていたと知り、大泣きしてしまった。欲張ってはいけない。求めすぎてはいけない。子供の自分は深く反省し、それからはもう必要以上に欲しがることなどしなかった。それなのにどうしてまた穴に落ちたのか。寛之との暮らしの中で、自分はまた強欲になっていたのだろうか。

スーツケースを携えバスに乗り込み、海生病院近くのバス停に着いたのは正午前だった。

「お母さんね、どこかコンビニに寄りたいの。ATMでお金引き出したいから」

「オッケー」

「病院に行く前に寄ってくれね」

「わかった」

涼介はバスに乗っている間中ずっと窓から海を眺め、奈緒の携帯に写真を残していた。晴れていたので海面が太陽の光を反射し、海の色が透き通るようなエメラルドグリーンになっている。こんな形の帰省ではなく、きちんと里帰りに連れてきてやればよかった。美しい海を記憶に留めようと懸命にシャッターを押す涼介を見ていると、胸が痛んだ。

バスを降りると、奈緒はスーツケースを引きながら病院から一番近いコンビニまで歩く。寛之のことも耕平のことも、自分には考えなくてはいけないことがたくさんあるのに、いま直面している問題は財布の中の残金が少なくなっていることだ。今日また交通費を出すといよいよ底をつきそうで、実家にいる間はさほど出費もないだろうと高をくくっていた自分に呆れる。寛之はカードでの支払いを嫌っていて、買い物はすべて現金でするように、と言われていた。クレジットカードの類は一枚も作ってもらえず、奈緒は毎月決まった額を寛之から手渡しで受け取るだけだ。金の出入りを知らない妻は、夫の不貞を見抜けない。いつかそんな話をママ友がしていたことを思い出し、学資保険の支払いですら寛之に任せきりでいたことをいまさらながらに悔いる。生活費を切り詰めて貯めた十万ほどが奈緒名義の預金通帳に入っているが、それを使ってしまえばもう自分は無一文。専業主婦の奈緒にとって、夫を失うことはそのまま貧しさに繋がる。

コンビニでスリッパやコップ、歯ブラシなど入院に必要な最低限の日用品を買い、ATMであるだけの預金、十万二千円を引き出してから病院に向かった。昨日とは違って正面玄関から中へ入ると、待合ロビーの椅子に腰かける患者たちが目に入る。患者の多くが八十を過ぎた感じの高齢者で、その患者たちに付き添っているのもまた年配者がほとんどだ。この辺りでは唯一入院施設のある総合病院なので、半島の北からも南からも患者が集まってくるのは昔からだった。

涼介を連れて病室に入ると、耕平は鼾をかいて眠っていた。病室の窓が三十センチくらい開いていて、耕平の鼾の高低に合わせるかのようにカーテンがゆらゆらと膨らみ揺れている。カーテンが膨らむたびに光が差し込み、室内を明るく照らした。鼾がやたらに響いていて、それを聞いていた涼介が吹き出し、奈緒に目配せしてくる。

「川岸さん、調子良さそうですね」

ベッドの頭側から耕平の顔を覗き込むようにして立っていると、病室の入り口で声がした。視線を向ければ昨夜世話になった三上が白衣姿で立っている。白衣のせいなのか、初対面の時よりずっと医師らしい。

「お世話になってます」

奈緒が頭を下げると、三上が病室の隅からパイプ椅子を二つ持ってきて奈緒と涼介に座るよう勧めてくれる。

「オペの日程のことなんですが」

三上は立ったまま、耕平を起こさないためか小さな声で話しかけてきた。

「執刀医の予定などを考慮して調整したんですが、一週間先の七月二十九日になりました」

「え……一週間も先なんですか」

「ええ、それが一番早いんですよ。川岸さんにはもう伝えました」

三上が手術日までのスケジュールを話し始めるのを、記憶に留めることなく聞いていた。どちらにしても付き添えないので真一に来てもらわなくてはいけないのだが、昨夜の刺々しいやりとりが思い出されこめかみがきりりと痛んだ。

ひとしきり手術当日までの説明が終わると、「この病院の良いところは病室から海が見渡せるところですね」と三上が病室の窓際に近づいていく。晴れた日は群青(ぐんじょう)の深い色をした海が見え、雲の多い日は銀色の波がうねる。夕陽(ゆうひ)のオレンジ。朝靄(あさもや)の隙間(すきま)からのぞく漆黒。風がすさまじく吹き荒れる悪天候の海も嫌いではないと三上は微笑み、当直明けの海は目に滲(し)みる美しさだとカーテンの膨らみに触れる。奈緒はにこやかな三上から目を逸(そ)らし、小さく頷く。

母がこの病院に入院していた時期、自分もよく窓から海を眺めていた。容体(ようだい)がいよいよ危なくなってくると、死はなぜか夜に訪れるような気がして朝陽が昇るまでは眠れなかった。母の手を握り、死に引きずられていかないよう祈る気持ちで真っ黒な海を見つめた日のことを、つい昨日のことのように憶えている。

「あの、いろいろとありがとうございました」

奈緒が会話を打ち切るように低い声を出せば、三上が会釈をして病室を出ていく。涼介が口元を引きしめ、奈緒の目の奥をじっと見つめている。

「お母さんは三上先生が嫌いなの？」

「すげえ怖い顔してるから」

「ううん、別に。どうして」

「そんなことないよ。ただ……お医者さんには患者の本当の気持ちなんてわからないだろうなって思っただけ」

患者もその家族も終わりの見えない不安と向き合っているのに「早朝の海は目に滲みるくらい美しい」と言われても。奈緒は耕平のベッド周りを薄いグリーンのカーテンで覆い、筋になって入ってくる陽射しを遮った。

「来てたんか」

力任せにカーテンを引く音で目が覚めたのか、耕平がしわがれた声を出しながらうっすらと目を開いた。目だけを動かしてカーテン内を見回し、涼介を見つけるとすぐに口元を綻ばせる。

「お父さんの手術の日程、いま三上先生から聞いたわよ。一週間先だってね」

「そうや」

「一週間も待つの？」

「しかたない。病院側にも都合があるからな。ここの整形外科は、非常勤の医者しかいてないそうや」

「もっと早く手術してもらえる病院に転院したら？」

「転院はせん」

「京都市内の病院に移れば、お兄ちゃんも通いやすいのに」

「いいんや。おれはこの病院で手術を受ける」

言い合っているうちに、一語一語が荒くなっていく。母の手術の時もこんなふうにやり合ったことを思い出し、奈緒は口をつぐんだ。あの時だってどれほど説得しても、父は奈緒の頼みなんて聞いてはくれなかった。

「おまえはなんも心配せんでええ。自分のことは自分でするから」

奈緒から出る次の言葉を押し戻すように強く言うと、耕平は涼介のほうに向き直る。

「昨日はよう眠れたか」

「うん」

「暑くなかったか」

「エアコンつけてたし」

「なんか美味（うま）いもん、食わせてもらったか」

「卵と小松菜。小松菜はじいちゃんの畑から勝手に抜いた」

耕平は間髪を入れずに質問し続け、涼介は笑いながら丁寧に答えていた。初心者同士の卓球みたいに長閑（のどか）なテンポで会話が弾（はず）む。涼介がまだ地元の魚を食べていないことを聞くと、「涼介に刺身食わせてやれ。知り合いの漁師におれから頼んでやるから」と耕平が奈緒を振り返る。懇意にしている延縄(はえなわ)漁師がいて、その男に頼めば地元でもそうそう口にできないほど新鮮なマグロを振る舞ってくれるはずだ、と。

「じいちゃん、ハエナワってなに」

「涼介は延縄漁も知らんのか」

延縄というのは漁具の種類のことで、一本の長い幹縄に適当な間隔を置いて枝縄が取りつけられた仕掛けだった。枝縄それぞれに針がついていて、海面下に浮かせて使うのが浮(うき)延縄、海底に沈めて張るのが底(そこ)延縄。地元の者にとっては見慣れた仕掛けだが、涼介には想像もつかないらしく、耕平が入院パンフレットの余白に絵を描き説明してやる。

楽しげに話す二人をぼんやり眺めていると、「奈緒、電話貸してくれ」と耕平が手を伸ばしてきた。いまここで知り合いの延縄漁師に電話をかけるからと言ってくる。病室で電話をかけるなんてマナー違反だから、そう言い返そうと思った矢先、まるでやりとりを聞いていたかのようにバッグの中の携帯が震え出した。

「ごめん、電話」

足早に病室を出て、奈緒は廊下の先にある談話室に駆け込む。「もしもし」携帯を耳に当てると、電話の向こうから囁(ささや)き声や、カチャカチャと耳障りな雑音が聞こえてきた後、

『ヒロユキダケド』

という乾いた声が聞こえてきた。画面に出ていた番号が夫のものとは違っていたので、奈緒は思わず携帯を耳から離し、ディスプレーのナンバーを確認する。

『もしもし、おれ。奈緒か？』

今度ははっきりと、夫の声が聞こえてきた。これほど待ちわびていたのにいざ声を聞くとなにを言えばいいのかわからず、なぜ違う番号からかけてきたのかという疑問すら一瞬にして消え失せる。

「どうしたの」

そしてようやく口から出たのは、媚を含んだ、薄気味悪いくらい甘ったるい声だった。

『今日、有休取ったんだ』

「そうなんだ……珍しいね、いつもはめったに有休なんて取らないのに」

会社を休んでここまで迎えに来てくれるのか、と声が上ずる。たった二日間の家出で事態が好転するなんて、と崩れそうだった自信が持ち直す。やっぱりこの人は気づいてくれた。妻と息子を失いかけてようやく、彼にとってなにが一番大切なのかを悟ってくれた。言いようのない安堵感に両目がじんと熱くなる。

『おれいま、病院に来てて』

耳に携帯を当てたまま談話室の入り口まで走り、廊下を覗くようにして顔を巡らせる。

まさかもう海生病院に？　なにも言ってないのに父の入院のことを知っているなんて……。

ああ、そうか。真一だ。途方に暮れた寛之が、真一に連絡を入れて聞いたに違いなかった。自分の過ちを涙ながらに悔いる寛之の顔が脳裏に浮かぶ。奈緒と涼介を連れ戻そうと必死になっている夫の顔は、奈緒の胸を甘い幸福感でいっぱいに満たす。

「病院のどこにいるの？　私はいま東病棟の談話室にいるよ。涼介はお父さんの病室、二〇一号室にいるの」

受話口の向こうで不自然な間があった。銃弾を装塡(そうてん)しているような冷たく硬い、間。

『……おれ、子供ができたんだ』

奈緒のすぐ横を薄紫色のパジャマを着た女が、通り過ぎていく。やけにのろのろ歩いているのは点滴棒を引きずっているからだ。管に繋がれた腕で銀色の棒を押しながらゆっくりと歩く女の骨ばった背中を、奈緒は見つめる。

『響子に……子供ができた。だから、もう猶予がなくなった。すぐにでも離婚届にサインと判子を押してくれないか』

頭から足元に向かって、血液が一気に下がっていく。悪い夢でも見ているのだろうかと、後ずさるようにして談話室の中に戻る。

『おい、聞いてんのか』

夫のくぐもった声を聞きながら、携帯を持っていないほうの手でテーブルの縁を握り、椅子に座った。電話の向こうにある響子の気配を感じ取る。響子が息を潜め、奈緒の返答を一言一句聞き逃すまいと耳を寄せている姿が透けて見えた。

『慰謝料や養育費のことは、できる限り誠意をもって対応しようと考えてる。それはおいおい話し合うってことで』

携帯を持つ右手の震えが烈しくなり左手に持ち替える。だがじきに左手も右手と同様に震え出し、手の中から滑り落ちそうになる。奈緒はテーブルの上に携帯を置いてハンズフリー機能に切り替えた。まるでラジオのように携帯が好き勝手に喋り始める。

『なあ奈緒。これはもう現実なんだ。夫婦喧嘩というレベルじゃなくて、このおれが本気で頼んでるんだ。……聞いてんのか』

寛之が響子にせっつかれて離婚を切り出しているのだとしても、電話でこんなことを告げられるほどに、自分に落ち度があったのだろうか。妻として至らないところがあれば、こんな仕打ちをされる前に教えてほしかった。いま奈緒がどこでなにをしているのか、どんな精神状態でいるのかもわからないのに、いきなりこんな電話をかけてくる。あまりに酷ではないか。そばにいるだろう響子に動揺を気取られたくなくて、声は発さない。寛之は、奈緒が一週間以内に離婚届を送れば、慰謝料も養育費も相場通りの額を出すつもりだと言ってくる。ひどいことをして頼みごとをしているくせに、勝手に期限を切って居丈高に押しつけてくるところはいつも通り。相場。相場？　いったいなんの相場だというのだろう。

『おい、なんとか言えよ。聞いてんのか』

うな垂れた姿勢のまま前のめりになり、テーブルに突っ伏した。木製のテーブルが冷たくて、額がひんやりとする。だが頭の中はどろどろと熱く、ぼうっとしていて、寛之を傷つける言葉も、自分を守る言葉も思いつかない。そもそもそんな言葉を咄嗟に口にできるほど、自分は賢い女ではない。奈緒の気配が電話口から消えたせいか、寛之がますます大きな声で『離婚』『慰謝料』『マンションの権利』と話し続けるのを、ふやけた頭で聞き流す。

奈緒がなんの返答もしないことに焦れたのか、寛之の声がぱたりとやみ、数秒の沈黙の後、

『ねえ、聞いてるんでしょう』

今度は女の声が携帯から漏れ出した。

『私ね、好きな人と結婚して、子供を持って、幸せな家庭を築くっていう夢を叶え

たいのよ』

響子が、昨晩と同じようにやけにゆっくりとした口調で話しかけてくる。

『わかってるの、無理なお願いをしているのは十分承知しています。だから、きちんと話し合いましょう。あなたが涼介くんを盾にして逃げ回っていること、私にはわかるわ。でもね、私にも子供ができたんです。寛之さんの子供です。だから立場は同じなの。逃げずにきちんと話し合って――』

額をテーブルにつけたまま、手を伸ばして電源を切る。無理やりに響子の声を引きちぎると、荒い呼吸音だけが耳の奥で繰り返される。奈緒はすぐそばに響子がいるかのような恐怖を感じつつ、静かに頭を起こした。首を立てると頭の後ろのほうがずきりと痛み、その疼（うず）きに奥歯を噛んで抗（あらが）いながら震える手を握りしめた。

# 4 覚悟

談話室を出ると周りの音が消えていて、右なのか左なのかどちらに進めばいいのかわからなくなった。光の差さないがらんどうに入り込んだように方向感覚を失っている。

自分の夫に、他の女との子供ができる。これはいったいなんの罰なのだろう。病院の廊下が長いトンネルに思えてくる。抑えきれない喜びが響子の声に滲んでいた。他人の人生を踏みにじった上で成り立つ夢なんて、あるのだろうか。

怒りで全身が震えてくる。手首から指先までの感覚がなくなり、みっともなく振れ続け、でも動きを止めることができない。奈緒は廊下の壁に寄りかかりながら携帯を左の手のひらに置き、震える指先で響子のブログを開いた。

『人生って、運命って、本当にわからないものですね。それはふと訪れた旅先で極上のワインに出逢うことに、ちょっぴり似ているのかもしれません。これまでひとりで生きてきた私（あ、もちろん大好きな両親や妹、私を励まし支え続けてくれる友人たちに囲まれてですよ）。自由人だった私はこれまで、生涯をともにするパートナーは必要なかったんです。結婚というシステムに自分は向かないって思ってたから（笑）。でもそういう考えを改める出来事がありました。誰かと家庭を作る、そういう生き方を――』

ブログの文章を途中まで読み、画面を暗転させる。これ以上読み進めることはできない。

でもすぐに電源を入れ直し、どこに電話をかければいいのかもわからないままダイヤルボタンが並ぶ画面を開いた。どこかにこの苦しみを吐き出したい。それなのに1から0まで並ぶ数字を凝視するだけで指先は動かず、再び暗くなった画面に目を向けたまま放心する。

「院内でのお電話はご遠慮いただくことになってるんです」

通りすがりの看護師から肩を叩かれるまで、奈緒は携帯の画面を見つめたままその場に立ち尽くしていた。

「あの、大丈夫ですか」

小柄な看護師が、心配そうに奈緒を見上げてくる。

「……すみません」

視線から逃れるために足を前に出したけれど、膝の力が入らなかった。それでも廊下に沿って据えつけられている手すりに摑まり、なんとか歩き出す。自分が想像する以上のスピードで、もうひとつの現実は動いている。寛之は本気で、家庭を捨てるつもりでいる。

二十二歳で寛之の妻になってからずっと、完璧な主婦を目指してきた。ハウスダストのアレルギーを持つ寛之のために毎日掃除機をかけ、バスルームだって黴ひとつ出ないよう磨き上げた。普段から外食が多い寛之に、家庭ではできる限り手作りのものをテーブルに並べ続けた。ダイエットをするから魚中心の献立にしろ、そう言われれば涼介が苦手でも煮魚を出したし、カロリーの低い料理を作る勉強も怠らなかった。自分は妻として懸命にやってきたつもりだ。生活費が足りないと訴えることも一度だってなかった。ブランド物の財布やバッグの代わりに手製の小物を持ち、洋服にしても数年に一度バーゲンで新調するだけだ。結婚記念日や奈緒の誕生日にプレゼントをもらったこともなかったけれど、マンションのローンのことなど考えればそれもしかたがないと思っていた。

『今日は交際一周年記念。彼にねだってしまいました。二人の前にはまだ乗り越えなくてはいけない壁はあるけれど、でも一緒なら絶対乗り越えられるから』

響子のブログで見た写真を思い出す。その胸元にあったのは高級ブランドのネックレス。響子のいう『乗り越えなくてはいけない壁』はいったいなんだというのだろう。奈緒と寛之の離婚のことを言っているのだろうか。愛人と夫が、妻との間に勝手に壁を作って楽しんでいただけじゃないのか。妻に隠れて愛を育む毎日はさぞ楽しかったことだろう。薄暗い場所で人の目を盗みながらこそこそと手を握り合う行為は、この上なくスリルがあったはずだ。それで次は、自分たちで作った壁を乗り越えて奈緒と涼介を傷つけに来るという。

勝てるわけがない。

夫が夢中になっている愛人に、妻が勝てることなどあるのだろうか。

これまで夫の言うことだけに従って生きてきたから、こんな時どうしていいのかわからない。もう、寛之の気持ちを変えることはできないのだろうか。

死ねばいいのに。心底そう思った。篠田響子もお腹(なか)の中にいる子供も死ねばいいのだ。そうすればなにもかも元に戻る。そう強く念じながら、怖くなる。病魔と闘っている人が大勢いる病院の中で、人の死を真剣に願っていることがおぞましく、自分にそんなことを願わせる寛之が心底憎い。憎くて恨めしくて、体が震えた。いまこの場で泣き叫び、汚泥のように湧(わ)いてくる憎しみをすべて吐き出したい。

夢中で足を前に出しながら、ようやく耕平の病室にたどり着いた。

病室に入ろうとして、でも涼介と耕平が楽しそうに釣りの話をしているのが聞こえてきたので、入り口の手前で立ち止まった。自分はきっと歪(ゆが)んだ顔をしているに違いない。

歩いてきた廊下を引き返し、一階に下りていく。一階の受付の前方には庭に続く扉がある。外に出て、人の視線を感じないですむ場所に行きたかった。

鉄製の扉を開けて外に出れば、そこには海に面した庭があり、青々とした芝生が敷き詰められていた。風の中に取り込まれる浮遊感を味わいながら海に落ちないようにと取りつけられた柵のそばまで歩いていく。海を見下ろすように柵から体を乗り出せば、強い海風が吹きつけてきて、肩まである奈緒の髪をふわりと持ち上げる。

『だから立場は同じなの。逃げずにきちんと話し合って――』

あの電話の続き、篠田響子はあの後なんと言葉を繋ぐつもりだったのだろう。自分から電話を切ったくせに、その続きがどれほどひどい言葉で埋められるはずだったのか、聞かなかったほうの怖さが増してくる。

携帯の画面から立ち上ってきた響子の幸せの気配が、奈緒の胸を黒く塗り潰していく。このところ悪化している頭痛がこめかみから首の付け根にまで広がり、吐き気がしてきた。鎮痛剤の入った箱を取り出し、だが錠剤を一錠ずつシートから外すのが億劫で、適当に力を込めてシートから外れたぶんの錠剤をすべて手のひらに載せた。これを大量に飲めば辛いことから逃げられるかもしれない。自暴自棄に振る舞えば寛之が心配してくれるかもしれない。芝生の上に散らばってしまった錠剤も拾い、まとめて口の中に放り込もうとし、だがその時目の前に人の手が伸びてきて手首をきつく摑まれた。手のひらからパラパラと白い錠剤がこぼれ落ち、

「その量はいけませんね」

聞き覚えのある声が、頭上から落ちてくる。

「そんなことをしたら、涼介くんやお父さんががっかりしますよ。それに鎮痛剤を大量に飲んだところで死ねませんしね」

身を捩って手首を摑む手を振りほどこうとしたが、手錠でもかけられたようにそのまま強い力で引き上げられた。

膝の上に載せていた麻紐バッグが地面に落ち、中身が地べたに転がっていく。奈緒は、足元の麻紐バッグを見つめた。夏に入る前にハンドメイドした、生成りの麻紐に水色のレースリボンを織り込んだ力作だった。出来上がったバッグを見せると、寛之が「なかなかいいじゃん」と笑ってくれた。手作りだと言うと、五千円程度の売り物に見えると褒めてくれた。片手で携帯をいじりながらだけれど、そんなふうに褒めてくれたことが嬉しくて、満足していたのだ。あの時、寛之が眺めていた携帯の画面には響子からのメッセージがあったのかもしれない。

「さっき廊下を歩いていたら、談話室から電話の声が漏れてきて」

三上がバッグを拾い上げ、底についた芝を指先で払っていた。

「初めは携帯で動画でも観（み）てるのかと思い、立ち止まったんですよ。談話室の外まで音が漏れてること、伝えようと思ったんです」

奈緒は俯（うつむ）いたまま顔を上げず、三上が差し出してきたバッグをぼんやり見ていた。眩（まばゆ）いほどの太陽光の下では、編み目の粗い箇所が目立ってしまう。とてもじゃないが五千円もする既製品には見えない。

「電話の最中だと知ってすぐにその場を立ち去ったんですけど、内容を少し聞いてしまいました。それで気になって後をついてきたというか」

手編みのものは、目が詰まりすぎたり飛んでしまうことがある。そんな時は、失敗した箇所まで目をほどいて最初から編み直さなくてはいけない。編むスピードに比べてほどける時間は一瞬で、それまで費やした労力も一瞬で消えてしまう。寛之との関係を修復するためには、どこまでほどけばいいのだろう。どこの編み目を間違えたのか。誰か教えてくれないだろうか。

「頭が痛かったから……薬を飲もうとしただけです」

「そうですか。職業柄どうしても量が気になったんで声をかけました」

「ほっといてくれればよかったのに……。電話の内容……どこから聞いてたんですか」

三上と話しているうちに、自分の腹の底にある気持ちが怒りだけではないことがわかってくる。劣等感。響子に、これまで抱いたことのない烈（はげ）しい劣等感を覚えていた。

「なあ奈緒、の辺りかな……」

ぐらりと斜めに傾いた奈緒の体を、三上が支える。顔を下に向けたまま視線だけを少し上げれば、柵越しに穏やかな海が広がっている。

三上はそれからしばらくなにも口にせず、片膝を折って足元に転がったままだったバッグの中身を拾い集めていた。化粧ポーチ、財布、携帯、ハンカチ、ティッシュ、鎮痛剤の箱を手渡され、空っぽだった麻紐バッグに重みが戻ってくる。

「うちで働いてみたらどうですか。ここで看護師として働きながら涼介くんを育ててみるのもいいかもしれないですよ」

「なんの冗談ですか、それ」

「実はついさっき川岸さんから、あなたが看護師免許を持っていることを聞いたところなんです」

奈緒が口を開き、言い返そうとしたその時、白衣のポケット越しに携帯の着信音が聞こえてきた。三上が「はい」と話し始める。三上から視線を外し、再び凪いだ海面に視線を向けた。

——響子に……子供ができた。だから、もう猶予がなくなった。すぐにでも離婚届にサインと判子を押してくれないか。

寛之に突きつけられた現実が思い出される。ゴーストタウンを離れ、都会に出て結婚し、そしてまたこの場所に戻ってきた。双六でいえば、ふりだしに戻る。奈緒は唇を開きそっと息を吐き出す。自分は結局、幸せにはなれなかった。

「じゃあ、ぼくはこれで」

「あ、あの……さっき電話で聞いた話、父には言わないで」

「わかってます。医師には守秘義務がありますからね。内山さんはぼくの患者ではありませんが」

芝生の上に散乱していた錠剤をすべてかき集めて白衣のポケットに入れると、「もし頭痛薬がいるなら受診してください」と三上は言い残し、扉を開けて立ち去っていった。

彼が病棟に戻るのを見届けた後、奈緒は響子のブログを開いた。いつも以上に鼓動が速くなり、卑屈な行為を誰かに見られているような罪悪感にも苛まれたが、指の動きは止まらない。ブログは、幸福に満ちたコメントで埋められていた。『好きな人と過ごす一瞬一瞬が神様からの贈り物』『新しい生活が始まり張りきっています！　家庭と仕事、どっちも宝物』希望に溢れるコメントばかりが並び、アップされている写真も、新婚家庭にありそうなペアカップや揃いのパジャマなど、甘ったるいものばかりで胸が塞いだ。まるで覗き穴だなと思う。携帯の画面は暗い穴だ。

穴の向こう側にはパステルカラーの風景が広がっているというのに、覗けば覗くほど自分自身は薄汚れていく。暗い場所に堕ちていく。海や空が青く澄んで美しいだけに、この場所でこんな行為を繰り返している自分が惨めだった。自撮りだろうか。響子は顎を引き、上目遣いの笑顔を見せていた。

「涼介おまえ、筋がいいな。ほんまは初めてやないんやろ」

「正真正銘、初心者だぜ。じいちゃんが弱すぎんだよ。弱すぎ弱すぎ、相手になんねえな」

耕平の病室に戻ると、ベッドの上に将棋盤を置いて二人が将棋を指していた。耕平は枕を背に当て上半身を起こし、涼介がベッドサイドに座っている。将棋盤などどこにあったのかと尋ねると、退院した患者が置いていったものを看護師が持ってきてくれたのだと、涼介がこちらを見ずに答える。

「おいおいじいちゃん、そこでいいのかよ。南無阿弥陀仏唱えとけよ」

涼介が将棋を指しているところなんて初めて見た。

「お、ちょっと待った。頼む、この通りや」

長引きそうな対局を横目で見ながら、奈緒は病室の窓に近寄っていく。二階の窓から見える海は、さっき庭で眺めていたのと同じ方角の海だ。この辺りの海は三方を山に囲まれた湾になっているのでこれまで一度たりとも荒れたことがないと、遠い昔、祖母に聞いたことがある。

「なあ。お母さんて、看護師の資格持ってんの？」

おぼろげな記憶になっていた祖母の顔を思い浮かべているところに、涼介が背中から体当たりをしてきた。本人はじゃれているつもりだろうが、けっこうな衝撃に体がぐらりと傾く。

「え、まあ……。資格だけはね」

「さっきじいちゃんが三上先生に話してたんだ。すごいじゃん、知らなかったぜ」

耕平のほうをちらりと見ると、奈緒の視線を避けるように体を横たえた。半分に折り畳まれた将棋盤と駒の入った木箱は床頭台(しょうとうだい)の上に片付けられている。

「せっかく免許取ったのに、なんで看護師にならなかったんだよ。いつもおれに、頭でも体でも心でも使えるものはなんでも使え、って言ってるくせに」

どうして自分が看護師にならなかったのか。それを一番よく知っているのは、そこで寝たふりをしている人よ。奈緒はそう口にしたい気持ちをこらえ、「向かないと思ったから。大変な仕事すぎてお母さんにはできないなって」と適当な理由を薄笑いで語る。

病院を出てバス停まで歩けば、駅行きのバスが出てしまったところだった。

次のバスまであと一時間半ほど待たなくてはならないことを知ると、涼介が「東京に帰るの明日にしようぜ」と口を尖らせる。猛烈な陽射しに射され、奈緒も「そうしよっか」と返していた。響子からあんな話をされたいま、急いで帰ってどうなるというのか。

「でもさ、帰らないとなるとスーツケースが間抜けだよな。重いし」

実家方面のバスに乗り込むと、エアコンの涼気に包まれてようやく息ができたような心地になる。涼介は一番前の席に陣取り、朝と同じように窓の外の景色に見入っていた。涼介がこの土地を気に入っていることに、奈緒は気づいていた。昨日から自然の精気を呑み込んだかのように生き生きとしている。でもこの場所に留まるわけにはいかないという奈緒の決意を知っているのか、涼介はそれを口には出さない。

実家に戻ると、奈緒は涼介のために風呂を沸かした。昨夜は疲れきっていてとても風呂なんかに入る気持ちにならなかったが、さすがに今日は汗を流したい。小窓を覗きながら種火を点けるといった旧式の風呂を沸かすのは十二年ぶりだったけれど、清潔な湯を溜めることができた。

「お母さん、散歩しようぜ」

風呂に入り、夕飯の支度のために台所に立つと、涼介が誘ってくる。

「いまから？　また汗かくじゃない」

「暇なんだよぉ。まだ七時前だし」

病院と家の往復だけでは体力を持て余すというように、涼介が奈緒の腕を引っ張ってきた。お母さんが行かないならおれひとりで行くから。そう言って脅され、洗面台に虫除けスプレーを取りに行く。

「せっかくお風呂入ったのに」

気乗りしないまま、ミントの香りがする虫除けスプレーを涼介の肌に吹きかける。半袖から伸びた手足、剝き出しの首下、両耳には手で塗りつけてやる。

「お母さんにもかけてやる。目瞑って」

「顔はいらないよ。手と足だけでいいから」

外はまだ明るかったけれど、日が落ちるとたちまち真っ暗になるのが山間の集落だ。奈緒は懐中電灯を片手に玄関を出た。西の空にはきれぎれになったオレンジ色の雲が残っている。

「なんか、匂いするな」

「山の匂いよ。夜になると昼間よりずっと濃くなるの」

夏草の匂いを喉の奥で味わいながら、二人並んで家の前から続く急勾配の坂道を下っていく。

「あの黄色い蝶、昨日もここを飛んでなかった？」

「蝶道になってるのかもね」

「チョウドウってなんだよ」

「蝶の道ってことよ。蝶ってね、何度も何度も行ったり来たり決まったコースを飛ぶことがあるの」

捕虫網を握りしめて虫を追った子供時代が奈緒にもあった。世界の中心はいつだって自分が立つこの場所で、そばに家族と友達がいるだけで毎日が満たされていた。春になると色とりどりの蝶が飛び交い、通学路の小道で蕨や蕗などの山菜を両手で持ちきれないほど摘んだ。夏は川釣り。市販の餌なんかつけなくてもちくわや米粒なんかで山女や鮎を釣ることができたし、秋には雑木林へきのこ狩りに出かけた。ゴーストタウンなどと言われても、子供にとっては最高の遊び場だったのだ。

「そうだ、お母さん知ってた？　蝶って家で飼えるんだってよ。卵産ませたりもできるんだって」

「ほんとに？　でもさすがに蝶は無理でしょう」

「三上先生が、雌の蝶を産卵させる方法教えてくれたんだ。餌には薄めた砂糖水をやればいいんだって。水と蜂蜜を混ぜてもいいって。それに丸めたティッシュを浸して、口に近づけてやるんだ」

「犬や猫の赤ん坊じゃあるまいし、蝶がパクッて口開けたりしないでしょ」

「針を使うんだ」

「針？」

「針の先で、普段は丸まっている蝶の口を伸ばしてやるんだって。そうしたらチュチュって飲み始めるって」

ふうん、と話を合わせながら、三上が指先で蝶の羽をそっとつまみ、針先で蝶の口をつついている姿を想像してみる。蝶なんていつ飼っていたのだろう。

「毎日一回、蝶が満腹になるまでそうやって餌をやってれば、無事に卵を産むんだってよ。おれ、蝶の産卵やってみたい」

「蝶は避けたいなぁ。せめてカブトムシにしようよ」

「蝶がだめでカブトムシがいいっていう基準がいまいちわかんない」

「蝶なんて繊細な生き物を小さな箱に閉じ込めるのは気が引けるよ。カブトムシなら、お母さんだけが知ってる秘密の場所があるよ」

「なんだよそれ」

「ため池のそばにすっごく大きなクヌギの木があってね、幹を蹴ったらカブトムシが降ってくるのよ。雹か霰みたいにバサバサって」

「まじか」

「そのクヌギだけ他の木と比べて樹液の量がはんぱなくてね。だから虫もすっごいたくさん集まってきて。いまもあるかなぁ」

「あるある。絶対あるから連れてって」

「それにしても涼介、いつからそんなに虫好きになったの」

「昨日から。だって地球上に存在する生き物の半数以上が虫なんだぜ。約半数の生き物を嫌いになったら損じゃん。おれ、虫好きになるって決めたんだ」

「それも三上先生に教えてもらったの？」

「ピンポーン。あの人やばいよ。昆虫博士」

涼介が立ち止まり、耳の後ろを血が滲むほど掻きむしっている。虫除けスプレーがかかっていない部分を狙われたと舌打ちし、「でも蚊のことは恨まない。餌やってんだ」と強がっている。おれ、虫好きになるって決めたんだ――。人のこともそんなふうに、自由自在に好きになったり嫌いになれたりしたら楽だろう。涼介と二人で夕焼け小焼けを口ずさみ、傾斜の緩い山道を上っていく。ため池からヒキガエルの鳴き声が聞こえてきた。涼介がうがいをするみたいにして声を真似、それがあまりにも似ているので腹に手を当てて笑った。

「こっちの道行けば昨日のばあちゃんの家に出るよな。寄ってみる？　また倒れてっかもよ」

涼介が立ち止まり、野道の先を指差す。奈緒も少し気にかかっていたので行ってみようかとも思ったが、こんな時間に訪れてもかえって迷惑だろう。

「今日はもう遅いよ。山には本物の夜が来るのよ。じきに真っ暗闇になるから」

「本物の夜が来ても、おれは怖くないけど？　だって見ろよ、この星の数」

自信ありげにそう言い放つ顔を見て、この子はきっと闇を恐れたりはしないのだろうと思う。

「ねぇ涼介。前から聞きたかったことがあるんだけど」

「あいよ」

「あんたってさ、怖いって思うことないの？　小さい頃はそれなりに怖がりだったような気がするけど、いまはほんっとに怖い物知らずだよねぇ」

この子はなにも考えていないバカかもしれない、と本気で悩んだこともある。口には出していないけれど。

「ああ。おれ、怖いスイッチ切ってるから」

「怖いスイッチ？」

「そうそう。人が怖いと思う場面で、おれは攻撃スイッチが入るんだ。お母さんはさ、もし自分以外の人間が全員ゾンビだったらどうする？」

「なにそれ。ゲームの話？」

「たとえ話だよ。なぁ、ゾンビに囲まれたら？」

「どうするって、そりゃ怖いわよ」

「だろ。凡人は怖がるんだ。でもおれは違う。怖いというスイッチがオンにはならなくて、攻撃スイッチが入る。ゾンビがおれを襲う気なら、おれもゾンビを襲ってやるんだ」

　このスイッチを作ったのは小学三年生の時だ、と涼介が真顔になる。クラスにやたらに暴力をふるう男子がいて、体も大きかったからみんな怖がっていた。みんなが怖がって下手（したて）に出れば出るほどその男子は調子に乗って好き勝手振る舞っていた。だから自分は怖がらずに攻撃してやろうと思ったのだ。殴られても蹴られても怯（ひる）まない。逃げもしない。泣くなんてことはもってのほか。やられたらやり返す。それを根気よく続けているうちに、相手が仕掛けてこなくなったのだと涼介が得意げに話す。

「そんなことがあったの？　お母さん全然知らなかった」

「当たり前じゃん、話してないんだから」

「よく我慢したね」

「だっておれ、なんも悪くないから。そいつの暴力、先生にだって止められなかったんだぜ。だったらもう戦うしかないじゃんか」

　突然足を前に蹴り出し、その場で回し蹴りをしてみせる涼介を、やっぱりこの子はバカなのかもしれない、と思う。やられたらやり返す。でも相手が強すぎてこてんぱんにやられたらどうするというのだろう。

「お母さんもさ、怖いと思ったら攻撃スイッチに切り替えろよ。怖いけど、やってやろうじゃんって思うんだ。そうすれば相手の思い通りにならなくてすむ」

でもいい。こんなに強い心を持って生きていけるのなら、バカでもなんの心配もない。

「涼介、ありがとう」

涼介が散歩に誘ってくれたおかげで、耳の奥に残っていた響子の声が消えた。

「なにお礼なんて言っちゃってんの。それよりさ、一階の電気点いてんだけど」

坂道の上にある実家から灯(あか)りが漏れていた。消し忘れたのだろうか、居間も窓だけ光って見える。でも散歩に出かける時、居間の電気を消して玄関の電灯だけを点けておいたはずだ。

「泥棒かよ」

「まさか。泥棒だったら電気なんて点けないでしょ。……消し忘れたのかな」

「おれが見てきてやる」

「無茶なこと言わないで。私が先に行くから涼介は門の前で待ってなさい。なにかあったら警察に電話して」

涼介に懐中電灯を持たせ、玄関に向かう。のんびりと散歩しているうちに日はすっかり暮れてしまい、外灯ひとつないこの辺りは本物の夜の怖さを教えてくれる。

玄関の引き戸をそっと引けば三和土に(たたき)ある男物の靴が目に入り、居間に続くドアの隙間(すきま)から細長い光が漏れ出していた。三和土にある靴には見覚えがあった。奈緒は気持ちを鎮めるために一度大きく息を吸う。そのまま後ずさるようにして、涼介を待たせていた門扉まで戻る。暗闇の中で涼介が持つ懐中電灯がぐるぐると大きな円を描いていた。

「やっぱ泥棒だったか」

どこで拾ってきたのか、涼介は五十センチほどの朽木を手にしている。

「じゃあただの消し忘れか」

「違うよ」

「……お父さん」

「じいちゃん？　へえっ、もう退院してきたのかよ」

「涼介の……お父さん」

寛之は決まったメーカーの靴しか履かない。古びた実家の玄関先に脱ぎ捨ててあったのは、靴先の尖った見慣れた革靴だった。

「おかえり」

奈緒と涼介が家に戻ると、寛之はここが自宅のマンションでもあるかのように話しかけてきた。実家なのに居心地が悪いのは、寛之がわが物顔で居間のソファに腰をかけているからだろう。夫がいるところだけ空間がいびつに見える。

「涼介、おまえが好きなチーズケーキ、買ってきてやったぞ」

寛之は自由が丘の有名店の店舗名が印刷された紙袋を目の位置まで掲げ、涼介に向かって振ってみせる。

「嬉しくないのか？　前食った時、絶賛してたじゃないか。こっちはこれ買うために、二十分近く並んだんだぞ」

「飯食った後だから腹減ってねぇよ。お母さん、おれ二階の部屋でマンガ読んでるわ。今日病院で看護師さんにもらったやつ」

家の中まで持って入った朽木を、網戸と窓を同時に開けて外に放り投げ、涼介が居間を出ていく。本当はまだ夕飯なんて食べていない。

「相変わらず気ままな奴だ」

「気ままじゃないわよ、全然」

「なんだよ、そんな顔して」

「だって……驚いたから」

なにしに来たのだと怒鳴りつけてやりたいのに、責める言葉が喉の奥で留まっていた。結婚し、夫に養われてからというもの強い言葉を使えなくなっている。

住所を頼りになんとかたどり着いたまではよかったが留守だったから、と寛之が愛想良く笑う。駅からタクシーに乗った時はまさか一時間以上もかかるとは思わなかった。車が山奥に入っていくので誘拐されるのかと焦った。おもしろくもなんともない冗談を、奈緒はなにも言わずに聞き流す。

「あ、勝手に家に入ったことを怒ってるのかよ。しかたなかったんだ。近くにカフェもなにもないし、真夏に外で待つわけにもいかないだろう。虫も多いしな。玄関開けたらラッキーなことに鍵が開いてたってわけだ。家族だから別にいいだろう。不法侵入で訴えんなよ」

二階から物音が聞こえてきた。涼介が窓を開けているのだろう。二階の部屋にはエアコンがない。

「私たち、まだ家族なの？」

奈緒はゆっくりと移動し、居間の窓を開け放つ。寛之が勝手につけていたエアコンが効きすぎて、体が冷えていく。そういえば暑さが苦手な寛之は、マンションの部屋をいつも奈緒や涼介が寒がるくらいの温度に設定していた。窓を開ければ湿った夜の空気と周辺の緑の匂いが流れ込んでくる。窓の外の暗闇が、黒い壁のように見えた。

「どうしたの、突然訪ねてくるなんて」

声が震えないよう緊張しながら、奈緒はテーブルの前の椅子に座る。

「話し合いのためだ。電話では埒（らち）が明かないから」

寛之は手の中の携帯をいじりながら、唇の片端を持ち上げる。自分が悪いと知りながら相手が折れるのを待つ時に見せる、夫の癖だった。どうせ響子にせっつかれでもしたのだろう。この時間に着くということは、昼間、奈緒に電話をかけてきた直後に東京を発（た）ったに違いなかった。

「あなたが離婚したいという気持ちはよくわかった。でも……。でも、離婚って、離婚届にサインをして印鑑を押して、それで終わりなの？」

夫が、家族で暮らしてきたマンションとは別に、女と住むための家を購入していた。どういう経緯で買ったのかはわからないし、実際には響子名義なのかもしれない。だが自分の知らない場所で他の女との人生を勝手に始めていたのは事実だ。その上、女には夫の子供が生まれる。だから妻と別れたいと言う。結婚とはなんなのだろう。夫婦どちらかの意思で、そんなに唐突に終わりにできるものなのだろうか。

奈緒は理不尽な思いを訥々（とつとつ）と語っていく。

「じゃあどうすりゃいいんだ？　どうしたらおまえ、納得するんだよ」

本当のことを言えば、響子の存在を知った時にある程度の結末は見えていた。夫の気持ちはもう自分にはない。そのことがわかった時点で覚悟を決めなくてはいけなかったのかもしれない。ただ離婚の先にあるものが、奈緒と寛之とでは違いすぎる。新たに家を構え家庭を作る準備を始めている寛之に対して、自分は前触れもなく婚姻関係を絶たれるのだ。十年以上も家族でいたのに。

「ほんとに……もうやり直せないの？」

寛之のことが憎くて憎くてたまらないのに、まだ自分はしおらしい声を出している。情けない。

「私にはあなたしかいないの。結婚してからずっとあなただけを頼りに生きてたの。ねえ、涼介のこと考えて。あの子まだ十歳よ。これから思春期に入る大事な時期でしょう、それなのに、あの子まで見捨てるの」

寛之が黙り込んだので、奈緒は思いつくまま繋ぎ止めるための言葉を並べる。自分たちには家族としての歴史がある。そう簡単には切れないはずだ。涼介の生きた十年間はそのまま自分たちが夫婦として生きた証だ。もう一度考え直してほしい。

奈緒が繰り返し懇願する間、寛之はひと言も話さなかった。

どれだけの時間、なんの反応も見せない寛之相手に話し続けただろう。

静まり返った居間に電子音が鳴り響き、寛之が傍らに置いていた携帯を手に取った。女の声が携帯から漏れ出し、寛之の顔つきから相手が響子だということがわかる。

携帯を握らせる。

「向こうからだ」

携帯を突きつけられ、奈緒は首を振って体を引いた。

「いいから出ろよ。おまえと話がしたいらしい」

寛之が低い声を出しながらソファから立ち上がり、奈緒に近づいてきて携帯を握らせる。

『寛之さんが急にお邪魔して、ごめんなさいね。連絡もなしに訪ねたから驚かれたでしょう。でもねぇ、私、子供が生まれるまでにはきちんとしておきたいんです。端的に言えば入籍をすませておきたいの。彼、私の両親にもすでに挨拶をすませているのよ』

余裕のある声が耳の奥まで入り込んでくる。ぞわりと背筋が震えると同時に、なんとか抑え込んでいた怒りが再び喉元まで込み上がってきた。寛之を睨みつける。

次々に露呈する裏切りに、返す言葉が見つからない。

「私は……私は自分が悪い妻だったとは思いません」

でも口にできたのは、そんなつまらないひと言だけだ。

『そんなこと誰も言ってないわよ。あなたがどうとかそういうことじゃないの。いつまでも中途半端な状態を続けていてもしかたがないから、現実的な話し合いをしましょう。そう言ってるだけよ』

電話口の響子は笑いの混じった息を漏らし、離婚を引き延ばしたところでなんのメリットがあるのかと聞いてきた。メリット。デメリット。新生活のスタート。慰謝料。養育費。できる限りの誠意――響子の声が頭の中を素通りしていく。奈緒が完全に口を閉ざしてしまうとそれから長い沈黙が訪れ、響子のほうから電話を切った。携帯を持つ手に力が入っていたのか、指先が冷たく固まっている。奈緒はいつしか居間の絨毯（じゅうたん）の上に座り込んでいた。

「私より……あの人のほうが上なんだ」

「あぁ？」

「私と一緒にいるより楽しいんだね。ずっと社会の第一線で活躍している人だから……。そんな人が隣にいると、満足するよね」

自分なんて買い物へ外に出る以外は家にいて、夫と息子の帰りを待ってるだけの女だ。話題にしてもテレビを観て得た知識ばかりだといつも笑われていた。センスがない。身に着けているものすべて古臭い。少しは身なりに気を遣えと呆（あき）れられていた。だが自分はそんな夫の忠告を聞かなかった。涼介を妊娠してからはヒールだって一度も履いていない。買う服はいつも安物ばかり。美容院も半年に一度。髪が伸びたら黒ゴムでひとつにまとめて。寛之が前に自分のことを「オバサン」と冗談めかして呼んだ時に改めておけば、まだ間に合っただろうか。

「ごめんなさい。私が悪かったの。直すから……私の悪いところは全部直すからもう一度だけ考え直して。他の人と新しい家庭を持つなんて、そんな残酷なことしないで」

　妻であることに安心しきっていた自分が悪いのだ。若さや女としての価値が目減りしていることに鈍感で自分を磨かず、危機感もなかった。不倫なんて自分とは無関係の人たちがすることだと思っていた。寛之のことを信じていた。ばかみたいに信じきっていた。一生この人についていけばいいのだと、自分は涼介を育てていればそれでいいのだと、他になんの努力もしなかった。涙が溢れてくる。自分でもなんの涙なのかはわからない。寛之がどんな顔をして自分を見下ろしているかを知るのが怖くて、奈緒は絨毯に顔を突っ伏して泣き顔を隠した。

「だからぁ、そういうことじゃないだろう。おまえに落ち度があるとか悪いところを直す直さないの問題じゃなくてさ、おれは響子を好きになったんだ。ただそれだけだ。わかるか？　こう言っちゃなんだけどな、結婚した相手を一生好きでいる奴なんて、それはそれで気味悪いわ。おまえは知らないかもしれないけどな、浮気くらいみんなうまくやってるぞ。おまえも外で働いてみろよ」

　深いため息を聞かせた後、寛之は諭すような声を出す。

「でも私たちは……これまで家族三人仲良く……してきて……」

息を吐きすぎて苦しくなる。言いたいことを伝えきれないぶん涙が溢れた。

「案外面倒くさい奴だな、おまえも。もっと素直に言うこと聞くかと思ってたわ」

喉の奥が熱くなり、くぐもった嗚咽が漏れる。どうしよう。これ以上嫌われたらどうすればいいかわからない。

「おまえもさ、おれを利用してたんじゃないのかよ。おまえ、結婚する前も後も、実家に帰りたがらなかっただろ。ほんとのとこ、なんか面倒なことから逃げるためにおれと結婚したんじゃないのかよ」

奈緒は寛之の顔を見上げて口を開き、閉じる。母が死んで、悲しくてたまらなかった時に寛之と出逢った。でも差し伸べられた手にすがったことは、こんな仕打ちを受けるほどに罪なことなのだろうか。言い訳をしたいけれど、言葉が出てこない。奥行のない冷ややかな目に心底怯んでいた。

それでもなにか言わなくては、と息を深く吸い込んだ時、

「もう帰れよ！」

自分の背中になにか温かいものが触れた。

「もう帰れよ。怒鳴り声がうるさくて、マンガに集中できないっての」

視界いっぱいに青色のTシャツの生地が広がる。喉を反らして見上げると、横皺がひとつない滑らかな首筋がすぐそばにあった。肉の薄い手のひらが奈緒の両肩を摑

み、ぎゅっと力を込める。

「ここ、じいちゃんの家だぜ」

いつの間にか二階から下りてきていた涼介が、寛之と奈緒の間に立ち、声を張っていた。

「涼介おまえ、なに言ってんだ。こんな時間に帰れるわけないだろう。もう電車だってないのに」

「あのさ、お父さんが家の外でなにやってんのか知んないけど、おれはお母さんのことが大好きなんだ。絶対に一生、それだけは変わらない。だから、お父さんがお母さんをいじめるのなら、そんな父親、おれはいらない」

野良猫にするみたいに、涼介がシッシッと指先で空気を払う。

「おまえ、親に向かってその態度はなんだ」

「もう父親やめるんだろ？　いいじゃんそれで。お母さんとおれ、ここで暮らすからさ」

どこからかカナブンが入ってきて、居間の蛍光灯にジジ、ジジという音をさせながら体当たりしていた。ひりひりとした部屋の空気に、妙な青臭さが広がっていく。

「おれもう決めたから。じいちゃんの家でお母さんと一緒に暮らす。おれさ、もうお母さんの泣いてるとこ見たくないんだ」

涼介はソファに置かれていたケーキの入った紙袋を手に取ると、

「そういうことだから。バイバイ、お父さん」

寛之の胸の辺りに押しつけた。この子はいつだって強い。自分が守るべきものを知っていて、その決定に躊躇（ちゅうちょ）などしない。涼介なら傷つけられ踏みにじられたことを、絶対になしになどしない。涼介の強い声を聞きながら、覚悟を決めるということは紐を固結びにするようなものだと気づく。その結び目が多いほど一本の紐は丈夫なものになる。

私はいつからこんなに弱くなってしまったのだろう。母が死に、看護師になるという目標を失（な）くした時だろうか。寛之の妻として生きていく人生を選んだ時だろうか。もう十年以上も、なんの覚悟も持たずに受け身で生きてきた。でもそれは本当に、自分が望んだ人生だったのだろうか。

ふいに部屋の電気が消えた。電気のスイッチを切ったのは涼介だった。蛍光灯の光で満たされていた居間が、外と同じ暗闇になる。

「涼介っ、おまえ、なにやってんだ」

寛之と奈緒が狼狽（ろうばい）する中で、涼介が懐中電灯を手に窓際に歩み寄っていく。小さな光を手にした涼介が網戸を開け、

「こっちだぞ」

犬でも呼ぶように声をかける。

涼介の奇妙な行動に呆気に取られていると、ブーンと羽音を立てて目の前を小さなものが横切った。蛍光灯に体当たりを繰り返していたカナブンが、懐中電灯の光を頼りに屋外に出ていく。人工の熱に焼かれる前に、カナブンは野に帰っていった。

# 5 決意

「知ってるとは思うけど、海生病院はこの周辺では唯一の総合病院なんやわ。病床数は四十七床で、すべて混合病棟。いまは夜勤のできる常勤ナースが六人。日勤常勤といって夜勤はしないナースが三人。これに非常勤のナース二人を加えて、シフトを組んでるんよ。あ、あと夜勤専従パートといって、夜勤だけをしてくれる人や外来専門、手術部にも数人ずついてるわ。十分な人数とは言えへんけど、ベテランの知恵と機知を駆使してなんとかやってるって感じやね」

木田看護部長に院内を案内してもらいながら、奈緒は必死でメモを取った。

「ここまでで、なんかわからんことある？」

「いえ、いまのところは特に」

ここが救急外来の処置室。こっちが造影をする部屋。あの角がレントゲンとCT室。足早に回っていく木田の後についていくのはけっこう大変で、うっかりするとすぐに置いていかれてしまう。

「見てたらわかるとは思うけど、うちは五十代、六十代のナースが多くを占めてるんやわ。ここだけの話、実は私も五十八歳なんよ。まあぱっと見、四十代にしか見えへんけどね。あ、ここ笑うところやし」

木田は緊張で固まっている奈緒を気遣ってか、さっきから途切れなく話しかけてくれる。木田の冗談に曖昧な笑みで応え、「木田看護部長、五十八歳」とメモの中に書き込んでおく。

八月に入り、海生病院の看護師として働き始めることにした。

寛之と復縁し、また家族三人で暮らす。その望みはもう絶たれた。それならば現実を直視して涼介と二人で生きていくことを考えなくてはいけない。でもこの土地で働き口を見つけることはそう簡単ではなく、いくつか当たってはみたものの正社員という形で採用してくれるところなど皆無だった。正直、自分が看護師として働けるとは思ってもみなかった。看護学校を卒業して十二年も経つ、まして一度も臨床経験のない主婦をそう簡単に雇ってくれるわけもない。だが尻込みしつつ涼介に背を押されるようにして海生病院に電話をかけたら、面接日時を言い渡されたのだ。電話を切った後「やっぱりやめよっかな」と弱気になり涼介に叱られたものの、こうして採用に繋がったのだからそれはもう奇跡に近い。

「いまから案内する二階には病室、オペ室、内視鏡室、循環器系の検査室があるんよ。薬局も、入院患者の食事を作る栄養科も同じフロア。医局やナースの休憩室、ロッカーなんかも入ってる。それで三階はすべて入院患者の病室で……あ、ごめんごめん、こんなに一気に話されても頭に入らんわなぁ」

──そちらで働きたいんですが。

そう言って電話をかけた時、電話口に出てきて話を聞いてくれたのがこの木田看護部長だった。木田はひと通り奈緒の経歴について尋ねた後、「とにかく明日面接に来てください」と明瞭な口調で告げてきた。躊躇する間もなく「午前十時でどうですか」と時間が決まり、面接を受けた翌日に採用決定の連絡が入り入職の日が伝えられたのだ。母の死をきっかけに看護師という職業に不信感を持ったまま十二年が過ぎてしまったが、涼介と二人で生き延びていくためには自分にあるものすべてを差し出さなくてはいけない。

「川岸さんには息子さんがいるんよね。えっと、涼介くんやっけ。何歳やった？」

十一年ぶりに「川岸」という姓で呼ばれ奇妙な感じがするが、木田には旧姓で呼んでもらうように頼んでいた。まだ離婚が成立したわけではないけれど、働いている途中で姓が変わるのは避けたかったし、涼介のことを考えても新しい学校には「川岸」という姓で通わせたい。

「十歳です。小学校四年生です」

「あら、あの子そんなに小さかったんや。口が達者やからもっと大きいのかと思ってたわ。それやったらなおさら、夜はお母さんがいてあげんとあかんなぁ。川岸さんも自分がシングルマザーやからといって、父親と母親の両方の役割をしなあかんと思ったら潰れるよ。子供が小さいうちは、心を育てることが一番大事な仕事やから」

　日勤常勤なら、正職員という雇用形態でも夜勤はしなくてもすむ。朝は八時の出勤だが夕方は定時で五時、遅くても六時には帰れるからと木田が早口で続ける。

「面接の時も申し上げたんですけど、私、一度も看護師として働いたことがないんです」

　配属をどこにするかはこれから考える、と言う木田に奈緒は小声で告げる。

「ペーパーナースってことやな。まあ誰でも最初は新米や。私にしても三十五年ほど前は、それはそれは院内でも評判の美人新米ナースやったしな。あ、ここも笑ってや」

看護師免許を持っているのだから、働く資格はあるのだ。厳しい看護学校に最後まで通い続けたのだから大丈夫、という木田の励ましに頷きながら二階のフロアを足早に回っていく。

「入院患者さんの病室は案内せんでも大丈夫やね。お父さんのお見舞いで来てるから」

二階のフロアをひと回りし、三階に続く階段を上がっていく木田の背に、奈緒はついて歩く。患者の家族としてなら何度か行き来した階段だが、自分が白衣を着ているというだけで見知らぬ場所に感じられた。これから先、自分はどれだけ新しいことを受け入れなくてはならないのだろう。専業主婦をしていれば無関係ですんだ場所に、これからは怖くても飛び込んでいかなくてはならない。他人の目に晒されて評価されるということに、足がすくんだ。

「それにしても、久々に看護職の応募があって嬉しいわ」

「私のことですか」

「他に誰がいてるん」

求人広告に看護師から反応があったのは二年ぶりのことで、看護部長の自分はもちろん他のスタッフも手放しで歓迎しているのだと木田が笑う。

「この町の周辺には六十五歳以上の高齢者が五割を超えた、いわゆる限界集落がたくさんあるんや。川岸さんは医療過疎っていう言葉知ってる?」

「聞いたことはあります」

「聞いたことはある、か。都会に住んでたら外国の話みたいなもんやろなぁ。でもこの周辺には半径四キロ以内に医療機関のない無医地区がたくさん存在してるんよ。地域の診療所に常勤医師がいなくなったせいもあって」

「医師が……?」

「そう。だからいまはうちが患者を一手に引き受けてる。医師も看護師も足りずに踏ん張ってたところに川岸さんみたいに若い世代の人が入ってきてくれるんは、ほんまにありがたいことなんよ。患者が増えても人手がなかったらまともな医療なんてできひんからね」

「医師がいなくなった診療所って、ひょっとして宇野山診療所のことですか」

「知ってるの？」

「あの辺りが地元なんで」

「ああそっか。そうやったね。半島の最北にある宇野山診療所。ちょうどいまから三年ほど前に診療所の所長が定年で引退することになったんやけど、その跡を継ぐ医師が探せなかったんや。それでしばらくは診療所が閉鎖されたもんやから、あの辺りの山間で暮らす人はほんまに困っててなあ。それでうちの……あ、ちょっと待って。先生、三上先生っ」

木田が話の途中で言葉を切り、勢いよく手を振った。木田の視線を追うように廊下の端に目をやると、白衣姿の三上がこっちに向かって歩いてくるのが見える。

「三上先生」

木田がひときわ明るい声を出して呼び止めると、なにか考えごとでもしていたのか三上は驚いた表情でこちらを見た。

「先生、紹介するわ。新しく入ったナースの川岸奈緒さん。よろしくお願いしますね。それで、こちらが三上先生。常勤の先生やから顔くらいは見たことあるよね」

手のひらを上に向けた木田が、体の正面を奈緒に向けたり三上に向けたりしながら、互いを紹介する。

「川岸さん、ですか」

「はい。内山ではなくて、これからは川岸と呼んでください」

「あ、そうか。そうなんですか。よろしくお願いします」

「こちらこそです」

「あら、二人とも顔見知りなん？」

木田が、くしゃりと折れた三上の白衣の襟を直してやりながら聞いてきた。

「事故に遭った川岸さんを病院まで連れてきたのが、ぼくなんですよ。あ、事故に遭ったのはこちらの川岸さんじゃなくてお父さんの川岸耕平さんで。あれ、なんかややこしいな」

「もうええわ。それより三上先生、外来はどうしたん」

「いま横田(よこた)先生に代わってもらったところです」

「横田先生って？」

「先月から来てもらってる非常勤の先生ですよ」

年配の木田と三十そこその三上が向き合っていると、看護師と医師というよりおぼと甥っ子といったほうがしっくりくる感じだ。

「それで三上先生はどこ行くの、もしかしてサボリか」

「まさか。往診ですよ」

「外に出るんやったらその寝ぐせ、なんとかせなあかんで。ドクターのことはみんな意外に見てるんやから。あ、それより先生、今度の集まりには参加するんやろうね」

「なんの集まりでしたっけ」

「いやや、忘れてんの？　年に一度の花火大会。せっかく院長が舟屋の料理旅館を予約してるんやから、絶対に参加してよ。若い男の子集められへんかったら、看護部長の能力不足やって女性陣に責められるから」

「若い男の子って……ぼくもう三十五歳ですよ。そうか、そうだった。花火大会か。いやすっかり忘れてたな。いつでしたっけ」

「八月十九日、土曜日。いますぐ手帳に書き込んで」

三上が愛想の良い笑みを浮かべながら「わかりました。じゃあぼくはこれで失礼します」と歩き出す。

「先生、ちょっと待った」

「はい？」

「往診に行くんやったら、川岸さんも連れていってあげて」

ちょっと待った。そう叫びたいのは奈緒のほうで、入職当日に往診などあり得ない。

「いいですよ。じゃあ十五分後に病院の正面玄関の前で」

断ってくれと念じたにもかかわらず、三上はいともあっさり木田の頼みを受け入れてしまった。奈緒が看護師として働いた経験がないことは、きっと知らないのだろう。軽く右手を挙げると、そのまま足早に立ち去っていく。

「海生病院では往診までするんですか」

病室では昼食の後片付けが始まっていた。さっき食事を配ったばかりのような気がするが、いままた配膳車が廊下を塞ぎ、空になった器やトレーを片付けている。食事の準備をする看護助手の数も少ないので、二人の助手がほとんど駆け足で病室と廊下を行き来していた。

「病院からはしてないけど、三上先生だけは特別」

なにが特別なのかを聞けないまま、奈緒は木田に更衣室まで荷物を取ってくるように追い立てられる。

「往診の場所はたいてい山奥やから。片道で一時間、場所によっては二時間近くかかるし、もし就業時間の午後五時を過ぎてしまうようやったら今日はそのまま直帰してもええしね」

木田看護部長の声を背中で聞きながら、階段を駆け下り更衣室に向かった。

三上が運転する車は、奈緒の実家よりさらに山奥へと進んでいった。民家はほとんどない。道を歩く人の姿もない。目的地の集落に通じる道路は狭い山道一本のみで、奈緒が子供だった頃、豪雨によって道が崩れ住人たちが取り残された地域だった。

「この山に住んでる人、まだいたんだ……」

この辺りは台風や豪雨が来ると、すぐに孤立してしまう。それでも二十年ほど前までは集落の住人が川の上流からパイプを引いて自力で水道を設営したり、川を利用して小水力発電を起こしたりと自立を目指していた。だが当時はまだ若かった人も、いまではずいぶん老いてしまっているだろう。

「いま集落に残っているのは五十人ほどで、それも九割が六十五歳以上です。鉄砲水や山崩れなんかの危険もある地域ですからね、看護師やヘルパーも命懸けで訪問に来ていますよ」

三上の口ぶりは穏やかなものだったけれど、命懸けというのは本当のところに違いなかった。二十年ほど前には大きな土砂崩れがあり、集落の住民が大勢犠牲になったことも記憶に残っている。

「あ、鹿だ」

ちょうどカーブを曲がりきったところで、三上がゆっくりとブレーキを踏んだ。

「わ、ほんと」

ちょうど目の前を親子の鹿が横切っていくところだった。この辺ではしょっちゅう鹿に出くわすから気をつけないといけないんだ、と三上が通りを塞ぐ子鹿に向かってプップと二回、話しかけるようにクラクションを鳴らす。

「この山は鹿だけじゃなくて熊も出ますよ。猿や猪なんかの被害も多くて電流を流した網を張ってるくらいですから」

鹿の親子が何度か振り返りながら山の中へ入っていくのを見届けると、三上はアクセルを踏み込んだ。

「海生病院からは往診はしてないんですよね。なのにどうして三上先生だけ？　さっき木田さんが三上先生は特別だって言ってたけど」

車が再び山道を上り始めると、本当は木田に聞きたかったことを口に出した。鹿のおかげで張り詰めていた気持ちが少し緩む。

「ああ、これは病院の仕事じゃなくて、宇野山診療所の所長代理としての業務です」

カーブの先に石造りの古いトンネルが現れ、車はその黒い穴の中へと吸い込まれていく。

「診療所の？　三年前に医師がいなくて閉鎖されたって聞きましたけど」

「そうなんですが、閉鎖されたままじゃあまりに無責任でしょう。だから週に二度だけですが、ぼくが院長代理として診療所に詰めてるんですよ。希望があれば往診もして」

診療所が閉鎖され無医地区となった地域にも、人は暮らしている。そのほとんどが高齢者で独居の人も多く、バスに乗って病院まで行くのは難しい。そうした人たちを孤立させないために往診をしているのだと三上は話す。

「三上先生は時間に余裕があるんですか」

「残念ながら、勤務医で時間に余裕のある人はなかなかいませんよ。ぼくも他の先生たちに協力してもらって、ぎりぎりのところでやってます」

トンネルを抜けると、また一段と山深くなった気がした。鬱蒼と生い茂る樹木のせいで、まだ午後二時を過ぎたばかりなのに夕方のように薄暗い。山道が二手に分かれ、その一方の道路沿いに赤茶色の錆が浮いた「井の山風力発電」という看板が転がっていた。

「川岸さん、あの看板なんだかわかりますか。ここを通るたびにいつも気になってて」

「ああ、あれは昔ここでやってた風力発電所のものですよ」

「この土地で風力発電を？」

「ええ。いまはどうか知らないけど、当時はこの辺り、電気が通ってなかったんです。だから自力で風力発電で電気を確保しようとする試みが、地域の住民たちから持ち上がったそうですよ。潮混じりの風で風車を回すことに反対の声も大きかったんですけど、実際に稼働していた時期もありました」

「へえ……うまくいったんですか」

「風車の羽根が潮で錆(さ)びて落下するという結末で、幕を閉じましたよ。発電した電力量と建設費用を比べると赤字になってしまったって、父親なんかは嘆いてましたけど」

「そうだったんですか。じゃあ、あの看板は過去のチャレンジの残骸だな」

「……お医者さんも、こんな山奥で働きたくないですよね。診療所の跡継ぎがいないのはしかたないですね。自然が豊かだっていう以外、他にメリットもないし」

道路わきに生える幹のねじれた樹々(きぎ)に目をやりながら、奈緒は息をつく。奈緒がここで暮らしていた頃、海生病院も何度か閉鎖の危機に晒された。採算が合わないからと民間の医療機関が手を引いてしまったからだ。それからしばらくして自治体が赤字覚悟で運営を再開したが、医師のいっせい退職が起こり予告なく全科が休診になったこともある。患者側には病院の事情がわからないだけに、医師が定着しないことをいつも不安に感じていた。

「メリット、デメリットでいえばそうかもしれません。都会の病院は症例も豊富だし、ベテランの指導医に指示を仰ぐこともできるから働きやすい。僻地(へきち)だと医者の絶対数が少ないから、休暇も取れない上に責任だけは増すんですよ。現地の役所の職員なんかは『医師を確保する』なんて言い方をするけど、ぼくらにしてみれば確保なんて言われると自分たちはモノじゃないぞって気分にもなってしまうんです」

「確保と捕獲ってなんか響きも似てますね」

「捕獲っていうのは言いすぎだけど……。ただ仕事は、条件だけで選ぶものでもないから」

三上が注意深く、狭く急な山道を上っていく。奈緒はまだ三十代半ばの三上がこんな辺鄙な場所に赴任してきた理由を知りたいと思ったけれど、そんなに立ち入ったことを聞けるほどの間柄ではない。舗装されていた道路が、少し前からタイヤ幅に沿うように石が埋められた凸凹のある土の道に変わった。バンクのような傾斜のある急カーブを進んでいくうちに、こんなところに人の住む家があるのかと恐ろしい気持ちになってくる。

「ここが最大の難所です」

三上が呟くと、寂れた神社の手前にある急カーブに差しかかった。これまで以上に道幅が狭く、傾斜も大きい。前輪が空転する音が聞こえ、タイヤの焼ける臭いがしてきた。

「こんな道、通れるの？」

「大丈夫、何度も通ってますから」

奈緒は助手席の窓を開けて顔を出し、苦しそうに喘ぐタイヤを見つめる。タイヤは何度か空回りをした後、ようやく地面を噛んで車を前に進ませた。あまりの急斜面に背中がシートに押しつけられ、思わずくぐもった声を漏らしてしまう。

「さあ着いた。この家で今年八十八になるご老人が独り暮らしをしてるんですよ。ここへ来る前に神社の祠があったでしょう、そこの神社の宮司をしていた方ですよ」

「八十八歳で独り暮らしですか……」

「この辺じゃまだ若いくらいですよ。いまの日本には百歳を過ぎた高齢者が、およそ六万と五千人以上もいるんだから、八十代の独り暮らしにびっくりしてたら、まだまだ」

　車を降りると小さな古家が見えてきて、その窓から灯りが漏れていた。

「トクさん、遅くなってすみませんね」

鬼灯みたいな裸電球が垂れ下がった玄関の格子戸の前で、三上が声を張る。格子戸は蜘蛛の巣だらけで、直接手で触れるのがためらわれる。

「鴨井徳仁さんというのが、患者さんの名前です。十年ほど前に奥さんに先立たれ、四人いた子供さんたちもそれぞれ都会に出ていてね。周りの人からトクさんと呼ばれていたそうで、ぼくもそう呼ばせてもらってます」

中から人が出てくる気配はなく、三上は格子戸に手をかけた。いったん上に持ち上げるようにして横にずらすと、立てつけの悪い音を響かせながら引き戸が開いた。

「トクさん、こんにちは」

三上が薄暗い廊下の奥に向かって腹の底から声を出す。すると奥の部屋から微(かす)かだが物音が聞こえてきた。

「勝手に上がりますよ」

三和土(たたき)で靴を揃(そろ)え、三上が廊下を歩いていく。奈緒がその場から動かないのに気づくと、「こっちへ」と手招きしてきた。廊下の突き当たりを右に折れたところで襖(ふすま)に手をかければ、部屋から漏れ出た光が廊下に伸びて足元を照らした。

「こんにちは」

トクさんと呼ばれる老人は座椅子にもたれ、炬燵(こたつ)に足を差し込んだまま眠っていた。真夏なのに電気コンロが出しっぱなしにされ、渦巻状のニクロム線に埃(ほこり)がかかっている。

頭になぜか真新しい阪神(はんしん)タイガースの帽子を被(かぶ)っている。

「二年前に前立腺癌(ぜんりつせんがん)があるのがわかって、ご本人の希望で自宅療養してるんですよ。さあトクさん、起きてくださいよ。往診に来ましたよ」

三上に肩を軽く揺らされ、トクさんの両目がうっすらと開く。

「あぁ先生、来てたんか」

「こんな時間に寝ていたら、夜眠れませんよ。眠剤（みんざい）はこれ以上増やせませんからね」

三上はトクさんの腕を取り、炬燵の天板（てんばん）に載せた。そして黒い往診鞄（かばん）から血圧計を取り出すと、

「川岸さん、血圧測ってください」

と奈緒を振り返る。

「え、私が？」

うろたえている間に三上は聴診器を耳に装着し、下着のように肌に馴染（なじ）んだトレーナーを捲（まく）って胸の音を聞き始めている。血圧計なんて看護学校の実習以来もう十年以上も触っていない。それでも怖いなんて言ってはいられない。「怖いけど、やってやろうじゃんって思うんだ」涼介の言葉を心の中で唱え、「ちょっと失礼します」と手を取った。天板に置かれた細い腕に血圧計のマンシェットを巻きつけているうちに、徐々に手順が思い出される。

「あんた、新しい看護婦さん」

喉（のど）の奥に痰（たん）を絡ませながらトクさんが聞いてきた。余裕がないので頷きだけで応える。

「よかったなぁ先生。やっと新しい人が来てくれたんやな。それも若くてべっぴんや」

「ええ、助かりました」

「ほうほう。そうかそうか」

「今日が彼女のデビュー戦なんですよ。本人もやる気満々なので、トクさんもご指導をお願いしますよ」

脈拍の音を拾うのに必死で、奈緒がなにも返さないのをいいことに、三上とトクさんの間で自分はすっかり鼻息の荒い新米看護師になっていた。三十三歳の子持ちも八十八歳の目から見れば、まだまだ若く映るのだろうか。若くてべっぴんというフレーズだけはしっかりと記憶しておく。

「今日は採血しておくよ」

「血ぃ抜くんか？　前にやったばっかやで」

「前っていってもひと月前だからね。毎月やっておかないと」

さすがに採血までは奈緒に指示せず、往診鞄からシリンジと針、駆血帯(くけったい)を取り出し器用な手つきで採血を始める。銀色に光る太い注射針を見て背筋に冷たいものが走ったが、トクさんは涼しい顔で世間話を続けていた。

「トクさん、どこか痛むところはないですか」

「ないねえ。もう癌も消えたんやないか？」

「お。それは頼もしいな」

「元気になったから、今度はわしが診療所まで出向くわ。先生にいつも来てもらってばっかやと寝ついてしまうで」

「そうですか。じゃあ来られそうな日は教えてください。社会福祉協議会の送迎サービスに連絡しておきますよ」

言いながら三上が往診鞄から黄色いシートのようなものを取り出し、トクさんの前に座った。

「あぁ先生、星くれるんか。今日はなあ、ひとつ、二つ、……三つおくれ」

トクさんがひとつ、二つと指を折りながら、ちゃぶ台の上に置いてあった白い紙に手を伸ばした。紙を広げると、そこから光が湧き立つような明るさが放たれる。なんだこれはと覗き込めば、紙には星の形をした黄色いシールが並んでいた。

「了解。三つですね」

三上が黄色のシートを人差し指の腹でなぞるようにして、指先に小さな黄色をくっつけた。よく見れば三上が手にしているのは星の形をしたシールで、トクさんの手にある紙に貼りつけられているのと同じものだ。

「はい、三日ぶんの星ですよ」

「ありがと、ありがと。だいぶたまったわ。あとひと息で三百や」

「ほんとですね。天の川ぐらいにはなりそうだな。今度来るのが一週間後だからそれまでになにかあったらすぐに連絡くださいね」

「大丈夫や。ありがと、先生」

トクさんは本を音読する小学生みたいに紙を目の前で掲げ、満足そうに頷いていた。

二人の話し声はするけれど、静かな部屋だった。もう何年も空気が動いていない、人が訪れない博物館を連想させる空間。六畳ほどの和室には炬燵以外の大きな家具はなく、部屋の隅に置かれた木製の衣紋掛け(えもんか)に半纏(はんてん)や薄手のパジャマといった季節が混在した衣服が重ねられている。ゴーストタウンに点在する古家の中は、おそらくこの家とほとんど変わらない。驚くほどゆったりとした時間の中で、埃が積もるのと同じ速さで人が老いていく。

「食事とかは、どうされてるんですか」

奈緒が聞くと、トクさんの顔がそろそろとこちらを向く。

「食事は一日二食、町の業者が宅配弁当を持ってきてくれるんや。でも味があんまりせんでなぁ。わしは濃い味付けが好きやのに」

それに酒もついていないと、トクさんがにやりと口元を歪(ゆが)める。人里離れたこんな山の中まで業者の車が入ってくれるというのは心強い。奈緒の実家の近くにも、スーパーはない。だから車で三十分ほど離れた個人商店に出向くか、二週間に一度訪れる移動マーケットに頼るしか食料を手に入れる手段がない。

血圧や体温といったバイタルサインを測定し、採血をすますと、ひとしきり世間話をしてから三上が立ち上がる。

「いまのところ問題ないようだけど、痛みが出てきたらすぐに言ってください。他にも変わったことがあったらなんでも」

トクさんはその場で片膝（ひざ）をつき、三上のために襖を開けようとした。

「あ、そうや先生、わしの写真撮ってくれへんか。孫にメエルしたいんや」

野球帽の庇（ひさし）を指でクイと持ち上げ、トクさんが壁を伝うように移動し、居間の窓の前に移動する。

「いいですよ。でもそこじゃ逆光だな」

トクさんの腕をそっと引き寄せ、窓から少し離れた場所に立たせると、三上が往診鞄のポケットから携帯を出してきた。トクさんが庇に手をやりポーズをつける。

「まだ顔が翳（かげ）ってるな。トクさん、その野球帽外してみてください」

「帽子は外せんわ」

この野球帽は孫がくれたからとトクさんが笑う。次女の息子で、いま大阪の大学に通っているのだが、時々こうやって贈り物をしてくれるのだ、と。

「前に三上先生が孫にメエルをしてくれたらものすごい喜んでなあ。それからは時々こうやってメエル、してもらってんのや。電話をかけても耳が遠いから相手がなに言うてるんかわからんし、手紙を書くにしてもポストのある道路まで山を下っていくのに一時間以上はかかるからなあ」

写真を撮り終え三上が孫にメールを送信すると、「これ、先生にお礼」とトクさんが台所からなにか持ってきた。透明なビニール袋いっぱいに、黄緑色の小さな実がずっしりと入っている。

「山椒ですか」

「そうや。今年もたくさん実がついたんや。水に浸してえぐみを抜くとこまではできとるから、あとはそのまま料理に使ったらええわ」

看護婦さんも、と奈緒にもビニール袋を渡してくれる。

黄緑色の実から爽やかな香気が立ち上ってくる。涼介に見せればBB弾だと喜びそうな、可愛らしいまん丸の粒だ。この家の庭には、トクさんが生まれた時に植えられたとても立派な山椒の木があるのだと三上が話す。トクさんの祖父が、「生涯、健康でいられるように」という願いを込めて苗木から育てたという。

「トクさんはいまでも山椒の実を擂り潰して飲んでるんですよ。山椒の実は香味料として使う他にも昔は胃や回虫駆除の薬として用いられてたって、川岸さん知ってましたか。病院の薬が効かなくてもこっちの薬なら良くなるんですよね、トクさん」

「ああ、ほんまそうやで。死んだ親父やおふくろが大きく育てた山椒が、その願い通りわしが死ぬ日まで見守ってくれとるんや」

「じゃあそろそろ帰りますね」と三上が別れの挨拶をするたびにトクさんが新しい話題をふってきたり、お茶を出そうと引き止めたりするのを、奈緒は楽しげに眺めていた。それでもいよいよ三上が玄関を出ようとすると、

「先生、ゴオルまであとどのくらいやろか」

曲がった腰を反らして、トクさんが真顔になった。

「さあ、はっきりとはわかりませんけど、そう先では……ないと思います」

三上も笑みを消して真剣に応える。

「そう先やないんやな。それやったら最後まで走れそうやな」

「大丈夫、トクさんなら走れますよ」

「おおきにな、先生」

「いえ。それじゃまた来ますね」

挨拶をして庭へ出ると、三上が家の裏側に回り、青色のホースを手に戻ってきた。水を撒いてから帰るから少し待ってほしいと、ホースを空に向ける。ぬるい水がたちまち乾いた樹々や土を湿らせ、濡れた土の匂いが奈緒の全身を包んだ。

砂埃を上げながら、車が山道を下っていく。

「あのまま置いてきて大丈夫なんですか」

「トクさんのこと？　まあ、いつもだからね」

「でも……」

真夏の昼間なのに薄暗い、埃っぽい部屋にぽつんと座るトクさんの姿が頭の中に浮かぶ。炬燵布団に両足を突っ込み、朝と夕方にやってくる宅配業者を待っている姿。

「夜には訪問看護師が痛み止めの薬を飲ませに行きます。平気ですよ」

彼はさほど遠くはない自分の死を覚悟しながら、住み慣れた家で静かな時間を過ごしている。あの家にいる限り、トクさんは独りではない。家族とともに生きた時間が家の中に残っている。

「トクさんは、たとえ病状が悪化しても、もう入院はしないと言ってるんですよ」

癌は背骨や骨盤、肋骨(ろっこつ)にも転移しているのだと三上が教えてくれる。それは本人も知っていることで、いま自分ができることは痛みを取り除き、できる限りこれまで通りの日常を送れるようにすることだけだ。本人もそれ以外の治療は望んでいない。陽射(ひざ)しが強くなったのか、視界はずいぶんと明るくなっていた。三上は急な下り坂を慎重に運転しながら、山を上ってきた時より打ち解けた様子で話した。

「この辺りも、昔はもっと家が建ってたんですよね。神社があるくらいだから人もたくさんいたんだろうな」

「私がここにいた頃はまだ、二百人くらい住んでいたと思います。この集落の出身で同じ高校に通ってた子もいたし。それがいつの間にかこんな過疎になってて、この先トクさんみたいに高齢の独居の人はどうするのかな」

「彼らはそれなりの覚悟を持って、この土地に留まっているんですよ。宇野山診療所の非常勤医師として働くようになって、ぼくは集落の人を対象に集会を開いてるんです。自分がどんな最期を迎えたいか。そういう話をみんなで語り合うようになってね」

高齢者が亡くなる状況はおおまかに三つある。ひとつ目は癌。二つ目は心臓や腎臓、肺などの内臓疾患。そして三つ目は徐々に症状が進む認知症や老衰。人が死ぬ時にどういう状態になるのかを前もって知っておけば不安が減る。

「人の命が消えていく時の状態、わかりますか？　まず飯が食べられなくなって、そうなればあと一週間くらいです。それから呼吸が緩やかになっていって、最後は喉がゴロゴロといい出すんですよ。いままさに死に逝く本人が自分自身の状態を見極めるのは難しいことですけど、でも最期はこうなっていくんだと知っていれば、不安が少しは目減りするんじゃないかとぼくは思うんです。不安って不透明なところから膨らんでいくものだから」

集会を開くようになってから、自宅で最期を迎えたいと口に出す高齢者がずいぶん増えたのだと三上は続ける。宇野山診療所には研修医が僻地医療を学びにやってくることもあり、彼らに患者の家まで送らせることもある。

「患者さんと一緒にバスに乗って、家までついていってもらうんですよ。時には家に上がってお茶を飲んだりね。医師が僻地で暮らす人たちの生活を知れば、患者への対応も変わってくる。在宅医療を支える医師が増えたなら、患者さんも自分の望みを口にしやすいだろうし」

「ねえ先生、ゴオルってなんですか。さっきトクさんが口に出してた」

「ああ、ゴールのことですよ。昔、とてもお世話になった人が、死ぬことを『ゴール』と言ってたんです。死がゴールという言葉に置き換えられるのを耳にした時、ぼく自身、気持ちがすごく軽くなった。それをトクさんにも伝えてみたら、気に入ってくれてね」

ホスピスのようなものだ、と三上は眩しいものを見るかのように目を細める。トクさんにとってはこの山全体がホスピスなのだ。自分は医師として、この近辺の集落で暮らす人たちのゴールを見届けてきた。赴任してからの二年と五か月の間に、月にひとりか二人、およそ三十人近くを看取ってきたが、どの人のゴールもその人らしいものだった。最期の時間に救急車を呼べば、亡くなった場合は警察が来てしまうという現実を伝えると、救急車で搬送し病院で亡くなるということもずいぶんと減った。身近な者だけで穏やかに迎える最期は、幸福な誕生と同じくらいに大切な時間だから、と三上が語る。

「山全体が、ホスピス……」

自分が一番自分らしく生きられる場所で生を終えるというのは、やはり幸せなことなのだろう。自分の死をゴールと捉えれば死ぬまでの時間、自分がなにをすべきかがわかるのかもしれない。右へ左へとカーブを曲がっているうちに車酔いしそうになったので、奈緒は窓を半分だけ開けた。風を頬に感じると喉の奥につかえていたものが下腹の辺りまですっと落ちていく。

「先生、私、ここで涼介と暮らすことにしたんです」

車は山肌と崖の間、ひときわ狭い道に差しかかっていた。

「ああ、そうかなと思ってました。うちの病院で働くというし、それに名字も川岸だと聞いて」

「でも正直、まだ迷ってます」

「旦那さんに未練が？」

「いえ、そういうんじゃなくて。気持ちはもう固まってるんです。ただ、涼介がどうなるのかと思うと……」

「涼介くんがお父さんと離れたくないんですか」

「そうじゃなくて、本当にこの田舎でやっていけるのか、とか……」

三十三歳にして初めて職に就く、蓄えもなにもない自分が涼介をまともな大人に育てられるのか自信がない。

「なんとかなりますよ」

「そんなに軽々しく言わないでください」

「軽くなんて言ってないですよ」

「先生は母子家庭の現実なんて知らないでしょう？　根拠もないのにそういうふうに言われると、かえって嫌な気持ちになります」

三上が優しいからか、胸の奥底に溜めていた不安が刺々しい言葉に変わる。どこにも吐き出せなかった苛立ちは、受け止めてくれそうな場所へと向かっていく。

「母子家庭の大変さはわかりませんが、ひとり親の苦労ならわかりますよ。ぼくも物心ついた時から父しかいなくて、祖母が母親代わりでしたから」

その祖母も小学六年生の時に亡くなってしまい、父親と二人きりになった。やがて父親と二人では生活が成り立たなくなったので自分で養護施設に出向いたのだ、と三上が話す。他人事みたいに淡々と話すので趣味の悪い冗談かなにかかと思ってしまう。

「こんなこと言ったら失礼かもしれないけど、そんな環境でよく医者になんてなれましたね」

「中学一年生の時に里親に引き取られたんですよ。ぼくを引き取ってくれた里親が養子にしてくれた上に、大学まで出してくれた。そういう意味では恵まれた人生です。これが『なんとかなる』の根拠です。なんとかしようと真剣に思って生きていれば、案外ちゃんとやっていけるんですよ。それと、さっきのメリットのほうだけど」

「さっきのメリット？」

「この土地で医師として働くメリットについて、まだ話してなかったから」

「メリットなんてあるのかなぁ」

「ここからは星がよく見えるんですよ。街灯りがないぶん、星が明るい」

「そんなの別にたいしたことじゃないし」

「暗い場所だから見えるものがある。そのことを毎日気づかせてもらえる。ぼくはそれで満足なんです。さあ家まで送りますよ、どこでしたか」

「あ、えっと、じゃあ家の近くに『ひよし野地蔵前』というバス停があるんで、そこで降ろしてもらえたら助かります」

「……ひよし野地蔵前」

「ええ。知りません？」

聞こえたのか聞こえなかったのか、返事はなかった。三上がなにか考え込むような顔をしたので、どうかしたのかと横顔を見つめる。

「三上先生」

声をかけても三上の視線は前方に向けられたままだ。彼の視線を追ってみても、そこには青々と茂った葉が揺れる山の風景があるだけだった。

「どうかしましたか」

もう一度声をかけ、その腕に軽く触れた。崖側の道路にはまだかなりの余裕があるのに、車は山肌すれすれまで迫っている。半開きだった三上の唇が一度結ばれた後、まるでスイッチを入れ直したかのように再び開く。

「あ、ひよし野地蔵前ですね。送ります」

ハンドルを鋭く右に切り車の前に飛び出してきた枝を避けた三上は、いつもの口調に戻っていた。だが前方に向けられたままの視線は鋭くて、それからは話しかけることができなかった。

# 6 後悔

さっきからなんとなく気詰まりで、それは三上も同じだったのか途中からラジオをつけていた。トンネルに入るたびにジジ、ジジと電波の途切れる音が車内の沈黙を際立たせ、耳の奥に残っている。

「あ、もうこの辺りです」

車が「ひよし野地蔵前」バス停近くまで入ってくると、シートベルトを外して降りる支度を始める。バス停の三十メートルほど手前で奈緒がそう声をかけると同時に、三上が無言でブレーキを踏んだ。

「じゃあ私はここで。今日はありがとうございました」

バス停の横にある地蔵には、摘みたての花と清らかな水が供えられていた。花は緋色(ひいろ)の大きな花びらに赤茶色の点がちりばめられたオニユリで、この辺りの山道にはたくさん生えている。奈緒も、生前の母も、甘く強い香りのするこの花が大好きだった。

「アゲハチョウ」

「え？」

「オニユリにはアゲハチョウが集まるんですよ。オニユリの花びらに鳥の糞みたいな茶色いのがついていたらアゲハの幼虫だから、涼介くんに教えてください。涼介くん、蝶を育てたがってたから」

「……はい」

別れ際、三上はいつもの微笑みを見せていた。その笑顔を見ていると特に不機嫌という感じでもなく、口数が減ったのも気のせいかと思い直す。怒らせたわけではないと知り正直ほっとしたが、もしかしてそれを伝えるためにアゲハチョウの話を持ち出したのだろうか。案外面倒くさい人なのかも……。奈緒は夏草の匂いを嗅ぎながら、実家の方向へ向かって歩き出す。だが数メートル進んだところで、トクさんにもらった山椒の実を車内に忘れてきたことを思い出し、立ち止まった。ほんの数秒考え、引き返すことに決める。鼻の奥にツンと刺さるあの香りを、新鮮なうちに涼介にも嗅がせてやりたい。

「よかった。まだいる」

駆け足で戻ると、車はまださっきと同じ場所に停まっていた。三上は運転席の窓を開け、どこか遠くの一点を眺めている。視線は奈緒の実家とは反対の方角、こんもりと生い茂った草むらに向けられ、自分を見送っていたのではないことはすぐにわかる。

なにしてるんだろう。

「三上せん……」

声をかけようとして咄嗟に口をつぐんだのは、草むらに目をやる三上の顔が、あまりに寂しげだったからだ。素に返った無防備な表情に、隠しきれない翳りが滲んでいる。

見てはいけないものを目にした気がして、奈緒はゆっくりとその場を離れた。山椒はまた今度にすればいい。あれほど急峻な山道を車で下ってきた後なのだ。直帰できる奈緒とは違い、彼はいまから病院に戻って当直に入ると言っていた。当直が明けたら明日は午前九時からの外来診療……。きっとこれからの激務を思い息をついていたに違いない。

そう言い聞かせながら、野道の雑草を踏みしめ急ぐ。

「涼介、ちゃんと留守番してるかな」

気分を切り替えるために、涼介のことを考えた。いくら気が強いとはいえ土地勘のない、知り合いもいないところでひとりきりで過ごすのは心細いだろう。涼介にも携帯を持たせてやらないと。メールやSNSが繫がるだけで、ずいぶん心強いはずだ。耕平が退院して家に戻れるまでは、近所の人に事情を話して助けを求められるようにしておいたほうがいいのかもしれない。

干上がった砂利道を踏みしめながら、奈緒は三上の残像を追い払うように先を急ぐ。

耕平には、寛之が実家にやってきた翌日に「別れるつもりだ」と伝えていた。薄々なにかを感じ取っていたのか、「そうか」と口にしただけで、それ以上はなにも聞いてこなかった。以前働いていた旅館の客に、弁護士がいる。その人に連絡を取ってみる。そう耕平は言い、奈緒も「お願いします」とだけ返し、それで話は終わったのだ。病室で離婚話をしている間、そばにいた涼介が押し黙っていたことが奈緒には一番辛(つら)かった。草を踏みながら家路をたどり、この七月の間に起こったさまざまなことを頭の中で思い返す。あまりにたくさんのことが一気に起こり、ここしばらくは頭の中が混乱したままだ。

道が途中で二手に分かれ、左へ曲がって少し歩いた時だった。右に折れた道の先で煙が上がっているのが見えた。逆光のせいで目を凝らしても煙しか見えないのだが、こんな真夏に煙が上がっていることに胸騒ぎを覚える。

来た道を引き返し、煙が上がっているほうへと向かう。近づけば煙のすぐ近くに人がいることがわかり、

「涼介っ」

まさか火遊びをしているのだろうかと、大声が出た。怒りで焚火の火が燃え移ったかのように全身がカッとなったが、近づけば人影が子供の体つきではないことがわかる。奈緒は小走りで、火のそばにうずくまる人影に近づいていった。

「早川さん……」

焚火のそばで座り込んでいた人の顔を覗き込むと、見た顔がそこにあった。苦しそうに喘いでいる。顔が真っ赤なのは、火のせいかそれとも照りつける夏の西日のせいか。

「しっかりして。目を開けてくださいっ」

そうだ救急車。早川の肩を揺する手を止め、傍らに放り出していたバッグの中を探る。携帯、携帯。どこに入れたっけ。慌てふためきながらバッグを漁っていると、視界が急に暗くなる。

「三上……先生？」

「声が聞こえたんで」

ここまで走ってきたのだろう。三上の額から汗が滴っていた。汗は大粒の雨のように地面に落ち、土の色を変える。

「先生、救急車っ」

「いや、到着を待つより、このまま家まで運んだほうがいい」

早川の細い手首を押さえ脈を取りながら、なんでもいいから丈夫な布を家から持ってきてくれないかと三上が言ってくる。布を担架代わりにして家まで運ぶ。背負っていくには距離がありすぎるからと。

「川岸さん、急いで」

奈緒は頷くと、道端に転がっていたバッグを拾い上げ実家に向かって走った。

「車の後部座席から往診鞄を持ってきてください」目の前を鋭い光が跳ねたと思えば、三上が投げてきた車のキーだった。全速力で野道を駆ける。自分の呼吸音に急かされながら土を蹴った。つねられたような脇腹の痛みに何度も足を止めそうになったが、それでも必死に前へ進んだ。実家に続く急斜面が見えてきた時は心底ほっとし、でもこれからそこを駆け上がるのだと思ったら胃の中のものが喉元までせり上がってきた。二、三歩歩いては立ち止まり、また二、三歩歩いて立ち止まる。足を引きずりながら坂道を上りきると全身から汗が噴き出し、心臓が烈しく胸を打っていた。

「涼介っ、涼介っ」

玄関のガラス戸を叩き声を張り上げると、中から涼介が顔を出す。

「なんだよ。どうしたの」

「和室の押入れからタオルケット持ってきて。急いでっ」

叫び声に、涼介が驚愕の表情で肩をすくめる。

「どうしたのさ」

「早川さんが道端で動けなくなってるの。あんたはタオルケットを持って、坂を下ってまっすぐ一直線に走りなさい。道の途中で三上先生が待ってるから」

水色のタオルケットを脇に抱えた涼介が、弾丸のように坂道を駆け下りる姿を視界の端に捉えながら、奈緒は体を翻し、車道までの野道を走った。もし自分が早川を見つけなければ、あの人はどうなっていたのだろう。熱中症で死んでいたかもしれない。あるいは熊や野犬に……。恐ろしい想像を振り払うように、最後の力を振り絞る。

「あと……どれくらいで。私もう、手が……」

痩せてはいるが芯の抜けた早川の体は岩のように重く、タオルケットの端を握る手が痺れていた。長方形のタオルケットの前側の両端を三上が持ち、後ろ側の左右を涼介と分け合って持っていたが、それでも「もう限界」という言葉が喉元までせり上がってくる。

「お母さん、あと少しだ」

蔦に覆われた塗り壁の土蔵が現れた時は目尻に涙が浮かんだ。たしかここから緩い斜面を少し上がれば家が見えてくるはずだ。

「涼介くん、玄関を開けてくれ。鍵はかかってないだろう」

三上の言う通り、涼介が手をかけると引き戸がガラガラと音を立てて開く。戸が開くのを待ちかまえていたかのように、白い犬が鼻先を突き出した。

「あ、シロ。おまえも手伝え」

シロは涼介の顔を見つめると、喉を反らしてひと鳴きする。

「涼介くんは家に入って、中から縁側のガラス戸を開けてくれ。川岸さんとぼくは庭から縁側に回ろう。あと少しだ、しっかり持ち上げて」

奈緒が握っている側のタオルケットが、庭の土に触れていた。振り向けば乾いた土の上にタオルケットを引きずった跡ができている。それでも力を振り絞り、なんとか縁側のそばにたどり着くと、「ここからはぼくが抱えます」と三上が早川の背に手を回し横抱きにした。そしてそのまま和室に横たえる。

「タオルケットはそのまま丸めて足の下に入れてください。それから往診鞄をここに。……脈が速いな」

聴診器を当てながら三上が呟く。さっきまで火照っていた早川の頬や唇から血の気が失せていた。

「この暑さの中で焚火をするなんてな……」

三上が涼介に、物干し竿にかかっているハンガーをひとつ持ってくるよう頼む。

「了解」

涼介は裸足のままジャンプして庭に下り、物干し竿にかかったブラウスごと針金ハンガーを持ってきた。そのハンガーを長押に引っかけ、三上が点滴台の代わりにする。

「川岸さん、ルート取ってもらえますか」

爪の先でアンプルの瓶を弾いていた三上に指示され、奈緒は即座に首を振る。看護学校の頃に模型での注射練習はしたことがあるけれど、実際の人間には採血すらしたことがない。

「すみません、私、やったことなくて」

「じゃあぼくが」

この場所だと多少手が動いても針が外れたりしないから、と説明を加えながら三上が前腕に留置針を刺入させると、早川が微かに眉根を寄せた。

「よかった。痛みには反応するな」

三上の表情が少し和らぐと、

「ばあちゃんてさ、先生の患者なの」

すぐそばに座っていた涼介が不機嫌な表情で話しかける。

「どうしてそんなこと聞くんだ？」

「だって先生、ばあちゃんの家の場所、知ってただろ。おれやお母さんがなにも言わないのに全然迷わないでここまで走ってきたからさ」

聴診器を鞄に片付けていた三上が、やけにゆっくりとした動作で涼介を振り返る。

そういえば、そうだった。早川がうずくまっていた場所から、この家は見えない。それなのに三上は迷うことなく早川の家に向かっていったのだ。三上は一度開きかけた口をまた閉じ、涼介から視線を外す。点滴が滴る音すら聞こえそうな沈黙が、数秒の間縁側に広がる。

「そうだ。この人はおれの患者だよ」

「やっぱり。じゃあちゃんと治してやれよ。おれたちこのばあちゃんが倒れてるところ、もう三回も発見してんだぜ。もしおれとお母さんがいなかったら絶対に死んでるよ」

「こら涼介、やめなさい。誰に向かってそんな口を利いているの。先生に謝りなさい」

患者の中にはトクさんのように治療を拒む人もいる。早川が積極的な治療を受けないのは、なにも三上のせいだとは言いきれない。それに三上は勤務医として働きながら、診療所の所長代理として往診までこなしているのだ。

「悪かった。涼介くんの言う通りだ」

「先生、謝らないでください」

「いや、ちゃんとしないといけないのは本当のことだから」

「うん、わかってくれたならいいよ」

「涼介くん、おれからもひとつ頼みごとがあるんだけど、いいか」

「なんだよ」

「焚火の後始末してきてくれないか。道端で火がまだ燻ってると思うんだ。庭に青いバケツが置いてあったから、それに水入れて火の元にかけてきてくれよ」

「了解っす」

涼介が飛び出していくと、再び静けさが戻ってきた。庭から犬の鳴き声が聞こえてきたので、涼介がシロを連れていったのだろう。

「先生、涼介が失礼なことばかり言ってごめんなさい。それから……私も。全然役に立たなくて」

「役に立ってましたよ」

「ううん、全然。私、臨床経験がないんです。免許持ってるだけで」

「そうだったんですか。じゃあこれから勉強すればいい。……どうかしましたか」

「私、本当は看護師という職業に就きたくなかったんです。海生病院に就職したいまもそう思ってます」

「どうして？」

「母が亡くなった時にいろいろあって……。その時にこれまでのこと全部忘れるつもりで家を飛び出したの。本当はこの土地に戻るつもりなんてなかった」

ぽたん、ぽたんと点滴の薬液が落ちるのを見上げ、奈緒はどうしようもなく自分の話をしたくなった。もうずっと誰かに聞いてもらいたかった話だ。父にも兄にも、夫にすらできなかった話。母のことを三上に話したくなったのは、早川を手当てする彼の姿に、あの日の自分に似た切実なものを感じたからかもしれない。この人なら母を救えなかった自分の気持ちを理解してくれるような気がした。

「お母さんの話、続きを聞かせてもらっても？」

この人に全部話してしまおうか。奈緒がそう迷っているのを見透かすように、三上が口にする。

「長い話です。とりとめないし」

「長くてもとりとめなくても、かまいませんよ」

「でも聞いているのが面倒になったらストップって言って」

「わかりました。その時はストップで」

三上と話しながらも、視線は点滴のしずくを見つめたままだった。母の病室にいた時も、母が疲れて眠ってしまうとこうやって点滴のしずくを眺めていた。ぽたん、ぽたんと母の血の中に入っていく一滴を見つめ、どうすれば母の命を繋ぎ止めることができるのか、そのことばかり考えていた——。

母が肺動脈の手術を受けたのは、今から十二年前の年の暮れだった。肺高血圧症という持病は奈緒が生まれる前からあったのだが、その頃は血栓が末端の血管を塞(ふさ)ぎきってしまい、このままでは命が危ないと言われていた。手術の前日、奈緒は看護学校の寮から直接、海生病院に向かった。部屋が薄暗かったので夕刻だったと記憶しているのだが、もしかすると天気の悪い昼間のことだったのかもしれない。

奈緒が病室を見舞うと、ベッドに横たわる母の瞼(まぶた)があまりに白かったのをいまも憶(おぼ)えている。

「お母さんっ」

思わず駆け寄って肩を揺らし、大声を出した。手術が間に合わずに容体(ようだい)が急変してしまったのかと胸が冷たくなり、大部屋で他の患者もいたはずなのに気遣いなんて頭の中からすっかり飛んでしまっていた。

「お母さん、お母さん、お母さんお母さんお母さん……」

母の鼻先に唇を寄せて叫び続けていると、そのうちに白い瞼がゆっくりと開き、

「奈緒？」と縦皺(たてじわ)の目立つかさついた唇から自分の名前が小さく漏れた。その時、自分はたまらなく怖くなって母の薄い胸に顔を埋めたのだ。奈緒がそうしている間、

母は小さな子供にするように髪を撫でてくれた。

「お母さん、死なんといて」

あの時自分は幼い子供みたいに泣きじゃくり、しゃくり上げるたびに、銀色の棒にぶら下がる点滴パックが左右に揺れていた。点滴パックの中には、駄菓子のゼリーの色に似た液体が大量に入っていた。「死んだら嫌や」と願い続ける自分の頭を、「生まれてきた人はいつか必ず死ぬんよ」と母は撫で続けてくれた。

どれくらい母と自分はそうしてくっついていただろうか。ほんの数分だったかもしれないし、半時間ほど経っていたのかもしれない。そんなふうに母の体に自分の体を隙間なくくっつけて離れないなんてことは、幼稚園以来のことだった。あの年配の看護師が病室に入ってこなければ、あのままひと晩中でも母にしがみついていたかもしれない。いま振り返ればそうしておけばよかったと思う。あれが母と一緒にいられる人生最後の時間だったのだ。気のすむまで母の匂いをまとって過ごせばよかった。

だが、あの看護師は病室にやってきた。母よりも十ほど年上に見える、笑顔の少ない看護師だった。看護師は病室で泣いていた奈緒を手招きし、入院病棟の廊下の突き当たりにある小部屋へ連れていって、後ろ手に鍵をかけた。看護師の名前はいまもわからない。入院初日に院内の規則や今後のスケジュールなどの説明をしていた人だったが、名前までは憶えていない。

看護師は小部屋に奈緒を引き込むと、なんの前置きもなく、

「手術をやめなさい」

と言った。「お母さんをすぐに転院させなさい」と。

理由を聞けば口をつぐみ、「手術をやめなさい」とだけ繰り返す。その時のことを思い出すといまでも動悸がするのは、看護師の目が怖いくらいに真剣だったからだ。嘘や冗談とは思えない真摯な迫力があった。

奈緒はわけもわからないまま、それでも看護師の言葉に恐怖を感じ、耕平に「手術を中止してほしい」と懇願した。あの時、自分たち家族が看護師の忠告通りに転院させていれば、母はいまも生きていたかもしれない。だが耕平も真一も、奈緒の言葉に本気で向き合ってはくれなかった。冷静になって考えれば、奈緒自身もなにがなんだかよくわからないまま「手術をやめたい」と泣き喚いていたのだから、彼らが自分の言葉を受け入れられないのも当然だったのかもしれない。準備はすべて整っていたのだ。

そして母は予定通りに手術を受け、術後の合併症で二日後に命を落とした。オペ開始へのカウントダウンは始まっていた。

あの日自分に忠告した看護師とはその後会うことはなく、どれだけ捜しても病院で見かけることはなかった。母が入院していた病棟の師長にも尋ねてみたが「誰の

ことかわからない」の一点張りでそのうちに病院からも足が遠のき、いまとなってはその看護師が実在していたのかすら怪しい。

ただ、あの時直面した母の死は、白衣をまとったすべての看護師への烈しい嫌悪を自分に植えつけた。母との約束を守って免許だけは取ったものの、とてもじゃないが看護職に就く気にはなれなかった。そして何者にもなれず、夫にも捨てられた惨めな自分がいまこうしてここにいる。

点滴パックの薬液があとわずかになった頃、奈緒は自分の中に持ち続けてきた後悔をすべて話し終えていた。

奈緒の話に黙って耳を傾けていた三上は、

「重くて辛くて、それでも手放せない過去を人は誰しも持っていますよ」

と口にし、前腕に刺さっていた針を抜いた。

「でもその後悔が、生きる意味になることもありますよ」

「生きる意味？」

「取り戻したいと思うでしょう。後悔は自分の失点です。だからその失点を、人生の残り時間でなんとか挽回したい。ぼくはそう思いながらなんとか生きていますよ」

早川の瞼が微かに震えた。早川に覚醒の予兆が見られると、

「じゃあぼくはそろそろ病院に戻ります」

と三上が立ち上がる。彼はなにを挽回しようとしているのか。それを聞けないまま、

「え、でも……」

奈緒は焦る。早川の意識が戻るまでそばについているつもりではいたが、傍らに三上がいないとなると心細い。彼の処置を疑うわけではないけれど、症状がもっと重篤なものかもしれず、一緒に海生病院に連れていってほしいくらいだ。本音を言えば自分のそばにいてほしかった。

「せめてあと十五分だけいてください。早川さん、目を醒ましそうだし。当直までまだ時間あるでしょう」

それほど面倒な頼みごとをしたわけではないのに、三上が困惑顔で黙り込む。台風でも来るのかさっきから強い風が吹き、竿に干されたシャツがはためいていた。

「……わかりました。私が早川さんについてますから先生は病院に戻ってもらっていいですよ。これから当直なんですよね」

風の音だけが吹き抜けていく静けさに耐えかね奈緒が切り出すと、ほっとしたように三上が頷き、「急いでるので助かります」と沓脱石（くつぬぎいし）の上に脱いであった靴を履いた。

「先生、先に帰っちゃったな」

三上が出ていって、それから十五分ほどしてから涼介が和室に戻ってきた。

「途中で会ったの？」

「うん。ちょうど庭の木でコガネグモが卵産んでてさ、それ一緒に見てたんだ」

「蜘蛛を？」

「うん。蜘蛛の糸の太さって、千分の一ミリなんだってよ。それなのに鋼鉄を上回る強度があるんだって。蜘蛛が腹ん中から束みたいな糸出して卵にぐるんぐるん巻きつけていくのがおもしろくて、先生の携帯で動画撮ってた」

急いでいると言ってたくせにと半ば呆れつつ、蜘蛛の産卵に目を奪われている三上を思う。

「あ、そうだ。お母さんこれ」

「なにこれ」

「焚火の中にあった。他のはもう灰になってたんだけど、これだけ燃え残ってて、拾ってきたんだ」

「これって……」

涼介の手の中にあったのは、前に早川の家を訪れた時、文机の上に広げてあった日記だった。

「大事な日記帳を燃やすなんて、ばあちゃん、どうしちゃったんだろ」

表紙が少し焦げてはいたが、日記はほとんど燃えずに原形を留めている。

「でもそんなもの勝手に持ってきたら、良くないんじゃない？」

「じゃあ……シロの犬小屋にでも戻しとくか。そしたらシロが運んできたんだって思うだろ」

「犬が灰の中のものを引っ張り出すわけないじゃない」

こそこそと話し込んでいるところに、「奈緒さん」と掠れた声が落ちてきた。早川が青白い瞼を開きこちらを見ている。

「早川さん、気がつきました？」

「私……」

「また意識を失っていたんですよ。今日は私と息子だけじゃなくてたまたま三上先生がいたから、なんとかここまで運んでこれて」

実家に戻る途中、道端でうずくまっている早川を見つけたこと。意識を完全に失っていたこと。その時ちょうど三上が一緒だったので処置をしてくれたこと。まだ膜がかかったようなぼんやりとした目を瞬かせている早川に、ひとつひとつゆっくりと説明していく。だがとろりと濁った目をしている早川に、話の内容が理解できているのかはわからない。

「早川さん、やっぱり一度きちんと病院で検査して治療してもらったほうがいいんじゃないですか。三上先生に頼めば検査入院もできるだろうし」

「あの……さっきから奈緒さんの言ってる三上先生って誰のことかしら」

「え？　早川さんの主治医でしょう。今日も動けなくなっていた早川さんを、ここまで一緒に運んでくれて」

主治医の名前を憶えていないのだろうか。話し方や佇（たたず）まいはしっかりしているけれど、やはり早川は認知症の症状があるのかもしれない。その検査も一度受けておいたほうがいいのにと、早川の濁った両目を覗き込む。

「ばあちゃん、元気になったか」

「ええ……涼介くんにも迷惑かけたのね」

「いいよいいよ。それよかさ、なんか飲み物ない？」

「涼介、なに厚かましいこと言って」

「いいのよ。奈緒さんごめんなさい、奥に冷蔵庫があるから、そこから冷たいものを持ってきてもらえないかしら」

早川の住まいは縁側のある和室から奥に部屋が二つ続いていて、手前が六畳ほどの台所、奥は八畳ほどの居間になっていた。

奈緒が丸い木の盆に冷茶と野菜のパックジュースを載せて運んでくると、

「ありがとう。こんなものしかないけれど召し上がって」

と早川が勧めてくれる。

「ああ……野菜ジュースかぁ。ニンジンの味が濃いやつじゃないよな」

涼介があからさまに落胆の表情を見せたので、奈緒は「すみません、躾が悪くて」と謝り、頭を小突いておく。

「いいのいいの。子供は正直なほうがいいわよ。大人になったらどうせ言いたいこと言えなくなるんですもの」

目を細めた早川の表情に嫌味がないのでほっとしながら、奈緒はもう一度涼介を睨んでおく。涼介は頬をへこませながら勢いよくジュースを吸い上げている。

「ばあちゃんさぁ、やっぱ独り暮らしは無理じゃね？　前も縁側で倒れてただろ。その前は駅の前の道路だし。そんなんだったらいつか死ぬぜ」

「早川さん、いま息子が言ったこと、私も同じように思います。この山奥で独り暮らしは難しいんじゃないですか」

「奈緒さん、ありがとう。でも大丈夫よ、もうそんなに長生きをするつもりはないから」

「そんな……」

「それに、本音を言えば早く逝きたいの」

早川は口元に笑みを浮かべたままゆっくりと首を振った。奈緒は無意識のうちに白木の位牌に目をやり、早川が奈緒の視線を追うようにしてその隣の写真を凝視する。

「行くって、どこに行くのさ」

ジュースを飲み干した涼介が、手の中でぐしゃりとパックを潰した。ジュースのしずくが飛び散り、奈緒が目を向けるとぺろりと舌を出す。

「私の息子のところよ。九歳で死んでしまった息子のところに、そろそろ行きたいのよ」

早川が奈緒に、簞笥の上にある写真を取ってくれないかと頼んでくる。写真立ての中では、涼介と同じくらいの年頃の男の子が、はにかむように笑っていた。

# 7 葛藤

それほど広い病院でもないのに、捜しているとなかなか会えないものだ。道端で意識を失っていた早川を一緒に運んだ日からもう二週間以上、三上の姿を見かけていなかった。あの日以来、涼介が毎日のように早川の家を訪ねていき安否の確認をしている。とはいえ奈緒が仕事に出ている間ひとりきりになる涼介が、暇つぶしに早川とシロに会いに行っているという節もあるから、こちらもずいぶん助かっていた。困った時に訪ねていける大人がいるのは、心強いことだった。その後早川はなにごともなかったかのように、普段の生活を送っている。ただ三上にはきちんと話さなくてはいけない。短時間関わるだけではわからないかもしれないが、早川が認知症を患っている可能性はある。もし早川に認知症の疑いがあるのなら、「検査も治療もしない」という彼女の意思をうのみにしていいものかどうか……。

今日の三上は朝から外来診察に入っているので、日勤帯で会えるとしたら昼休憩の時だけだ。とはいえいつ外来患者が途切れるのかわからないので、今日も空振りになるかもしれない。半ば諦めつつ、奈緒は自分の昼休憩を利用して三上が診察室から出てくるのを待っていた。

もう正午を過ぎているのに、待合にはまだ三十人近くの患者が残っていた。奈緒は彼らの後ろ姿を眺めながら、十二年前のことを思い出す。母が手術を受けている間はどこにいても落ち着かず、この待合ロビーに座っていた。そう、あの左隅の席。いま杖を持った白髪のおじいさんが座っている辺り。年配の看護師が奈緒に言った「手術をやめなさい」という言葉に胸を刺されたまま、手術が無事終わることだけを祈った。

休憩時間のぎりぎり一時まで外来診察室の前で粘っていたが、結局三上は出てこなかった。こんなふうに待ち伏せなんかしないで電話をかければいいのだけれど、直接訴えなければ事の深刻さがうまく伝わらない気がする。

「今日も空振りかぁ」

自分だけに聞こえる声で呟き、勤務に戻る前にいったん外の空気を吸いに出た。今日は朝から陽射しが強く、いつもより海が輝いて見える。気温は連日三十度を超え、夏は盛りを迎えていた。蟬がいるのか、どこからか鳴き声が聞こえてくる。ミンミンゼミ、クマゼミ、アブラゼミ。奈緒と涼介が暮らしていた東京のマンションの中には届かないたくさんの種類の蟬の声が、自分たちが夏の真ん中にいることを教えてくれる。

「早く仕事できるようにならないと」

海に向かって言いながら大きく息を吸い込み、「よし、頑張ろ」と気持ちを切り替え、職場に向かう。太陽の熱を白衣の背中に残したまま、二階にある混合病棟に向かって階段を上がっている時だった。首からかけていた院内用のピッチがブルと震える。電話は混合病棟のナースステーションからだった。

「はい」

『川岸さん？　急患や。はよ戻ってきて』

受話口の向こうから苛立った友阪の声が聞こえる。こんなふうに電話で呼び戻されるのは初めてで、「いま戻ります」と階段を一段飛ばしで駆け上がる。

だが奈緒が戻ると、ナースステーションには誰もいなかった。すべての作業が突然中断されたかのように机の上が散らかっていて、パソコンもシャットダウンできておらず、マウスは裏返っている。至急戻ってくるようにと告げてきた友阪の姿もないので、奈緒はその場に突っ立ったまま首を傾げた。

「どうしたんだろ」

転がっているマウスを手に取り、パソコンの画面を閉じた。パソコンを開けたままにしていたスタッフのＩＤをたどれば、友阪だとわかる。「友阪さん、患者情報漏れるって」と呟きながら画面を閉じ、机に散乱した書類をかき集めているところにもう一度院内用のピッチが鳴った。

『なにしてんのっ。早く来てって言うてるやろ』

「え……、いま病棟のナースステーションに戻ったんですけど……誰もいなくて」

『手術部や、手術部。いますぐ走ってきてっ』

　言い返す間もなく、電話が切られた。手術部に戻って来いなんて、そんなことひと言も聞いてないのに。一方的に怒鳴り散らされたことに腹立たしさを覚えつつ、奈緒は早足で二階の端にある手術部に向かう。手術部に続く鉄製の厚い扉を開けて中に入っていくと、きゅっきゅっと床を擦るナースシューズの足音と怒声に近い声が耳に飛び込んでくる。

「あの、友阪さん」

　奈緒は、廊下を駆けていく友阪を見つけ、声をかけた。友阪は奈緒に気づかず、移乗機能付きストレッチャーを押しながら目の前を走り過ぎようとしているところだった。

「友阪さん」

　今度は少し大きな声を出す。すると友阪がようやく奈緒に気づき、

「緊急の患者が救急車で搬送されてくるんや」

答える時間ももどかしいというように言い放ち、奈緒を置き去りにしていく。緊急の患者。救急車。ストレッチャーの車輪の音が行き交う中で、いま自分のいる場所がわからなくなった。

「川岸さん?」

誰かに名前を呼ばれ、ようやく我に返る。

「あ……三上先生」

この数日間、あれほど捜していた三上がすぐそばに立っているのに、咄嗟に言葉が浮かばない。三上はいつもの白衣姿ではなく、上下緑の手術着を身に着けていて、他のスタッフ同様に大股で歩いていた。

「緊急の患者が搬送されてくるって聞いたんですけど」

「ええ、ぼくの患者です。トクさんと同じ集落に住む女性で」

今日は手術予定がなかったので、手術部の看護師は当直のひとり以外は休みを取っている。とりあえず病棟から応援を呼んで、処置に当たるつもりだ。そう三上が教えてくれる。

「私も呼ばれてきたんですけど、なにをすればいいのか聞いてなくて……。病棟の先輩がストレッチャーを持って出ていったのを見たんですが」

ここにいるスタッフはすべて自分のすべきことを把握し無駄なく動いている。ぼんやり突っ立っているのは自分だけだ。

「ナースの何人かは救急車の到着を待って、玄関前に待機していますよ。オペ室に木田さんがいるから指示を仰いでみて」

「わかりました」

奈緒は三上に言われた通りオペ室に向かった。途中の物品室で木田に会い、オペ室の準備は手術部の看護師と自分がするので、奈緒は救急車の受け入れをするようにと言われる。

「よかった、間に合った」

奈緒が病院の救急出入り口に出ていくと、三上と友阪が救急車の到着を待ち受けていた。三上は耳に携帯を当て救急救命士とやりとりをしている。奈緒は落ち着かないまま、その場に立ってサイレン音を待った。

「救急車が到着したようです」

三上が声を上げると同時にサイレンの音がしだいに大きく聞こえ、やがて頭の芯を締めつけるほどのけたたましい響きが病院の敷地内を埋めた。

「とりあえずオペ室に運んでください。ぼくも後で行きますが、診療放射線技師に連絡して撮影の準備を」

友阪と三上が担架に駆け寄り、救命士とともに女性をストレッチャーに移乗させた。患者の年齢は九十二歳だと聞いていたが、酸素マスクを着けているのでその顔は見えない。白いはずの割烹着が血液で真っ赤に染まっている。

救命士から申し送りを受けた三上が、ストレッチャーを追って病院の中へ入っていく。ひとりだけその場に取り残されていた奈緒も、慌ててその後を追った。

「川岸さんっ、こっち」

手術部に戻ると、木田に呼ばれた。

「宇野山診療所の看護師さんに連絡取ってくれる？　搬送された患者、三上先生が診療所から往診している人やから、うちの病院には最近の記録が残ってへんのや。患者の名前は斎藤シノさん。はい、これが小森さんの連絡先」

診療所は休診だが、看護師の小森という人とは連絡が取れるとのことだった。彼女に診療所まで走ってもらい、家族の連絡先など患者情報を教えてもらうよう木田が告げてくる。

「はい」

奈緒は木田から受け取ったメモを手に、電話のある手術部のナースステーションに向かう。

「あの……木田さん」

「なんや」

「いま運ばれた患者さん、手術になるんですか」

オペ室に灯されたライトの光が、廊下まで明るく漏れ出ていた。

「手術の準備はしてるわ。大量吐血があるとだけ聞いていて、詳しい容体はわからんけどな。宅食サービスの人が家の中で発見して救急車呼んでくれたらしいけど」

オペ室前の手洗い場では友阪が手を洗浄していた。手術部の人手が足りないので彼女が器械出しをするという。

「なにぼやぼやしてんの」

手洗いをすませ、看護助手の津村に滅菌ガウンを着せてもらっていた友阪が、帽子とマスクの間から覗く鋭い目で睨みつけてくる。

「あ、いまから患者さんのご家族に連絡を……」

「人いてないんやから、さっさと動き」

「はい」

本当だ。こんなところで立ち止まって、自分はなにをしているのだろう。奈緒は自分の両膝が震えていることに気づく。踵を返そうとしたその時、「ご家族への連絡、頼んだで」と木田が背中を押してくる。新人は新人なりに自分のできることをしたらいい。耳元でそう囁かれ、奈緒は無言で頷いた。わかってはいるけれど、自分がまったくの戦力外であることを突きつけられ、身に着けている白衣が場違いなものに思えてくる。看護師など名ばかりで、なにもできない。

「大量吐血の原因が確定できんって、どういうこと？　斎藤シノさんは三上くんの患者やないんですか」

　廊下を突っ切って手術部のナースステーションに行く途中で、深刻な話し声が聞こえてきた。振り返れば三上と岩吹院長が向き合って立っている。一方的に話しているのは院長で、三上は言い返すことなく黙ったままだ。

「あの患者は肝硬変で、それなのに食道静脈瘤の有無を、検査してないんですか」

「してません。斎藤さんは内視鏡が苦手なので」

「苦手、か。まあ九十二やったらそうでしょうな」

「口にあんな長い棒を入れられるくらいなら、死んだほうがましだ。斎藤さんがそう言われるものですから、それならよしましょうということになったんです」

「そういうことですか……。でもこれはちょっとまずいですな」

　歯切れの悪い院長の言葉が耳に届き、奈緒は食い入るようにして二人のやりとりを見ていた。三上が重大なミスでもしたのだろうか。自分がミスしたわけでもないのに鼓動が速くなる。

「看護師の小森さんですか？　私は海生病院の看護師の川岸と申します。実はそちらの患者さんが救急車でこちらに運ばれて――」

いま自宅にいるという小森の対応は早かった。奈緒が事情を話すとすぐに「いまから診療所に向かう」と言ってくれる。二十分後には斎藤さんの家族の連絡先をファックスで送れるから、と。奈緒は受話器を置いて、オペ室に戻った。奈緒がオペ室に入ると、滅菌ガウンを身に着けた三上、岩吹院長、友阪、手術部ナースの後藤(ごとう)がオペ室に入っていくところだった。後藤によって無影灯がオンになり室内が真夏の昼間のような明るさに変わると、張り詰めた視線が行き交う。後藤は円形の無影灯のハンドルを握り、光の当て方を調節していた。光は執刀医の後方から入り、手術の部位が最も明るく照らせる角度を探す。友阪は慣れた手つきで器械台の上に不揃(ふぞろ)いに置かれた器械を、並べ直している。

「そんなとこでなにしてんの」

ついさっきまで術者たちのガウン介助をしていた木田が、奈緒の腕を引っ張ってきた。本来ならガウン介助は看護助手の仕事なのだが今日は助手の人手も少なく、木田自らが雑用をこなしている。

「いえ、あの……さっき岩吹院長と三上先生が患者さんの病態のことを話していて、それが気になって」

「食道静脈瘤のこと？　三上先生が前もって検査してなかったっていう」

「そうです。それって重大なことなんですか」

斎藤さんの持病は肝硬変だというが、病態を知らない奈緒にはさっぱりわからない。看護師として恥ずべきことなのだろうが、いまは恥ずかしいよりも知りたい気持ちのほうが強く、「教えてください」と素直に告げる。

「肝硬変の病態生理は後で自分で調べておいて。いまは、肝硬変やったらなんで食道静脈瘤ができるんか、そこから教えるわ」

手招きすると、木田は手術部のナースステーションに奈緒を連れていった。椅子に腰かけ、手術伝票の裏に肝臓の図を描くと説明を続ける。

「人間の胃や腸に流れる血液は、肝臓を通って心臓に返されるんや。肝臓は解毒の働きをする場所やから、ここで有害な物質が取り除かれるわけよ。アルコールを大量摂取したら肝臓がやられるんも、この理屈や。肝硬変というのは肝臓がもう正常に機能せえへん状態で、つまり血液も通りにくくなる。門脈（もんみゃく）、肝静脈っていう肝臓の血管が狭窄（きょうさく）したり閉塞（へいそく）して血液を通せんようになったら当然、血液は停滞して門脈の圧も上がるやろ。そうしたら血液は別の血管を探して通るようになる。その別の血管というのが食道粘膜の下層にある食道静脈なんや。でもこの血管はもともと細い血管やから、毎日毎日そんな大量の血液を通しているうちに病的に太くなって、そして食道静脈瘤や胃静脈瘤ができることがある。この瘤（こぶ）が大きくなれば、食道を通る食べ物なんかに触れて破裂してしまうんや。時には咳（せき）をしただけでも破裂することもあるくらいや」

斎藤さんのように肝硬変を患っている患者には、定期的に内視鏡を実施して食道静脈瘤の有無を調べたり、食道静脈の経過観察を行うことが通常なのだと木田が教えてくれる。

「三上先生はどうして検査しなかったんですか」

「三上先生のことや。怠ってたというのとは違うやろ。川岸さん、さっき救急車で搬送されてきた斎藤さんの体格見た？」

「そんなにまじまじとは」

「身長が百四十センチもないんやわ。体重も三十五キロあるかないか」

そんな華奢（きゃしゃ）な高齢者の体に内視鏡検査を繰り返すのは、たしかに酷な話だと木田は言う。最新の内視鏡の直径がいくら細いといっても、苦痛は避けられない。

木田の話を遮るように、ファックスの着信音が鳴った。壁にかかる時計を見れば、小森さんに電話をしてからきっかり二十分。斎藤さんの家族の連絡先がファックスで流れてくる。

日勤の終業時間である午後五時前になると、準夜勤の看護師が順次出勤してきた。今日は緊急手術が入ったために病棟の仕事が回りきらず、奈緒は残業覚悟で看護日誌の記載を続けている。斎藤さんは二時間ほど前にオペ室からこの混合病棟に戻ってきて、いまはナースステーションのすぐ前にある個室に入っていた。やっとここまで来た。あと患者二人。そう鼓舞しながら看護日誌に文字を書き込んでいると、「それ私がやっとくから、川岸さんは帰ってええよ」木田が奈緒の肩を叩いてくる。忙しすぎて化粧を直す時間も取れなかったのか、木田の顔色は悪いを通り過ぎどす黒くさえある。そういう自分もひどい顔をしていた。

「あ、でもあと二人ですし」

「そう。そしたらお願い。私は斎藤さんのご家族と話してくるから」

顔色がすぐれないのはただの疲労だけではないようで、三上が斎藤さんの家族から責められているのだと木田が顔をしかめる。奈緒は急いで残りの看護日誌を書き上げ、木田の後を追った。斎藤さんの家族と連絡を取ったのは奈緒自身で、大阪に住む息子夫婦がちょうど三十分ほど前に病院に到着していた。もう定年退職して家にいるのか、連絡がつくとすぐに「いまから病院に向かう」と駆けつけてきた。

「私がさっきから言うてるんは、なんでこうなる前になんとか手を打ってくれへんかったんかってことですのや。先生はうちの母の主治医でっしゃろ。そやのにその食道静脈瘤が破裂すんのわかってて放置しておいた。こんな殺生な話、ありまへんで」

斎藤さんが入院する個室を覗けば、六十がらみの小柄な男が三上と向き合い声を上げていた。その二人の間に割り込むようにして木田が立っている。

「ぼくは斎藤さんから直接、積極的な治療を拒否する旨を伺っていました。今日は出血を止めることを最優先して上部内視鏡検査をしたのですが、これまでは『内視鏡検査は受けたくない』という斎藤さんの思いを尊重して」

「だからぁ。あんたもわからん人やなあ。九十過ぎた老人の言うことを真に受けて、肝硬変みたいな大変な病気、検査もせんと放っておくっちゅうのはどういうことやと言うてるんや」

「九十二のご老人の言葉だからこそ、ぼくは真摯に受け止めました。息子さんの仰るように、予防的な治療も可能でした。まだ破裂する前の食道静脈瘤にＥＩＳ、内視鏡的硬化療法というのですが血液を固める硬化剤を使って瘤を小さくすることはできます。ですがこの処置にもリスクはあります。かえって肝不全が悪化したり腎機能障害が副作用として出現することがあるんです。胸の痛みや発熱、食道潰瘍ができることも考えられます。合併症の少ない内視鏡的静脈瘤結紮術などを施しても、こちらは再発のリスクが高いので完治には至りません。何度も何度も繰り返し内視鏡の苦痛を味わうより、あえて積極的な治療をしないほうが体のためではないかとぼくは考えたんです」

「……おたくでは埒あかん。院長呼んでくれ」

「斎藤さんの主治医はぼくです」

「あんたではあかん言うてるのや」

「ぼくはこの二年間、月に四回、斎藤さんの往診をしていました」

「そんだけ行っててこれかいな。おたくはおふくろのなにを見てたんや」

「本当なら、斎藤さんは今日の処置も望んではいなかったと思います。延命治療はしてくれるなと常日頃から言っておられますし、文書にも書いて残しておられます」

「そんなこと、おふくろはわしら家族にかて一度も言うたことないで」

「ご家族にも話していない気持ちはありますよ」

「なんやてっ。自分のミスを棚に上げやがって」

「ちょ、ちょっと待ってください」

木田が両手を横に広げるようにして、会話を遮る。奈緒が廊下に立っていることに気がついていたのか「川岸さん、院長を呼んできて」と目配せしてきた。

「川岸さん、なにしてんの」

「あ、いえ別に」

内線電話で院長を呼び出した後も、なんとなく帰りづらくナースステーションに残っていると、友阪が尖(とが)った声で話しかけてきた。疲れているのかいつも以上に機嫌が悪そうだ。

「さっきなんで院長呼び出してたん？　院長室に内線かけてたやろ」

「斎藤さんのご家族が来て、それで三上先生に……」

「クレーム？」

「クレームというか、なんというか」

「院長呼んでこいとかなんとか、そういう話になったんやろ？　往診してた三上先生の治療方針が気に食わんとかで」

さすがに鋭い。内心驚きながら奈緒は頷く。

「またかぁ。ほんまに多いんやわ、そんな家族」

「今日みたいなこと、けっこうあるんですか」

「時々やけどな。離れて暮らしてる子供に限って、親になんかあったら病院のせい、医者や看護師のせいや言うてくる。斎藤さんは九十二歳なんや。苦しい治療をしたくない気持ち、普通に考えたらわかるやろう。普段は年老いた親の家に年に一、二回帰省したら十分親孝行みたいな顔して、介護もなにもかも他人に任せてるくせに、いざ今日みたいなことになったら文句言い出すんや。それやったら自分でもっと手厚く面倒みたらええねん」

「子供が親の気持ちを理解してないってことですか」

「もちろん自分の親の思いを理解している家族もいてるよ。『延命治療なしで自然に逝きたい。最期は自宅で過ごしたい』って思いを受け止めてる家族ももちろんいる。でも今回みたいに『どんなことしてでも延命してくれ』って言うてくる人もいてる。あんまり強く言われたら、この家族、老親の年金あてにしてるんと違うやろかって勘ぐってしまうけど」

友阪は乾いた声で笑った後すぐに、「斎藤さんのことやけど、肝硬変の病態、きちんと家で勉強しいや」と厳しい表情に戻る。

「はい。今日はもたもたしてすみませんでした」

「病態わからんかったら看護はできひん。こういう人手のない現場は、個々の能力がものをいうんよ。できひん人がいたらこっちの負担が増える。なにより患者に迷惑かかる。救える命も救えへん」

友阪が素っ気なく言い、手早く帰り支度を始めた。

奈緒は返す言葉もなく、友阪から少し遅れてナースステーションを後にした。そこにいる誰もが自分の仕事に没頭し、ナースステーションを出ていく奈緒に気づく人はいない。同じ場所にいながら、どこか部外者のような気持ちで職場を後にする。今日の自分は、なんの役にも立っていなかった。友阪が奈緒にきつく当たるのも当然のことで、他の人が心で思っていることを彼女ひとりが口に出しているだけだ。

「お父さん、起きてるかな……」

奈緒は五分だけのつもりで耕平の病室に向かうことにした。五時台のバスは五時半の一本しかないから、それに間に合うようにしないといけない。

耕平の病室はカーテンが閉められていた。電気も消えていた。部屋の隅からパイプ椅子を持ってきて耕平のベッドの足元に座ると、下半身が石膏で固められたかのように重いことに気づく。

「疲れたなぁ」

控えめにため息を吐けば、背中におもしを置かれたような疲労を感じる。この十一年間、私はなにをやってきたのだろう。自分らしく日々を充実させながらも夫に尽くす、素敵な奥さん。わが子を伸び伸び育て、それでもきっちり目配りをしている、子供の自慢のお母さん。目標とする女性像はもちろんあった。月に一度購読している女性誌で家事や料理の勉強をし、努力を重ねてきたつもりだ。でも素敵も自慢も、この病院の中ではなにも役に立っていない。無能で無力な三十を過ぎた女がいまの私。夫に浮気され、素敵な奥さんではなくなった。子供をひとり、家で留守番させている時点で目配りなんてできていない。東京には戻らず、京都の片田舎で看護師として働き、息子を育てていく。その決意が早くも揺らぎそうだった。

床頭台の上に、耕平と涼介がやっていたクロスワードパズルが頁を開いたままで置いてあった。このパズルみたいに、人生も初めから答えが決まっていたらいいのに。そうしたらどう生きればいいのかなんて迷うこともない。耕平の、入院して老いが深まった寝顔に目をやった後、自分の足元に視線を落とした。ベッドと床の間のスペースにねじ込むようにして紙袋が置いてあり、その袋が破れそうなくらいに膨れている。そういえばしばらく汚れ物を持ち帰っていない。廊下から焼き魚の芳ばしい匂いが漂ってきて、耳を澄ませば夕食を載せたワゴンが廊下を行き来するガラガラという車輪の音が聞こえる。腹をすかせて母親の帰りを待っているだろう涼介のことを思うと、ここまでこらえてきた涙が目の縁にまで溢れてきた。

「奈緒か。……どうした？」

慌てて涙を拭えば、耕平がこちらを見て怪訝そうに眉をひそめている。手術をしてそろそろ三週間経つところだが、まだ以前のようには動けない。

「なにも。洗濯物取りに来ただけ」

奈緒は身を屈めてベッド下の紙袋を抜き取ると、「バスの時間があるから」と片手を挙げた。

「どうした。仕事でなにかあったのか」

どうしてわかるのだろう。奈緒は無精ひげの生えた耕平の顔を一瞬だけ見た後、視線を逸らす。この年になって仕事が辛いなどという泣き言は言いたくない。他に働ける場所が残っていないことは、自分自身が一番よくわかっていた。

「奈緒、一段一段や。仕事の上達は階段を上がるのと同じや。上がるのをやめてしまったらそこから先の景色は見えへんぞ」

耕平の言葉がいつになく重く響いたが、なにも返さず病室を出ていく。バスの時間まであと五分もなかったので、小走りでバス停に向かった。

「よかった、間に合った」

バス停に他の職員の姿があったので、ほっとして肩の力を抜く。乗り遅れてしまったらタクシーに乗って帰るしかない。

あれって……。

オレンジ色のバスに向かって駆けている途中、自分の意思に反して足が止まった。暗がりではっきりと顔が見えたわけではないのだけれど、病院の正面玄関から出てきた人影が三上に見えた。体を反転させ、息を詰める。

「お客さん、出発しますよ。乗らないんですか」

三上なのか、別人なのか。目を凝らして人影の顔を確認しているとバスの運転手から声がかかる。

「あ、すみません。いま乗ります」

慌ててバス停に戻ろうとして、

「あ、やっぱり乗りません」

顔の前で手のひらを振った。あれは三上だ。三上に違いない。「ごめんなさい」と運転手に謝ってから、踵を返して病院に戻る。

三上が泣いているような気がした。

# 8 宿命

「三上先生？」

正面玄関の横の壁に背をあずけるようにして立っているのは、やはり三上だった。顎（あご）を上に突き出し、空を見ている。さっきまで白衣を着ていたが、いまは白い長袖（ながそで）シャツにチノパンといった、いつもの私服姿だ。

「なにしてるんですか、そんなとこで」

「川岸さんこそ。バス行ってしまいましたよ。あれ、最終でしょう？」

テールランプが遠ざかっていくのを、三上が指差す。あなたのことが気になってバスに乗らなかった。泣いているのかと思って。そんなことを口に出せるわけもなく、「最終ってこと忘れてました」といま気づいたようにとぼけた声を出した。

「ぼくもいまから往診に行きますから、家まで送っていきましょうか。川岸さんの家なら通り道ですよ」

三上はもたれかかっていた壁から背中を離して、まっすぐに立ち直す。

「でも……斎藤さんは？」

急変があるかもしれないのに、主治医が病院から離れていいのだろうか。

「斎藤さんなら院長に任せてあります。というか、斎藤さんのご家族から主治医を代えてほしいという要望があったんでね。それで院長に託しましたよ」

言いながら三上は、海に面した駐車場に向かって歩き出した。淡々とした口調がかえって、彼の屈託を伝えてくる。

海岸沿いの曲がりくねった道路を、車は走っていた。日の入りまであと一時間以上あるが、それでも少しずつ空の色がうねり始めている。

「さっきなにしてたんですか」

海を眺めるふりをして、奈緒は疲労の滲んだ三上の横顔に目を向ける。

「さっきって？」

「病院の正面玄関のところで……」

泣いているように見えましたけど。と心の中だけで付け加えた。

「星を探してたんです」

「星って、まだこんなに明るいのに？」

「空にじゃなくて、ぼくの中にある星を」

意味のわからないことをぼそりと呟くと、三上はそれからなにか考え込むように黙ってしまった。

「ぼくがまだ小さかった頃、星を集めていたことがあるんです」

再び三上が口を開いた時、車はもう海沿いの道路を抜け山間部に入っていた。藍(あい)色の紗(うすぎぬ)を一枚ずつ重ねていくように空が暗くなっていく。

「星を集める?」

「正確に言えば、星の形をしたシールなんですけどね。ぼくが頑張った日の数だけ、星形のシールをくれる人がいたんです」

シールを貼るための台紙を画用紙で作って、大切に持っていた。「この日とこの日は頑張った」と伝えれば、その数だけ星をもらえたのだと三上が話す。

「あ、トクさんがやってたやつ。そういえば私も、小学校の担任の先生にシールをもらったことあるな。私の場合、赤や青のカラフルな丸いシールでした。家で宿題以外の勉強をノートにしていくともらえるんだけど、私はたいして真面目じゃなかったから全然集まらなかったな。勉強のできる子はものすごい数集めてたけど」

「ぼくは誰と競っていたわけじゃないけど、けっこうな数を集めましたよ。ほとんど毎日、頑張ってたから」

シールを集めていた期間はわずか一年ほどだったけれど、台紙には二百以上もの星が瞬いていた。黄色い星形のシールが二百も並ぶとそれはもうそうとうな輝きで、眩しくて直視できないくらいだった、と三上が頷く。

「直視できないなんて、大げさだなぁ」

「いや、これは真実ですよ。暗闇で本が読めるくらいの光量です」

その星が、いまでも自分を照らすのだと三上が笑う。自分の中で瞬く星々が、闇に視界を閉ざされた自分に向かって「空はこっちだ」と教えてくれる。三上は言いながら、星を探すかのように窓の外へと視線を伸ばす。

「先生、斎藤さんのことあんまり気にしないほうがいいですよ。私がこんなこと言うのも偉そうですけど」

「え？」

「斎藤さんの家族に抗議されてたでしょ」

「見てたんですか」

「たまたま通りかかったというか。ちらっと聞こえてきたというか」

「別にかまいませんよ。ぼくだって前に、川岸さんの電話を盗み聞きしたことがありますし」

「だから、私のは盗み聞きじゃないですって」

三上がふっと息を漏らして笑ったので、奈緒の肩からも力が抜ける。

「そりゃ落ち込みますよ。家族に抗議されたからとかそういうことじゃなくて、ずっと診(み)てきた患者さんの容体(ようだい)が悪化したら誰だって」

　患者と家族の思いは時として合致しない。医師はそんな時どうすればいいのか、決まったマニュアルがあるわけではない。正解もない。

「人は一生に一回しか死ねませんからね。たった一度の死だから、自分にとっても周りにとっても悔いのないものにしたい。誰もがそう考えるのは当たり前です。自分の死が周りを不幸にしてしまったら、浮かばれませんから」

　かつて浮かばれなかった死を目のあたりにしたことがあるかのように、三上から表情が消えた。この人は時々こんなふうになる。奈緒は三上の横顔を見つめた。いま医師として理路整然と語っていたかと思えば、ふと上の空になり心を閉ざす。本当のところ、彼がどういう人なのかはわからない。ただ人に対する優しさは本物だという気がしている。そうしなければ彼自身が生きていけない。そんな息が詰まるほどの誠実さが、ふとした瞬間に垣間(かいま)見えた。

　奈緒はこれまで何度となく考えていたことを頭の中で巡らせながら、でももうそれ以上話しかけることはせず、夕陽(ゆうひ)に照らされた海岸を眺めていた。

　どれくらい黙っていただろう。

「そうだ。ずっと言いたかったことがあったんです」

眠りから目覚めたように、三上のほうから口を開いた。

「なんですか」

「ぼくが捜してみますよ」

「なにをですか」

「前に、川岸さんが話してた看護師ですよ。お母さんの手術をやめさせようとして、でも忠告してすぐに忽然（こつぜん）と消えてしまった看護師」

「そんなの、いまさら先生がどうやって捜すの？」

「十二年前にうちの病院にいた看護師なら、名簿がまだ残っているかもしれないし」

「……個人情報とかで難しくないですか」

「とりあえずやってみます。このことを伝えようと思ってここしばらく川岸さんのことを捜していたのに、会いたい時にはなかなか会わないもんですね」

窓の外にはいつもと同じ山の薄暮が流れていた。でもいまは目の前の景色が少しだけ違って見える。

味方になってくれてありがとう。そんなことを口にしたら、三上は驚くだろうか。ようやく作ったひとつ目の結び目の先に、三上の伸ばす手が見えたと言ったら。

窓を開ければ生ぬるい空気と気ぜわしい蟬（せみ）の声が、ガラスが抜けた四角形ぶんだけ車の中に入り込んできた。

「あ、そうだ。涼介くん」

「涼介がどうかしました?」

「涼介くんっていま家で留守番してるんですよね」

「ええ。ちゃんと家にいればの話ですけど」

出ていくといっても、早川の家以外にはいまのところ行くあてもない。

「川岸さんの家に寄って涼介くんを乗せて、それから三人で往診に行きませんか。彼も退屈してるだろうからドライブがてらに」

「往診に子供なんて連れていったらだめですよ。それにあの子、騒がしいし」

「往診先はトクさんなんです。涼介くんを連れていったら喜ぶと思って。あ、もし川岸さんが迷惑じゃなかったらの話だけど」

奈緒の実家からトクさんの家まで、車で四十分ほどの距離がある。診察の時間を合わせるとざっと二時間くらいはかかるだろう。そうすれば家に戻るのは夜の八時を過ぎて……と頭の中でいろいろなことを考えたものの、三上の言うように涼介はきっと退屈しているだろう。山道を車で走れるとなれば、それだけで喜ぶに違いなかった。

「本当にいいんですか。涼介なんか連れてって」

「トクさんなら大丈夫ですよ、賑(にぎ)やかなのが大好きだから。いや、こういうことは正直に言わないといけないな。実はぼくが涼介くんに会いたいんですよ。今日はなんか彼と話したい気分なんだ」

いったん実家に寄って涼介を連れ出す頃には、外はすっかり夜の色をしていた。三上の運転する車は狭い山道を上り、いつしかヘッドライトで照らされた部分しか、周囲の景色が見えなくなっている。

「おいおい、なんかやばい感じじゃんか。こんなとこに家なんてあるのかよ。三上先生、実は迷ってんじゃねえのか」

後部座席に座る涼介が、運転席と助手席の間に顔を出す。

「心配するな。こっちは何度も通ってるんだ。このクヌギ林の隙間に隘路があって、そこに入ればじきにトクさんの家に着く」

獣が飛び出してくるといけないからと、三上はゆっくりと車を走らせ、その緩慢な速度がよけいに車体の揺れを感じさせた。

「知らずに走ってて突然崖、なんてことないだろうな。おれまだ十歳だぜ。死にたくない」

「任せろって」

トクさんの家には前も一度来たはずなのに、初めて通る場所のようだった。灯りひとつない真っ暗な山林には、生き物の気配がいっそう際立つ。タイヤが深く沈んだり、大きな石に乗り上げたりするたびに、小さな悲鳴が漏れた。

「ここが最大の難所だ。ちょっと揺れるぞ」

三上はいったんブレーキを踏んで車を停め、前方を指差す。車はトクさんが宮司を務めていたという神社の手前にある急カーブに差しかかっていた。ここからさらに道幅が狭く、傾斜も大きくなる。

「こんな道、上がれるのかよ。四駆かなんかじゃないと無理じゃね？」

「大丈夫だ」

三上がハンドルを両手で握りしめ、アクセルを踏み込む。前に通った時と同じように、前輪が空転する音が暗闇に響き、タイヤの焼ける臭いがぷんと漂う。

「まじか」

「お母さんも前に来た時はびっくりしたけどね。でもたぶん行けるんだと……うわぁっ」

船が水面の上で急カーブをしたかのような烈しい揺れの後、車が急斜面を上がりきった。タイヤのゴムと乾いた土砂が擦れ合う苦しそうな音にしばらく耐えると、車は唐突に平坦な場所に入っていく。

「あ、あった。ほんとに家があるっ。なんだよぉ、昔話に出てくる家みたいじゃんかよぉ。超レアじゃんかよぉ」

鬱蒼とした森の中に古い平屋が現れた時は、さすがの涼介も声に安堵を滲ませていた。まっさきに車から降り立ち、下草の蔓延る庭を駆け抜け、玄関先に吊り下がっている鬼灯みたいな裸電球に触れようとジャンプする。

「こんばんは三上です。今日は看護師の川岸さんと、その息子さんを連れてきましたよ。トクさん、小森さん、おられますか」

三和土で靴を脱ぐと、前と同じように三上は慣れた様子で家の中に上がった。奈緒と涼介も彼の後について廊下を進んでいく。

「入りますよ」

襖の隙間から漏れる光に向かって三上が声を上げ、中に入った。と同時に生臭い血の匂いが鼻をつく。奈緒は思わず手のひらで鼻と口を覆い、言葉を失う。

「先生……悪いね」

正方形の炬燵用テーブルの下から声が聞こえ、視線を下げれば見たことのある老人が頭から血を流しながら横たわっていた。話せているのが不思議なくらいの流血なのに、そばに立つ三上は少しの動揺も見せずに「トクさん、大変やったねえ」と妙な京都言葉で声をかけている。トクさんの頭から流れ出たであろう血液が、毛羽立った畳に滲み込み固まっていた。

「台所で点滴に薬液詰めてたら物音がして、それで振り返ったらすでにトクさんが倒れてたんです。頭から血ぃ流してたから、そういう時はむやみに動かしたらあかんと思ってすぐに三上先生の携帯に連絡入れたんよ。悪いね先生、斎藤シノさんのことで忙しい時に」

この人が訪問看護師の小森さんなのだろう。トクさんに寄り添っていた女が、堰（せき）を切ったように話し始める。

「斎藤さんの件はひとまず落ち着いたから大丈夫ですよ。それより小森さん、トクさんの意識はずっとありますか」

「意識はあるんよ」

「頭の怪我（けが）以外で、今日変わったところはなかったかな。たとえば目の焦点が合ってなかったり呂律（ろれつ）が回ってないというような。今日だけじゃなくて、昨日とか一昨日（おととい）とか、小森さん以外の看護師さんからそういった申し送りはないですか」

「なかったと思うんやけど……。どやろ。いま他の看護師に電話してみますわ」

往診鞄（かばん）から携帯用の血圧計を取り出し、三上がトクさんの腕に巻きつける。三上は手を素早く動かしながら視線だけを上げ、小森さんと会話を続けていた。

「川岸さん、鞄から滅菌手袋と滅菌ガーゼ出して」

「ガーゼですか。ガーゼ、ガーゼ……」

鞄を開いて白い布を捜し当て、三上に渡す。滅菌手袋が見つからず困っていると、隣にいた涼介が、「これじゃない？」と長方形の紙の包みを取り出してくれた。

「これは……いけないな」

頭頂部をガーゼで押さえながら、三上が独りごとのように呟く。トクさんの額から頭頂部にかけて、固まった血が糊のようにこびりついている。

「先生、わしの頭どうなっとる？　ざっくりぱっくりいっとるか」

「転んだ拍子にどこかで打ったんでしょう。少し裂けてますね」

三上にそう説明されると、「そうか。やっぱりな」とトクさんが鼻に皺を寄せて笑う。

「トクさん、なにがおかしいんですか」

「いやあ、たくさん集まってくれたなと思って。わしのために四人も人が来てくれた」

「こんなに血を流して、笑いごとじゃありませんよ」

「いや、やっぱりわろてしまうわ」

紀州みかんの段ボール箱。柄が不揃いな座布団。ブラウン管テレビに、文字盤の大きな置時計。そうした雑多な日用品に囲まれながらの処置が始まった。三上が往診鞄から注射器や麻酔液の入ったアンプルなどを畳の上に敷いたシートの上に並べていく。

「トクさん、ぱっくり裂けたとこ縫っとくから。麻酔の注射はチクッとするけど、それだけ我慢してくださいよ」

「よろしゅうに」

瞬(まばた)きを繰り返すトクさんに向かって三上が優しく語りかけると、さっきと同じ笑顔が返ってくる。

「ここで縫合するんですか」

こんなところで、と言いそうになるのを、すんでのところで言い直す。

「道具は揃ってますよ。川岸さん、トクさんの頭をいったん持ち上げてもらえませんか。小森さんはその隙に防水シーツを敷いてください」

髪を洗うかのように消毒液が頭に注がれ、薄まった血液がシーツへと流れ出していく。血液と消毒液が混ざったどろりとした生臭い匂いが辺りに立ち込め、「痛そぉ」と涼介が口を曲げる。小森さんも顔を歪(ゆが)めていたが、当のトクさんだけは目を閉じ、まるで髪でも洗ってもらっているかのような穏やかな表情をしていた。麻酔のために注射の針が頭皮に埋め込まれる瞬間も、縫合糸をつけた針でぐさりと刺された時も平然と目を瞑(つぶ)っている。

「じいちゃんすげぇな、痛くないのか」

黙って耐えるトクさんの姿に、涼介が喉(のど)の奥で唾(つば)を飲み込む。

「わしはもう八十八や。ここまで生きると、これくらいどうってことないわ。坊主はいくつや」

「おれは十歳。なあ、ほんとに痛くないのかよ、我慢してんだろ？」

「痛くねぇよ。なあんも怖くねえって」

しんと静まった部屋で、はさみが縫合糸を切るパチンパチンという音が響く。

「三上先生、ここ任せてもええ？　私バイクで来てるし、そろそろ帰らんと真っ暗で道がわからんようになってしまうわ」

小森さんが申し訳なさそうに声をかけてくる。

「もちろん行ってください。あとはぼくが引き受けますから。あ、そうだ。トクさんには前来た時に紹介したんだけど、この人は海生病院の新しい看護師さんで、川岸さん。病院でまた顔を合わせるかもしれません」

「そうなんやね。私は小森いいます。もともとは宇野山診療所の看護師やけど、閉鎖されてからは主に訪問看護をしてるんやわ」

黒いリュックを肩にかけ、いまにも部屋を出ていこうとしていた小森さんが振り返り、人懐こい笑顔を見せて頭を下げる。

「川岸です。今日、海生病院から斎藤さんのことで電話をかけさせてもらって」

「ああ。あんたやったんか。そらお疲れさま」

「よろしく、よろしく。仲良くしてや」と、目を閉じたままのトクさんが胸の前で手を振ったので、小森さんと目を合わせて笑った。

小森さんが部屋から出ていくと、傷口をガーゼで覆いテープを貼っていた三上が聞いてきた。

「小森さんって、いくつだと思いますか」

「小森さん？　六十歳くらいですか」

「七十四ですよ」

「え、ほんとに」

「前にバイクの免許証見せてもらったことありますから」

ザクロの裂け口のようだった傷をきれいに閉じ、三上はトクさんの体を抱え起こした。半身を起こしたトクさんが一瞬上体をふらつかせたので、そばにいた涼介が両手を伸ばして支える。

「その年齢で仕事を続けてるなんて、なんかかっこいいですね」

「ぼくも小森さんと初めて会った時、同じように思いましたよ。田舎は人が少ないぶん、人ひとりひとりの存在が際立つ。個々の力が生きる。ぼくにはそんな気がしますよ」

滅菌シーツの上に並べていた縫合用の器械を、三上が手早く片付けていく。

「先生、この子と写真撮ってくれんか。ほんで孫にメエルで送って」

トクさんが涼介のほうを見て、嬉しそうな笑みを浮かべていた。一緒に撮った写真を孫に送りたいのだと手招きしてくる。

「涼介くん、いいか」

「オッケー」

トクさんが電話台の上に置いてある阪神タイガースの帽子を持ってきてほしいと奈緒に頼んできたので、台所の隣にある部屋に取りに行く。捜さなくても真っ白な帽子は部屋の隅で光って見えた。

「じいちゃん、怪我したとこ帽子で隠さないと」

涼介は野球帽をトクさんの頭に載せると、白いテープが隠れるように庇を下げた。

「気が利くな、坊主」

「まあね。よく言われる」

三上が携帯のカメラを構えると、涼介がトクさんに「変顔しようぜ」と両方の黒目を顔の中心に寄せ、鼻の穴を膨らませた。その顔は涼介の得意とするもので、トクさんも涼介にならい、さらに舌までべろりと出す。

「じいちゃんのその顔、最強にブサイクだぜ」

「いや、坊主もそうとうなもんじゃ。こんなブ男、なかなかおらんわ」

二人の笑い声が明るい音楽のように、古家の居間を満たしていく。奈緒はなんとも言えない穏やかな気持ちで二人を見つめ、カメラを向ける三上も楽しそうに目を細めていた。

「坊主、坊主もわしのゴオルを見といてくれや」

「なんだよゴオルって」

「ゴオルいうたらゴオルや。なぁ先生、わしのゴオルはもう目の前やな」

「さあ、はっきりとは言えませんね。でも近づいていることは確かです」

「このままやったらわし、最後まで走れそうやな」

「ええ、きっと」

トクさんは変顔が気に入ったのか、写真には写らないのに両耳までクイクイ動かし始めた。三上が笑いをこらえながら「はいチーズ」とシャッターを切る。さっきまで頭から血を流していた老人とは思えない生き生きとした姿が、電波に乗って遠くの孫の手元に送られていった。

「なあじいちゃん、この辺って、虫多いの」

「多いかって？　虫しかおらんわ」

「おれ、カブトムシ飼いたいんだよな」

「ならいつでも捕りに来い。うじゃうじゃおるわ」

涼介とトクさんの長閑(のどか)なやりとりを聞きながら、斎藤シノさんもこうだったのだろうと思う。誰かの訪問を心待ちにしてひっそりと、でも決して寂しいだけではない自分らしい時間を過ごしていたのだ。血を吐いて救急車で運び込まれた姿からはわからない、充実した時間があったはずだ。

「先生、星ひとつぉくれ。今日一日、頭が痛いのに耐えたんや」

「ええ、もちろん」

「なんだよ星って」

三上とトクさんと涼介が顔を寄せ合い、話をしている。こうして三世代の男たちが集まって楽しそうに笑っていると、親戚(しんせき)の集まりかなにかのようだ。

「うわっ、なんだこれ。星のシールばっか何枚あるんだよ」

「いいだろ、坊主。このじじいが生き抜いた日々の証(あかし)だ」

「へえぇ、すげえな」

「わしがいろぉんなことに耐えた日の数だけ、三上先生が星をくれるんや。星の数はな、わしがゴオルするまで増え続けるんや」

「だからゴオルってなんだよ。教えてくれよ」

「ゴオルいうたら、わしの命が終わる日やないか。人生のゴオル」

「ふぅん……。星の数イコール、ゴオルまでの白星ってことか」

「坊主はやっぱり頭がいいな」

白い画用紙に黄色い星が瞬いていた。几帳面(きちょうめん)にまっすぐ、横一列にシールが貼られている。三上がさっき言っていたように、その輝きは眩しすぎて直視できないくらいだった。

「おいおい、じいちゃんひとりで置いてきていいのかよ」

鴨井家の玄関から車を停めている庭の縁までの砂利道を歩きながら、涼介が彼なりに声を潜めて聞いてくる。トクさんが癌であることを三上から教えられ、少なからず動揺している。

「おっと、やべ」

カランという音をさせ、涼介の手から彼の身長よりも長い袋が落ちた。袋はトクさんからもらった釣り竿の入ったロッドケースで、釣り竿だけではなく釣り糸やリール、仕掛け、餌など海釣りに必要なものを一式譲ってくれたのだ。奈緒が固辞したにもかかわらず、傍らの涼介は小躍りしていた。

「トクさんはその釣り道具をもらってくれる子供が現れて、むしろ嬉しかったと思いますよ」

ひとつ、二つ、空の星が増えていく中で、三上が運転席のドアを開けた。

「ほんとに？　ただただ厚かましいだけなんですけど、うちの息子。あ、こら」

涼介は三上に断りもなく車のトランクを開け、釣り道具を積んでいる。奈緒が涼介に注意すると、三上は「かまわないよ」と手を伸ばしてトランクの蓋を支えてくれる。

「この釣り道具一式は、トクさんが孫のために買ったものなんですよ」

「だったらよけいに」

「でも、いらないって断られたそうなんです。孫本人じゃなくて、娘さんにね。家には釣りをする人なんか誰もいないから邪魔になるって」

「そうだったんだ。でもその娘さんの気持ちもわかるな。主婦は家の中によけいなものを置いておきたくはないですしね。私だって父がなにか送ってこようとしたら、すげなく断るかもしれない」

「お年寄りは、自分が好きなものは当然相手も好きだろうという思い込みが時としてありますからね」

「たしかに、あるある」

「ぼくも時々患者さんから頂き物をするんですが、申し訳ないけれどこれはどうしても食べられないってのがありますよ。たとえばアケビの皮の味噌炒めとか、サルナシのジャムとか。あ、たとえちゃ申し訳ないな」

「私の祖父はお茶に砂糖を入れて飲むのが好きだったんです。だから私が遊びに行くといつも作ってくれるの。ぬるいお茶に大量の砂糖を入れた飲み物を『さあ飲め』って。これがそうとう奇妙な味なんですよ」

「たしかに、あるある」

三上が奈緒の口真似をしながら運転席に乗り込んだ。トランクに荷物を積み終えた涼介も、スキップをしながら後部座席に滑り込んでくる。

「こうして見ると、じいちゃんの家ってほんと真っ暗な山の中にあるんだな。具合悪くなって救急車呼んでも、こんな道上がってこられるのかよ」

ヘッドライトをハイビームにしたままで、三上の運転する車が山道を下っていく。涼介は窓から顔を突き出し遠ざかる鴨井家を眺めながら、まだ心配していた。

「トクさんなら大丈夫さ。まあ、いまのところ、という言葉を付け加えないといけないけどな。半年後か一年後か、それとももっと早くか。今後はいまより弱ってくるだろうし、その時はまた対応を変えなくてはいけない。場合によっては入院ということもあるだろう」

車はちょうど道幅の狭い山道に差しかかったところで、三上は車体を道の左側、岩壁ぎりぎりに寄せてスピードを緩めた。右側は崖になっていて、脱輪でもすれば奈落の底だ。

「でもいざという時、海生病院は受け入れてくれるのかよ」

窓から顔をのぞかせていた涼介が、難所を通り過ぎたのを確認してから話を再開する。

「ベッドが空いていれば大丈夫だよ。ただうちが満床になっていれば他の病院ということもあるだろう」

だが入院すれば在宅よりもよけいな費用がかかってしまう。家族の援助があればいいが、そうでない高齢者は費用面でも自宅で暮らすことを選択するのだと三上が話す。

「涼介くんにはまだ難しい話かもしれないけれど、日本は世界有数の長寿国だというのに高齢者が増え続けた先のことまで考えるには及んでいなかったんだ。高齢者が増加するにともなって、彼らを支えるための医療保険をはじめとした社会保険料も増え続ける。いまの若い世代にはそうした社会保険料のせいで生活が逼迫(ひっぱく)している人も多いんだ。老親の面倒を経済面、生活面で不足なくバックアップできる人は限られている」

トクさんにしても、彼を自宅に引き取って同居できる子供はいない。施設を利用するという手もあるが、よほどの貯え(たくわ)と十分な年金がなければ入所できないところも多く、安価な施設は空きが出るのに何年も待たなければならない。そんな三上の説明に涼介は硬い表情のまま聞き入っている。

「いまだって毎日大変なのに、年を取ってもそんなに苦しいのなら嫌になるな。生きるって一生大変ってことじゃんか」

「そうだ。だからみんなおもりを見つけて、なんとか生きてるんだ」

「おもりってなんだよ」

「涼介くんは、起き上がりこぼしって知ってるか。ダルマの形をした人形の底に、おもりをつけたおもちゃだ。その人形はおもりがついているおかげで、倒してもまたまっすぐ起き上がることができるんだ。倒れても倒れても、何度でも起き上がってくる。大人っていうのはな、そんな自分なりのおもりを腹の真ん中に持ってみんな必死で生きている」

「そのおもりはどこで見つけるのさ」

「さあなあ、そこまではおれにもわからない。無理して探すものでもない。涼介くんが大人になっていく過程で見つければいいんじゃないか。それはそうと、今日は月が明るいな。山道を照らしてくれるから運転がしやすい」

　三上はそこで話を切って、日が沈んでもなお光を注ぐ夜空を見上げた。

　これからまた病院に戻るのだという。奈緒は助手席の窓を開けて吹き込む風を顔の正面で受けながら、自分たちの車を追いかけてくる白い月を見上げた。車はいくつかのトンネルを抜け、山奥から海沿いの町へと下っていく。

　トンネルをひとつ抜けるごとに人里に近づいていく気配を感じ、三上はなにをおもりにして生きているのだろうかと思いを巡らせた。

# 9 過去

翌日の夕方、奈緒と涼介は早川を伴って釣りに出かけた。

釣り竿(ざお)を使いたくてたまらない涼介が半ば強引に早川を誘ったのだが、「昼間は暑いから、日が沈む頃なら」と快く承知してくれたのだ。

「ばあちゃんが釣りできるなんて知らなかった」

トクさんが譲ってくれたロッドケースの中にはちょうど二本の釣り竿が収まっていて、早川と涼介は並んで堤防の先端に腰かけ、釣り糸を垂らしている。漁業組合の倉庫の前にある常夜灯が、港をほんのり淡く照らしていた。

「私が子供だった頃は、男の子も女の子も川や海で釣りをしたのよ。他に遊びも少なかったし、釣った魚は食べられるしね」

「いいなそれ。自給自足ってやつか」

言いながら涼介は釣り竿を一度引き上げ、釣り糸の先にまだ餌(えさ)があることを確かめる。奈緒は二人から少し距離を取って、堤防の端っこに腰を下ろしていた。こうして海を前にすると、幼い頃から馴れ親しんだ漁港町の日常が頭をよぎる。春の訪れを告げるのはサヨリ。その数か月後にはトビウオが初夏を連れて海にやってきて、夏が去ると成長したイカが定置網にかかる。そして秋から冬は日本海を南下してくるブリを待つのだ。

「ばあちゃんってさ、東京に住んでたこともあったんだろ？　なのにどうしてここに戻ってきたのさ」

涼介の声が海風に乗って聞こえてくる。

「旦那さんとお別れしちゃって、ひとりになったから故郷に帰ろうかと思って。その頃はまだ私の親がここにいたからね」

「離婚ならうちもしたよ。な、お母さん」

海の上にあった早川の視線が、奈緒の顔を真正面から捉えた。隠していたっていつかはばれるので「まあいろいろありまして」と作り笑いを浮かべる。

「だからおれ、内山から川岸に名字が変わったんだ」

「実はまだ変わってないの。正式に離婚したらそうなる予定だけど」

「そうなの？　もうとっくに離婚したんじゃないのかよ」

「もちろん決意は固まってるよ。でも手続きにいろいろ時間がかかるから」

その後寛之とは、耕平の知り合いだという弁護士に間に入ってもらい話し合いを進めてきた。離婚を受け入れることだけで精一杯だった奈緒に対し、七十がらみの弁護士は厳しい口調で「こちら側の条件を相手がすべて呑むまでは、首を縦に振ったらあきません」と告げてきた。

「今も昔もシングルマザーの苦しい状況はなんにも変わってない。厚生労働省の調査では、働いてるシングルマザーの半数は非正規雇用なんやわ。その平均年収はおよそ二百万。それに公的な手当や平均的な養育費を乗せても、二百四十三万円や。これは、子供のいる世帯の平均年収の三分の一程度のもんです。川岸さんは十歳の息子さんをこれから一人前にしていかなあかんのや。甘い考えはいっさい捨てなさいよ」

初対面にもかかわらず、宮津で事務所を構えているというその弁護士は、膝の力が抜けるような現実を突きつけてきた。「母子家庭の十パーセント以上は生活保護を受けるほど窮している」「ひとり親世帯の子の大学進学率は二十四パーセントに満たない」「大学の費用を奨学金でなんとかしようと考えるのは賛成できん。返済が必要な奨学金は、子に背負わす借金や」と奈緒の横っ面をはたくように具体的な数字やたとえを並べ立ててきた。あの時は高圧的で怖い人だと嫌ったけれど、いま考えればあの厳しい言葉があったからこそ自分はいまの仕事に踏み出せたのかもしれない。

寛之がこちら側が提示した条件を呑んだ。弁護士からそんな連絡が入ったのは三日前のことだ。響子の出産を控え、焦っていることが最たる要因だろうが、ここへ来て謝罪の気持ちが出てきたのかもしれないと弁護士は満足げだった。「当たり前のことです。川岸さんはなんにも悪いことしてへんのやから」と彼から声をかけられた時は喉の奥が熱くなり、感謝の言葉が詰まってしまった。

「そうだったのね。夏休みだから帰省しているんだとばかり思っていたわ。奈緒さんが海生病院で働き始めたと聞いた時は、どうしてかしらって思ってたのよ」

海から吹きつけてくる風に、早川が目を細める。

「だから前々から言ってただろ。こう見えておれの家は複雑なんだって」

魚が思うようにかからないからか、涼介は懐中電灯の光を海面に向けて遊び始める。ぐるぐる円を描くようにして光を散らす。

「そうね。そうとも知らず、涼介くんは毎日楽しそうね、なんて言っちゃって失礼しました」

声に出して笑い合いながら、奈緒たちは仄暗い海のほうに顔を向けた。腹の真ん中におもりを持ち、倒れても倒れても何度でも起き上がらなくてはならない。人生にはそんな局面がいくつ潜んでいるというのだろう。

「ばあちゃんはさ、なんで離婚したの」

「こら涼介。失礼でしょ」

「いいのよ奈緒さん、二十年以上も前のことだもの。別れた理由なんてもう思い出せないくらい昔のことよ。そうねぇ、どうしてだったかしらねぇ……自分たちの息子がいなくなって、一緒にいる意味が見つからなくなったのかもしれないわねぇ」

空に一番星が瞬くように、海の上の漁船にライトが灯る。日暮れの漁港はしんと静まり、対岸の湾の入り江には明かりが点々ときらめき始めた。一分ごとに色を変えていく夕刻は、海の美しさが一日で一番際立つ。

「あのさ……ばあちゃんの息子って、病気だったの？」

「涼介、いいかげんにしないと」

「いいのいいの。たまには昔のことを、こうして誰かに話すのもいいものよ」

ひとり息子の雄太を亡くした時、自分は三十二歳だったのだと竿の先に視線を留めたまま早川が話し始める。夫は東京の町工場で判子を作る仕事をしていた。町工場といっても個人用の判子や会社のゴム印、有名人の落款印などを手作りする三十坪ほどの工場なので、むしろ工房のような職場だった。夫と知り合ったのは、友人が実印を作るのに付き添った時だ。出来上がった友人の実印を見て自分も欲しくなり、担当者だった夫に発注したのがきっかけだった。

「当時は私も仕事を持っていてね。結婚して、雄太が生まれたんだけど仕事はやめなかったの。周りにも子育てをしながら働いている同僚はたくさんいたし、六歳までは雄太を保育園に入れて、小学校に入ってからは学童保育にあずけてしゃかりきに働いたわ。その頃はなんの迷いもなかった」

自分たち夫婦には、子供を大学に進学させるという目的があった。夫は中学を卒業してすぐに就職したし、自分にしても両親に負担をかけないよう、日中は働きながら夜間の専門学校に通った。だから雄太には大学へ進学して、自分たちが知らない世界に身を置いてほしかったのだ。親ってね、自分が持てなかったものを子供に持たせたがるものなのよ、厄介なもんでね。早川が苦く笑うのを、涼介が先を促す顔で聞いている。

雄太が高熱を出したのは、東京では珍しい大雪が降り積もった日だった。あの日、自分は雄太を家に残していつものように仕事に出かけた。保育園の年長組くらいからは、多少体調が悪くても留守番をさせて仕事に出ていた。その時にはもう小学三年生になっていたから、特に心配もしていなかったのだと早川は話す。

その日も病院でもらっておいた薬を飲ませ、解熱の座薬を使って家を出た。昼ごはんには粥(かゆ)を作り置き、「お腹(なか)がすいたらレンジで温めて食べなさい」とラップをかけておけば、布団の中から「わかった」とくぐもった声が返ってきた。掛け布団からのぞく両目が不安そうに潤んで見えたが、熱のせいだろうと気にしないよう自分に言い聞かせた。

「仕事は夜の七時までだったんだけど、どうしてかその日は雄太の不安そうな目が頭から離れなくて……。家に何度電話をかけても出ないから、ますます気になって早退させてもらうことにしたの。それで五時半には仕事を切り上げて、普段なら絶対しないのにタクシーで帰ったわ……。その時はもう、嫌な予感で頭の中が真っ黒に塗り潰されてたのよ。寒いのに脇の下に汗が滲んで――」

いつもなら三十分もあれば到着する距離を、チェーンを巻いたタクシーは一時間以上もかけて家までたどり着いた。家の前でタクシーを飛び降りた時、もうなにかを感じ取っていたのかもしれない。嫌な予感を通り越し、手先が震えるほどの恐怖。靴も脱がずに家の中に飛び込んでいけば、布団にくるまったまま意識を失っている雄太の姿があった。救急車を呼び、病院に運び込んだ時はすでに呼吸困難に陥っていた。湯上がりのように火照った体が自分の腕の中で小刻みに痙攣していた。

「熱くらいで……人って死ぬの？」

「ただの熱ではなかったのよ。インフルエンザ脳炎といってね、ウイルスが脳に入り込んでしまってね」

あまりにもあっけなかったと、早川の声が微かに震える。自分が帰宅してからは一度も声を聞けなかった。「お母さん」というたったひと言さえ聞くことができなかった。家を出る時に見た雄太の潤んだ目、あれは熱のせいではなくて、私にそばにいてほしかったのね、きっと……。

奈緒と涼介が黙りこくっていると、「悲しい話をしてごめんなさい。でも、もう昔々の話よ」と早川が静かに話を閉じる。息子が亡くなって生きる意味を失ったにもかかわらず、自分はこの通り七十年以上も生きてしまった。いまはもう一日でも早く雄太のそばに行きたいのだと、早川が海に視線を投げる。

「何度この海に身を投げようと思ったことか……」

波音に重なる早川の声が掠（かす）れていた。

「そんなこと言ったら、罰が当たって地獄に落ちるぞ」

「地獄に行くのもかまわないのよ」

「ばあちゃん知らないのか？　雄太は地獄にはいない。いい子は天国に行くからな。だからばあちゃんが地獄に落ちたら、雄太には会えない」

親思いの子供は、天国で自分のお父さんやお母さんのことを見守っている。幸せになってほしいと願っている。涼介が怒ったような顔をして竿をわきに置いた。

「そうねぇ。じゃあもう言わないわ。ごめんなさい」

早川が細い息を漏らしながら痩（や）せた腕を伸ばし、涼介の髪を撫（な）でた。奈緒は二人の話し声に包まれながら、小さく波打つ海を眺めていた。なだらかな山が海をぐるりと囲むように連なり、夜釣りの船が波間に漂っている。淡く光る星々を背景にした穏やかなこの海は、奈緒がこの町で幸せに暮らしていた頃となにひとつ変わっていない。

「死んだ人は星になるって、ほんと？　骨になった後で、星になってんの？」

夜空に散らばる繊細な光を見上げながら、涼介がぼそりと口に出す。

「そんなわけないじゃない。四年生にもなって、あんた本気でそんなこと言ってんの？」

奈緒が呆れて首を振ると、早川が、

「毎日忘れることなく空や心に現れるのに、決して触れることができない。近くて遠いところが、星と亡くなった人は似ているわね」

と優しい声を出した。

「早川さんは、ご両親の他に家族はおられるんですか。ご兄弟とか」

涼介はもう魚を釣り上げるのを諦めたのか、海に向かって餌を放り投げている。

「弟がいるけど、もう二十年以上会ってないわね」

「仲のいい友達とかいないのかよ」

「それもいないわね」

「会いたい人、ほんとに誰もいないのか？」

「とても大切だった……いまでも懐かしく思う人はいるわ」

「じゃあその人に連絡すれば？　会えたら元気出るだろ」

「そうねぇ、会えることなら……会ってみたいわねぇ」

早川が宙の一点を見つめる目で小さく笑った。その顔を見て、早川の会いたい唯一の人はすでに亡くなっているのかもしれないと思った。会いたくても会えない。そんな存在があることを十歳の涼介はまだわからない。

「ばあちゃんが会いたい人って誰なんだよ」

「涼介、しつこい」

「教えてくれたっていいじゃんか。ばあちゃんができないんなら、おれが代わりに電話してやってもいいし」

「涼介、いいかげんにしなさい。そういうおせっかい、ほんといいから」

拗ねた顔で唇を尖らせる涼介の頭を小突くと、

「電話ででも……声を聴けたら嬉しいでしょうね」

早川が庇うように手を伸ばし、涼介の頭を撫でる。「でもね、もう連絡先もなにもわからないのよ。残っているのは日記に綴ってある思い出だけで」

「じゃあその日記、見せてくれよ。おれがその内容をヒントにして捜し出してやる」

間髪を入れずに涼介が言えば早川が手を止め、目を見開く。

「あなたって子は、おもしろいことを考えつくのね。そうね。探偵はそういうちょっとした情報から人捜しをするものねぇ。でもね、その日記もう手元にないのよ」

柔らかく受け流しながら、早川がまた涼介の頭に手を置いた。奈緒が触れると嫌がるくせに、涼介は素直に頭をあずけ、

「もしその日記、おれが見つけたら読んでもいいか」

一途な眼差（まなざ）しで早川を見つめた。早川は少し驚いた後、小さく笑い、

「いいわよ。涼介くんなら読んでもいいわ」

まっすぐ見つめ返す。

「ほんとか」

「ええ。こんな……知り合って間もないおばあさんのことを、これほど心配してくれてるんだもの。涼介くんになら見せてもいいわ」

「じゃ、約束な」

早川の言葉に、涼介が真剣な表情のまま頷（うなず）く。

「そうね。約束。それより、今日はだめね、全然釣れない。そろそろ切り上げましょうか」

早川が会話を終わらせるように、ゆっくりと立ち上がる。海が夜の色を映し、闇が濃くなってきていた。

「さあ涼介くん、ほんとに……そろ……そろ……」

早川の目の焦点がじぐざぐに揺れ動き、語尾が掠れた。涼介を柔らかく見つめていた視線が足元に落ちると同時に彼女の手から竿がするりと抜け、まっすぐ海に落下していく。

「早川さんっ」

早川の体が突然、ぐらりと傾いた。

「早川さんっ。どうしたんですか」

「おいっ、ばあちゃんっ」

そのまま地面に倒れ込もうとする早川を、涼介が自分の背中で受け止め、奈緒は傾いた体に両腕を回して抱き留めた。その姿勢でバッグの中に手を入れ、携帯を捜す。吹きつけてくる潮風が奈緒のシャツの裾を持ち上げ、体ごと浮かび上がりそうになった。

「お母さん、早くっ」

涼介が奥歯をきゅっと噛みしめた。早川の重みで涼介の両膝が地面につく。奈緒が携帯を取り出すと、

「貸して」

涼介が奪い、119を打ち込んだ。電話が繋がるとすぐに奈緒に携帯を返してくる。

早川は右手をみぞおちの上に置き、眉間（みけん）に深く縦皺（たてじわ）を刻んでいた。

「早川さんっ」

「ばあちゃんっ」

涼介と同時に叫べば、早川の唇が微かに動く。声をかけるたびに暖かな場所から水の中に引きずり込まれたように、びくりと体を震わせる。涼介が早川の手を強く握りしめ「ばあちゃん」と力を込めれば、青く細い血管を浮かべた白い瞼（まぶた）が微かに震えた。

何度目の呼びかけだっただろう。

「……くん」

早川が言葉を返してきた。

「ばあちゃん、なんだよ。なんて言ったんだ」

「こ……んな。なに……があった」

かさついた唇から今度ははっきりと言葉が漏れ、目尻からひと筋、涙が流れていく。

「こんなひどいこと、誰にされたの……」

薄れていく意識とともに、過去の記憶が浮かび上がってきたのだろうか。彼女は過去のどこかの時間に戻っていた。まだ守るべき大切なものが存在していた時間。涙を流すほど大事なものがあった時間に。

「ばあちゃん……どうしたんだよ」

早川の指に腕を掴まれ、涼介が怯えた目で奈緒を見上げてくる。

「私が助けるから……死なないで」

「ばあちゃん、おれ大丈夫だから。死んだりしないって」

涼介が応えると、早川の両目から新しい涙が溢れ、頬を伝って耳の穴に入っていく。

「ほんとに……大丈夫？」

「うん。絶対大丈夫だ」

涼介は早川の大切な誰かになり代わって、言葉を返している。

「よく……頑張ったね」

「うん」

「怖かったでしょ」

「うん、でももう怖くないや」

「もう安心して。私があなたを……守ってあげる」

救急車が来るまで、涼介と早川のやりとりは続いた。早川は朦朧とする意識の中で奈緒や涼介の知らない場所に深く潜り、大切な誰かに懸命に語りかけていた。

# 10 告白

耕平の病室の窓からは、打ち上げ花火を眺めることができた。とはいえ花火会場になっている海辺からは少し距離があるために、見える花火も手のひらで隠れるくらいに小さい。それでも涼介は興奮し、開け放った窓のすぐ下にパイプ椅子を持ってきて、窓枠に寄りかかるようにして海に上がる花火を見つめていた。

「涼介、気をつけてよ。あんまり身を乗り出すと落ちるわよ」

「運動神経抜群のおれ様が落ちるわけないぜ」

「いや涼介、窓から落下するのと運動神経はさほど関係がないぞ」

耕平もベッドの上で半身を起こし、窓を照らす花火に目を向けている。退院の日にちが決まってからはリハビリにも意欲的で、目に見えて顔色が良くなった。たとえ花火が見えなくても、ドンと腹に響く音を聞くだけでいいのだと耳を澄ませていた。

「お母さんどうしたんだよ。せっかくの花火なのに見ないのかよ」

「あ、ごめん」

「ばあちゃんのこと考えてたのか。でも三上先生に任せておけば安心だろ？」

早川が病院に運び込まれたのはほんの一時間前のことだが、もうずいぶん前のように感じられた。ストレッチャーで運ばれていったきり、いまどういう状態にあるのかはわからない。救急車で運び込まれた時、応対してくれたのは三上だった。三上はいつもと変わらず冷静に救急救命士とやりとりをしていたけれど、なんだろう。彼の応対のなにかが奈緒の中で引っかかっていた。その違和感がさっきからずっと胸の内にある。

「早川さんは三上先生に任せてるけど、シロのことが気になってね。ごはんはもう食べたのかなって」

涼介はもちろん、奈緒が感じている違和感には気づいていない。

「たしかにな。でもシロ、いまは食欲ないだろうけどな」

「どうして？」

「犬は耳がいいだろ。人間のおよそ六倍もの距離の音も聞き取れるから、爆音でパニックになる犬がけっこういるんだって」

犬は人と違って花火がどういうものなのかを知らない。だからあの大砲のような音に怯(おび)えるのだと涼介は言う。

「ふうん。そんなことよく知ってるね」

「バラエティ番組で花火特集してた時に言ってた。おれ、花火見たことなかったから、そんなに大きな音なのかって思って」

奈緒は遠くの花火に見入っている涼介と耕平を残し、病室を出た。そういえばこれまで一度も涼介を花火大会に連れていったことがない。来年の夏は涼介と花火大会に行こう。東京湾、神宮、隅田川……東京でも毎年たくさんの花火大会が催されていたのに、一度も連れ出してやったことがないのは、寛之が人混みを嫌っていたからだ。それに、寛之からは夜の外出を禁じられていた。手のひらサイズの花火ですらあれほど楽しそうに眺めている涼介を見ていると、もっと早くに連れていってやればよかったと後悔する。親が子供になにかをしてやれる期間はそう長くはない。これは働き出して気づけたことだ。

廊下を歩きながら、久しぶりに寛之のことを思い出している自分に気づく。あれほど悩み苦しんでいたことが嘘のように、寛之はすでに日常から切り離されている。自分は案外薄情な人間かもしれないと、廊下のガラス窓に映る自身の影を見つめた。

階段を下り、一階の受付前の出入り口から中庭に出た。湿気を含んだ生ぬるい潮風が全身を包み、花火の音がいっそう近く聞こえてくる。神様、来年の花火は涼介と一緒に幸せな気持ちで見上げさせてください——。夜空を彩る壮大な光を見上げていると、何か祈りを捧げなくてはいけないような気になる。声を出さずに呟き、光が夜空から海に流れ落ちるのをしばらく見つめた。

「来年の花火は、磯塚公園の桟敷席で観たいですね。真下からおっきいのを」

夜空に散った赤や銀色の光をぼんやりと目で追っていると、背後から低く穏やかな声が聞こえてきた。

「木田さん怒ってるだろうな。花火大会の約束、なんの連絡もしないですっぽかしたから。今夜が当直だってこと、すっかり忘れてました」

肩越しに振り向けば、白衣姿の三上が扉を背に立っている。

「先生……。早川さんの容体は？」

「早川さんは重度の貧血でした。血液検査をしたらヘモグロビンの値が5・0を切ってて。たびたび意識が遠のくのは、貧血で心不全を併発しているからかもしれません」

白衣のポケットに両手を入れたまま、三上が事務的に説明を続ける。花火の鮮やかな色彩が、彼の顔を赤や緑に照らしていた。

「貧血だけであそこまで具合が悪くなるんですか」

「そうだね、あるいは重篤な病気が隠れているかもしれません。明日からしばらく入院してもらって、貧血の原因となっている器質的疾患を——」

どこかほっとした表情で話す三上の言葉を、

「先生」

奈緒は遮った。三上に抱いた違和感の正体に、いま気づく。

「先生は前に早川さんのことを、自分の患者だと言ってましたよね。なのにどうして救命士にあんなふうに答えたんですか」

いまから一時間前、三上は救急救命士とのやりとりの中で、早川のことを「初診の患者だ」と答えていた。でも早川の主治医は、三上ではなかったか。家も知っていた。往診もしているようだった。初診のはずがない。

「あんなふうにって？」

「早川さんのことを初診の患者だって。先生、救命士にそう言いましたよね。でも早川さんは先生の患者じゃないんですか」

「早川さんはぼくの患者です。『海生病院では初診だ』と言ったのを、川岸さんが聞き間違えたんじゃないですか。それより、花火、そろそろクライマックスですよ」

三上が視線を高く上げた。

「私の聞き間違え？　そんなこと絶対に」

「この辺りの花火は東京に比べて大型ですね。都会だと保安関係上、大きなものが打ち上げられないからな」

話を、はぐらかされた。そうはっきりと感じたが、それ以上聞いても答えないという頑なさが、三上から漂っていた。海面の波間に花火の光が映り、カラフルな色が混じり合う幻想的な色彩が目の前に広がっていく。奈緒は胸のつかえが取れないまま、目の前の花火に視線を戻した。爆音に耳と胸を打たれながら、いま花火を見上げている人すべてが幸福な気持ちに包まれているのだろうと思う。家族や恋人、大切な人と見上げる色鮮やかな光は記憶の襞に深く刻まれる。

「それより、川岸さん、今日はありがとう」

「先生にお礼を言われることなんて、私なにも」

炸裂音とともに金色の菊の花が空に咲いた。

「早川さんを助けてくれた」

「そんなの、当たり前じゃないですか。目の前で具合悪くなってる人がいたら」

光のしずくは瞬く間に夜空に吸い込まれ、奈緒は空っぽの闇を見据える。

「そうだ、川岸さんを捜してたんだ。忘れるところだった」

三上がポケットから両手を出して、背筋を伸ばす。改まった口調で「川岸さん」と見つめられ、

「あ、はい」

思わず後ずさる。

「人生は不思議なものだな、会わなくてはならない相手には巡り会えるものなんですね」

やっぱり今日の三上はどこかおかしい。いつもならこんな抽象的な物言いはしない人なのに。なんだろう。いつもの落ち着きが失われ、どこか浮(うわ)ついていた。花火のせいだろうかと、彼の肩越しに上がる光に目を向ける。

「どういう意味ですか。私、先生の言ってることがさっぱり――」

「岩吹院長が早川さんのことを知ってたんですよ」

「……それがどうかしましたか。地元の人だったらそりゃ」

「早川さん、以前この病院で働いていたそうですよ」

「以前って、いつ?」

「退職したのは十二年前と聞きました。川岸さんのお母さんが入院していた時期と、重なるんじゃないかと思って」

空と海が一瞬凪(な)いだと思ったそのひと呼吸後に、連続して花火が打ち上がる。観客からひときわ大きな歓声が上がり、それに応えるように次々に花火が空に弾(はじ)けた。花火は美しくて、寂しい。夏がもう終わりに近づいていることを伝えてくるから。来年また同じ人と同じ空を見上げているかはわからない。体が勝手に動き、病棟に続く鉄の扉を両手で押し開いていた。後方で自分の名を呼ぶ三上の声が聞こえたけれど、振り返る余裕はなかった。

早川の病室へと、奈緒はひとり向かった。

今夜は集中治療室に入っていると三上から聞いていたので、ナースステーションの向かい側にある個室を訪れる。

「来てくれたのね」

病室に入ると、早川は奈緒が来ることがわかっていたように大きく頷き、半身を起こした。

「早川さん、私」

目の前の人が十二年前のあの看護師と同一人物なら、どこかに見覚えがあるはずだ。でも頭の中で記憶をたどったところで、なにひとつ、ほんの欠片ですら確信は持てない。

「なにから話しましょうか」

戸惑う奈緒とは逆に、早川はすべてを承知したような顔つきで見つめてくる。その奥行のある澄んだ目を見て、ああやっぱりこの人が自分の捜していた看護師だったのかと悟る。

勧められるままにパイプ椅子に腰を下ろせば、足元が宙に浮かんでいるような感じがして、思わずベッド柵を摑んだ。どこか深い穴に落ちていくような、そんな気がした。「なにから話しましょうか」と言ったきり、しばらく考え込むように黙り込んでいた早川の口が開くのを、脈打つ心臓の音を聞きながら待つ。

「早川さんは私のこと、憶(おぼ)えていたんですか。川岸春江の娘だってことを」

「初めはまったく気づかなかったわ」

「じゃあ、いつ」

「あなたの口から川岸さんの娘だと聞いて、それならあの時の、と思ってね。まだ学生だった娘さんが母親になって故郷に里帰りしているんだと思うと、少しだけほっとしたわ」

ドアを閉めてほしい、早川はそう頼んできた。ここから先は人に聞かれたくない話だから、と。

「私が海生病院で働いていたのは、四十八歳の時から五十九歳までの間よ。離婚して故郷に帰ってきたことは、海で話したばかりだったわね」

東京から京都に戻って、勤め先を探した。看護職は便利なもので、どんな地域に行っても必ず働き口が見つかるものなのだ。仕事も家族もすべて失って故郷に舞い戻ってきた者にとっては、どれほどありがたかったか。

「私が帰ってきた時はまだ両親も元気でね。でもこの周辺はすでにゴーストタウンと呼ばれていたわ。帰ってきて間もない頃はこんな土地で暮らしていけるのかと戸惑いもあったけれど、それでも他に行くあてがなかったから。定年まで海生病院で働いて、その後はなりゆきに任せればいい。そう覚悟を決めたの」

自分が川岸春江という女性患者を受け持ったのは、この病院で働き始めて十二年目の冬だった。ちょうどその前年から僻地医療に対する制度が変わったばかりで、病院の人事は混迷を極めていた。それまでは地方病院や僻地診療所への研修医の派遣に関しては大学病院の医局の教授が全権を持っていて、海生病院のような田舎町の病院にも医師は一定数派遣されていたのだ。だが新しい医師研修制度に変わってからは研修医が自分の意思で研修先の病院を選べるようになり、不人気だった僻地の病院は医師不足に苦労していた。

「川岸春江さんが入院してきたのは、ちょうどそんな時期だった……」

早川が当時を思い出したかのように眉をひそめる。

「母のことは知ってたんですか」

「言葉を交わしたことはなかったわ。私はその頃、個人的な人づきあいを避けていたから。でも同じ集落に住む人だということは住所を見てわかったわ。だからというわけでもないけれど、誠心誠意、看護させていただいたつもりよ。それだけは胸を張れる。でもあの頃うちの病院には、常勤の医師が当時の院長と内科医ひとりしか残ってなかったの。あとはすべて非常勤の医師でね。患者にはわからなかっただろうけれど、内部で働く者にしてみれば危うさを常に感じていた。非常勤の先生の中にはアルバイト感覚の無責任な人もいたからね……」

そんな中で、手術は日常的に行われていた。

あるひとりの非常勤医師に、診察はさほど熱心ではないのに手術だけは積極的に行う人がいた。二十代後半の男性医師で、やたらに新しい術式を試したがり、腕を磨くためにとにかく件数をこなしたがった。患者を診る、治すというよりも、技術や経験値を上げるためのような手術。自分には彼が自身の鍛錬の場として地方の病院に出向いているとしか思えず、ことあるごとに衝突していた。

「あなたのお母さんのオペは、たしか肺動脈を塞いでいた血栓を除去するものだったわよね」

「はい。慢性肺血栓塞栓症というのが母の診断名でした。肺動脈の先の血管が、血栓で塞がっているという状態だと聞いてました。母のケースはその血栓が幹の太い血管ではなく、末端の細い血管にあって、それが問題なんだって。太い血管なら除去しやすいけれど、細い部位にあることで特殊な方法を用いなくてはいけないから」

「そうだったわね。あなたのお母さんの術式は、カテーテルの先にバルーンをつけた器具を末端の血管にまで挿入するものだったの。そしてバルーンを膨らませることで血管を広げ、血流を改善させる。そういうものだった」

「でも難度の高い手術ではなかったんですよね？　私の母の受けるカテーテル治療

は一般的なものになっている。だからそう危険な手術ではない。そんなふうに私たちは医師から聞いてたんですが」

「そう。当時もその手術は決して特殊なものではなかった。ただね、お母さんを担当したその男性医師にとっては、不慣れな術式だったの。助手の経験はあると言っていたけれど、どこまでの技術があるのかは不明だった。不幸なことに、他の医師の中にも、その術式の経験者はいなかったの」

自分はそのような状態で手術をすべきではないと、すぐに声を上げた。経験も技術も不足している。患者を練習台にするようなものだ。そう男性医師に抗議し、当時の院長にも頼み込んだ。執刀医を替えてほしい、と。

「でもね、院長にしても病院を経営していくことが第一優先で、医師のモラルにまで気を配る余裕はなかったの。医師がいて、治療や手術ができる。あの頃の海生病院はそれ以上のものを求めるだけの余力などどこにもなかった」

早川が息を継ぎ、話を止めた。体のどこかが痛んだのか、しばらく目を閉じなにかに耐える顔をしている。

「母が死んだのは医療ミスですか」

「それはわからないわ。術後の合併症は、どんな手術でも起こり得るでしょう?」

「でも早川さん、私に言ったじゃないですか。ここでお母さんのオペをしてはだめだって。すぐに転院させなさいって。あの時ははっきりと口にしてました。ミスが起こるってわかってたからじゃないんですか」

　病室に入る前は、早川を責めるようなことは口に出さない、そう決めていた。十二年も昔の話なのだ。それに、いま病身の彼女を責めたところで母が還（かえ）ってくるわけでもない。どんな真実があったとしても、それは彼女のせいではないと言い聞かせてきた。それなのに、早川をなじりたい。衝動を抑えられない。

「予測した通りのミスが起こったから、早川さんは逃げたんじゃないですか？　私たち家族の前から姿を消した」

「自分から病院を去ったわけじゃないの。守秘義務違反。そんな罪状を突きつけられて、私はあのオペの直後に懲戒免職になった」

　奈緒を呼び出した日の翌朝、出勤したら当時の看護部長に『しばらく自宅で待機していなさい』と告げられた。院内の情報を外に持ち出していたことが解雇の理由だった。

「男性医師を糾弾するために証拠を集めていたの。手術部の看護師に頼み込んで、これまで彼が執刀した手術の記録を借りたり、カルテをコピーしたりね。それを、私を良く思わない誰かが見咎（みとが）め、上の人間に報告したのよ」

　逃げるつもりはなかった。だが手術の二日後、川岸春江が亡くなったことを同僚から伝え聞き、闘いを挑む気力が失せてしまった。自分は人生の中で大切なものを失くし続けてきた。人の役に立ちたいと看護の職を目指したのに、なぜか周りにいる人を不幸せにしてしまう。そんな自分の人生に疲れ果ててしまった。

「私の人生は、なにひとつうまくいかなかったのよ。涼介くんには叱られたけど、いまでも本当は、この人生を早く終わりにしたいと思ってる。ごめんなさい。最後にあなたにこうして謝れたことだけが、いまの私の救いです」

私は幸せではなかった。周りにいた大切な人たちを幸せにすることもできなかった。幸福に見放された人生に、なんの未練があるのかと早川は薄く笑った。

最終のバスはとうに逃し、家に戻るともう十一時を回っていた。

「汗かいて気持ち悪い。お母さん、風呂沸かして」

「今日はシャワーにしようよ」

「まじかよ。そもそもじいちゃんち、シャワーないじゃん」

病院前でタクシーを呼んだのだが花火大会のせいで車が出払っていて、一時間近く待たされた。タクシー代もばかにならず、疲労が増す。

「じゃあ濡れタオルで体拭きなさい。バスで帰りたかったのに、涼介がおじいちゃんと将棋指したいって言うから」

「自分だって花火の途中でどっか行ってたくせに」

瞼(まぶた)を閉じればそのまま眠りに落ちていきそうだった。冷蔵庫にあった麦茶を一気飲みして、なんとか眠気を覚ます。

「で、どうだったんだよ」

ぶっきらぼうに涼介が聞いてくる。奈緒の機嫌が悪い時は、それに合わせるように冷たい言い方をする。

「なにが」

「途中でどっか行ったの、ばあちゃんを見舞ってたからだろ」

台所でタオルを濡らしていた涼介が真顔になる。

「貧血だって」

「貧血ってなんの病気?」

「体の血が足りないことよ。それでふらふらするの」

「ふぅん。でも治ったんだろ」

「これから治療するのよ。検査もしなきゃいけないみたい」

「検査? そんなに悪いのかよ」

涼介は眉を寄せながら、緩慢な動きでTシャツを脱いだ。もう「風呂に入りたい」とは口にせず、台所にかかっていた手拭きタオルを水に浸し、首筋から胸にかけて擦っていく。柔らかそうな滑らかな肌は赤ちゃんの頃のままだ。傷ひとつつかないように、この手で守ってきた。涼介のか細い体を見つめながら、涼介の心が深く傷ついていることに気づく。無理もない。身近にいる大人たちが怪我や病に次々に倒れたのだ。まだ知らなくてもいいはずの生の脆さを、この一か月の間に突きつけられたのだから。

「ねえ涼介、早川さんの会いたい人って誰だろうね」

自然といつもより優しい声が出た。涼介の手が届かない背中を、タオルで拭いてやる。

「なにそれ」

「海で釣りしてた時に言ってたじゃない。会いたい人がいるって。とても大切だった、いまでも懐かしく思う人がいるって」

早川の人生には、本当に不幸せしかなかったのだろうか。

全身を拭き終えた涼介が、汚れたタオルを流しに放り投げ、居間を出ていく。

「こら、タオルは洗面所に持っていってよ」

慌ただしく階段を駆け上がっていく音が響き、そしてまた駆け下りてくる。こんな遅い時間に、よくそんなエネルギーが残っているものだと感心してしまう。

「お母さん、これ」

パンツ一枚の姿で涼介が戻ってきた。手になにか持っている。

「なにこれ。それより早くパジャマ着てよ」

「これさ、ばあちゃんの日記だよ。お母さんも前に見ただろ、ばあちゃんの家の机の上にあったやつ」

表紙の煤(すす)けた日記帳を、涼介が胸元に押しつけてくる。

「ばあちゃんが焚火(たきび)してた時に見つけたやつ。ほら、おれが家にあるタオルケット持ってって、三上先生と三人で家まで運んだじゃんか」

「あ、あの時の……」

たしか涼介が焚火の後始末に行ってくれて、その時に焼け残った日記帳を持って帰ってきていた。

「シロの犬小屋に戻しておくって、言ってたじゃない？」

「実はおれ、持って帰ってたんだ」

涼介が薄い胸を反らし、ひと呼吸置いた。なにか大切なことを伝える時の息子の癖で、何度か浅い呼吸を繰り返し、奈緒の目をじっと見つめてくる。

「この日記さ……読んでもいいかな」

「え？」

「ばあちゃんのこと、少しはわかるんじゃないかな」

手の中にある日記帳に顔を近づけると、煙の匂(にお)いがした。懐かしい、夏の終わりの匂いだった。

「でも……日記なんて大事なもの、勝手には読めないよ」

「大丈夫。おれ、ばあちゃんと約束したから。おれになら読まれてもかまわない。ばあちゃん、そう言ってただろ? お母さんも聞いてたじゃん、魚釣りしてた時」

「あ……」

あの時の早川は本気で、涼介になら読まれてもいいと思ったのかもしれない。自分の過去を涼介になら見せてもいい。そんな決意を感じたのは気のせいではなかったはずだ。この中には早川の不幸な人生だけが詰まっているのだろうかと、日記帳の表紙を見つめた。角が擦れて丸くなり、背表紙が外れかけている古びた帳面。不幸せな人生だけが綴(つづ)ってあるなら、これほど長く手元に置いておくだろうか。昔を懐かしんで読み返したりするだろうか。ここには涼介の言う通り、早川を救えるなにかが残っているかもしれない。

「悪いことばかり書いてあったら、またおれとお母さんで燃やそう」

涼介の指先が表紙にかかる。胸の中の葛藤(かっとう)を言葉に出さないまま、帳面の一頁(ページ)が開かれた。几帳面(きちょうめん)な文字が並ぶ薄い紙から、細やかな煤が空気に混ざった匂いが漂ってきた。

# 11 別離

朝の光を瞼の裏で感じていたが、目を開けられないでいた。昨夜、涼介と二人で日記を読み耽り、最後まで読み終えた時はもう夜が明けようとしていた。肩を並べて同じものを読むなんて、絵本を読み聞かせていた時以来だ。隣の布団で眠る涼介の顔を覗き込んでみる。口を半開きにしてまだまだ深い眠りの中にいる。無理もない。まだ眠りについてから三時間ほどしか経っていないのだから。

もう少し寝よう。今日がオフであったことに心底感謝しつつ寝返りを打ったが、しだいに目が冴えてきて、日記の内容が次々に頭の中に浮かんでくる。

日記は、早川が東京で働いていた時期に書かれたものだった。半ば看護記録のようなその内容は、よけいなものが削ぎ落とされているぶん生々しく、時には目を背けたくなる記述もあった。東京では訪問看護をしていたらしく、個々の家の問題が公の記録とは別に詳細に綴られていた。考えてみれば介護保険という制度が始まって、まだ十七年しか経っていない。彼女が東京で働いていた二十五年ほど前は訪問看護もいまほど制度化されておらず、だからこそ在宅医療を支える医療者の苦悩は計り知れないものだったのだろう。看護師も「看護婦」と呼ばれていた時代だ。

「暑い。干からびる。喉渇いた。助けて」

目を開けたままぼんやり天井を見ていると、隣の涼介がもそもそと動き出した。朝が来て目が覚めたというよりも、日が昇ったことで急激に上がり始めた室温に悶える感じだ。

「おはよ。暑くて目が覚めたの？」

「違う。夢。悪夢」

「悪夢？」

「夢の中でおれ、高志になって逃げてた。熱湯が煮えたぎる鍋を持った父親に、追いかけられて」

日記の中の話がよほど怖かったのか、涼介の目が潤んでいる。

「寝る直前まで読んでたからよ」

高志というのは、早川の日記に書かれていた十一歳の男の子の名前だった。早川が訪問先で出会った子供で、上松高志という。よほど特殊な家庭だったのか、彼女はこの上松家のことを誰よりもはるかに多い分量で書き留めていた。

「でもさ、日記に書いてあったことって全部ほんとのことかな」

「そりゃ本当でしょう。日記なのに、誰に対して嘘(うそ)つく必要があるの」

「妄想とか」

「そんなはずないと思うけど……」

でも涼介がそんなふうに疑うのもしかたがないことかもしれない。日記に綴ってあった記述はどれも陰惨なものばかりで、普通に暮らしている自分たちにはにわかには信じられない事実ばかりだった。寝たきりになっている八十代の母親の口にガムテープを貼りつけ、喋(しゃべ)れなくしている五十代の息子。舅(しゅうと)が暴れないように、ストッキングを使って手足をベッド柵に縛りつける嫁。上松家では、十一歳の少年が難病を患う六十二歳の祖母の介護をすべて担っていた。訪問先がどれほど取り繕っていても、頻繁に家を訪れる早川の目は、それぞれの家庭の荒廃を見抜いていたことが日記から伝わってきた。

「高志が父親に熱湯をかけられる話、あっただろ。ばあちゃんが訪問看護の時間に家に入った時は、もう背中の皮がずる剝(む)けて、息ができなくなって死にかけてたってやつ。あの後も高志は父親と暮らしてたのかな。そんなことされたら、おれだったら一緒にいられない」

「もう日記のことは忘れなさい。涼介には関係のないことなんだから」

あの日、早川が道端でうずくまっていた日、夏の盛りであったにもかかわらず早川はこの日記を燃やそうとしていた。人の目に触れないようにこの日記を燃やしておきたい。そう思い立った彼女の気持ちがいまはわかる。ドア一枚を隔てた向こう側の地獄。早川はその地獄を自分の手で葬ろうとしたのだろう。

「おれ、わかったよ。なんでばあちゃんがいままで日記を捨てずに持ってたのか」

「どういうこと?」

「ばあちゃんさ、高志のことを忘れたくなかったんだと思う」

燃やすのなら、もっと早くに燃やせばよかったのだ。でも彼女はできなかった。理由は、あの日記の中に、大切な思い出が残っているから……。

「お母さんさぁ、ばあちゃんが縁側で倒れてた日のこと憶えてる? ほら、おれがブドウジュースもらって」

「あぁ……京都に来た翌日のことね」

「あの日、小さな机の上にこの日記帳が開いて置いてあっただろ。ばあちゃんさ、この日記、ああやってずっと読んでたんだ。それで昔のこと思い出してたんだ」

日記の中に、上松家についての詳しいことは書かれていない。高志の両親が共働きなのかひとり親なのか、そうしたことすらも。とにかく高志という名の少年がいつもひとりきりで祖母の介護をしていた。排泄の世話も入浴の介助も清拭も……ミキサー食を作るところまでなにもかも。早川は看護婦の視点でその様子を綴っていたが、その正確な文章から高志に対する強い愛情が伝わってきた。早川は助けたかったのだろう。少年と祖母の営みを見守りながら、その日々の中でどうにか少年を救いたいという想い。その気持ちが看護婦としてなのか、かつてわが子を失ったひとりの母親としてなのか。あるいは両方か。青色のインクで書かれた文字はところどころ滲んでいて、それは早川が落とした涙に違いなかった。

「ばあちゃんが、いまでも高志を忘れていないことはわかるけど……でもそんな、昔々に会った子供のことなんて憶えてるもんなの？」

「昔っていっても、二十五年ほど前のことでしょ。七十を過ぎた人にとって二十五年前は、そう古くない記憶よ。あんたはまだ十年しか生きてないから想像できないだろうけど」

「そっか。じゃあ高志に会わせてやれば、ばあちゃんまた元気を取り戻すな。高志を捜し出して、ばあちゃんの見舞いに行ってやってよって頼もう」

「捜すっていっても簡単じゃないよ」

「携帯貸して。とりあえず上松高志で検索してみりゃいいじゃん」

「バカねえ。同姓同名の人が日本に何人いると思ってるのよ」

「いいから携帯貸してって。……あ、携帯鳴ってる」

涼介が足元のタオルケットを蹴り上げた。居間から携帯の着信音が聞こえてくる。

もう少し横になっていたかったが、涼介が起きるのなら自分も寝ているわけにはいかない。いまは家族二人きりなのだ。自分が緩んでしまえば涼介も緩む。

「お母さん、三上先生から電話。急用だってよ」

時計を見ればまだ七時前だった。こんな朝早くになにごとかと、体を起こす。早川になにかあったのだろうか、あるいは耕平に。新たな憂鬱が胸を塞いだ。

三上の車が家の庭先まで入ってきたのは、電話からわずか十分後のことだった。奈緒は化粧をする間もなく外に出ていく。車が玄関先に停められると同時に涼介は玄関を飛び出し、助手席のドアを開けて乗り込んでいた。

「おはよう。朝早くに申し訳ない」

電話では「いまから患者の家に行くので同行してほしい」と聞いていたので、奈緒もいちおうは白衣を着用しておいた。後部座席のドアを開け、往診鞄の隣に腰かける。

「なにかあったんですか」

「トクさんのところに、ちょっと」

「どうかしたんですか」

「ええ、小森さんから連絡があってね」

「傷がまた開いたとか？　じいちゃん、調子に乗って散歩にでも出たんじゃねえの」

ザクロの実が裂けたようにぱっくり開いた頭頂部を思い出し、両腕の皮膚が粟立つ。

「傷は大丈夫だったみたいですけど……」

語尾を濁すような三上の言い方が、いつもの彼らしくない。

「まあいいや。とにかく急ごうぜ。先生、車出してよ」

「先生、涼介なんか連れてっていいんですか」

「なんかってなんだよ。この前もじいちゃん、おれがいたから楽しそうだったじゃないか」

助手席のリクライニングを調整しながら、涼介が「早く、早く」と三上を急かす。

「先生、昨夜は当直だったんでしょう」

「ええ。今日も九時から外来なんですけど、院長に午前だけ交代してもらいました。だからできるだけ早く戻らないと」

「ほとんど寝てないんじゃ？」

「慣れてるから平気ですよ」

車が勾配のある山道を上っていく。山道に埋まる石にタイヤが乗り上げるたび体が宙に浮かび、まだ眠っていた体が徐々に覚醒していった。

「先生さあ、寝不足だからって崖から落ちんなよ」

「三時間ほどは仮眠を取ってるから大丈夫だよ」

朝靄の立ち込める山道を、車はヘッドライトで前方を照らしながら走っていく。

涼介が窓を開けると車の中に入り込んできた羽虫が、奈緒の顔をパチンと打った。

四十分ほど走っただろうか。うっすらとした靄の中、小さな灯りが前方に見えてくる。

「あ、じいちゃんちだ」

灯りは、玄関に吊り下がる裸電球だった。月明かりの下では鬼灯に見えた裸電球が、朝陽の下では白い花のように光っている。

「行きましょうか」

三上に促され、奈緒と涼介も車を降りた。朝露に濡れた草の、しっとり湿った感触が足の裏にあった。

「先生……」

三上が後部座席から往診鞄を降ろしている最中に、玄関の引き戸がそろそろと開け放たれた。中から小森さんが顔をのぞかせ、

「先生悪かったねぇ。当直明けやっていうのに」

一昨日会った時とはまるで別人のような、疲れきった笑顔を見せた。

奈緒は裸電球の下で靴を脱ぎながら、涼介の肩を摑んでいた。小森さんの沈鬱な

表情を見つめていた涼介が、不安そうに肩をすくめていたからだ。廊下の奥の部屋から細長い灯りが漏れてくる。軋む廊下の角を折れ、襖の前に立った三上が、「トクさん、おはようございます」と声をかけている。三上が襖を開けると、自然光に慣れていた目が少し痛んだ。小森さんが点けたのだろうか。台所の流しの小さな蛍光灯に至るまで家中の電気が灯されている。

その、目も眩むほどの光の中で、トクさんは布団に横たわり、目を閉じていた。

「どんな様子でしたか」

三上がそばに立つ小森さんに、静かな声で問いかける。

「朝、診療所に出勤する前に寄ったんやわ……。六時くらいやったかなぁ。トクさんは朝の五時くらいには目を覚ますから、傷口が化膿して高熱でも出てないか気になって。そしたらトクさん、今朝は寝坊してしまったって、ちょっと笑って」

「じゃあ小森さんが家に来た時、トクさんは目を覚ましてたんですね」

「そうです……だから私、薬缶にお湯だけ沸かしておいてあげようと台所に立ったんや。でも帰りしなに声かけたら、その時はもう息をしてなくて……」

胸の辺りまでかけられていた肌布団をずらし、三上が聴診器を当てた。涼介が唇を半開きにしたまま奈緒を見上げてくる。目の前で横になっている老人のあまりに穏やかな顔が、「息をしてなくて」という言葉と結びつかない。

「ご臨終ですね」

三上が「トクさん、よう頑張ったね」と顔を近づけ囁くと、小森さんが喉の奥から嗚咽を漏らした。

「小森さん、トクさんのこと、これまでよく看てくれましたね。本当にありがとう」

「……先生」

「一昨日も小森さんに世話になって、今朝もまただもんな。トクさん、人生最後の日に大好きな小森さんとたくさん一緒にいられてよかったですね。最高のゴールですね」

宅配の弁当を待ってトクさんが準備していたのか、炬燵の天板には箸箱と醬油の小瓶がちょこんと置かれていた。

「涼介くんは人が亡くなったところを、見たことあるか」

海の底を覗き込むような眼差しでトクさんの顔を見ていた三上が、ゆっくりと振り返る。

「ない……けど」

涼介は布団から少し離れたところで胡坐をかいて座っていた。さっきからずっと押し黙ったままだ。

「そうか。じゃあ今日のこと、憶えていてくれないか。人はこうして命を終えるんだ。あんなににこやかで楽しそうに話していた人が、心臓が止まると息もしなくなる。話しかけても応えてはくれないし、笑ってもくれない。ここから先はもうどれだけ問いかけても相手の声は聞けないんだ。おれも、きみ自身も、いつかはこうやって命の終わりを迎える」

これが死を受け入れた人の体だ。三上は厳かな手つきで、薄い肌布団を足の下までめくっていく。

「冬の枯れ木のようだろう。山で生きてきたトクさんらしい、うろたえも怯えもしない、泰然とした終わりだ。満足のいくゴールだったと、おれは思ってる」

居間の天井から吊り下がった電灯が、トクさんを丸く照らし出していた。それからは三上と小森さんが、丁寧な手つきで死後の処置を始めた。三上は「ごめんトクさん、くすぐったいかな」と声をかけながら青梅綿を鼻や口、耳、と順番に詰めていく。小森さんはその傍らで紙おむつをそっと当てた。

「お母さん、おれちょっと庭出てくるわ」

ひと通りの処置がすみ、小森さんが浴衣を着せるのを手伝っていると、涼介が肩を叩いてきた。

「庭に？」

奈緒が眉をひそめると、書類に文字を書いていた三上が顔を上げ、

「出てもいいけど、井戸には近寄るなよ。蓋が腐ってるかもしれないからな。それと、山椒の木の枝を一本、折ってきてくれないか」

と頷いてみせる。

「庭の一番奥、物干し台のすぐそばだ。三メートルほどの木で、近寄ればつんとした香りがする。トクさんの分身みたいな木だ」

「わかった」

「尖った枝には気をつけろ。枝にタオルを巻きつけて、その上から触るんだぞ」

奈緒は二人のやりとりには口を挟まず、また手を動かす。トクさんの死に顔を見ているうちに、虚しさよりも安堵のほうが大きくなっていることに気づいた。この老人にもきっと、のたうち回るほど苦しく辛かったことがひとつや二つあったはずだろう。でもそんなものをすべて呑み込んだ、満ち足りた死に顔だ。

トクさんの着替えを終えると、奈緒は古い台所の流しに立ち、使い込んだ跡の残る蛇口を捻った。流しの壁面に敷き詰められた正方形のカラフルなタイルは、爪が剥がれたようにところどころが抜け落ちている。剥がれた部分はコンクリートの灰色の下地が見えていて、奈緒は爪の先でその部分に触れた。この家の歴史も今日で終わるのだろう。

「見てください、これ」

台所の入り口に三上が立っていた。

「トクさん、星に番号を振ってましたよ」

三上が手にしているのは、星のシールが貼ってある白い紙だった。

「あ、ほんとだ。数字が書いてある」

よく見ればシールの表面に、薄い鉛筆文字で1、2、3、4と番号が書いてある。

「最後の星の番号が299かぁ……そういえば、私と涼介がここへ連れてきてもらった日も、星のシール渡してましたよね」

「トクさん、子供みたいに夢中になって集めてたからな」

言いながら三上は手に持っていた星形のシールを、紙に貼りつけた。トクさんが生き抜いた証。三百個目の白星。

「癌の告知を受けて、それから二年以上も独り暮らししてたんですからたいした人ですよ。心細い日もあったでしょう」

我慢強い人だったと、三上が指先でびっしりと並んだシールをなぞる。往診に出向くと特になにを訴えることもなく、ただ楽しい話をして笑みを浮かべながら、「先生、星おくれ」と陽気に手を差し出してくる人だったと。

「トクさんはどうして治療を拒否してたんですか」

「癌がわかった時はもう八十六歳でしたからね。男性ホルモンを抑制する治療なんかもあるにはあったけれど、骨が脆くなって骨折する可能性や副作用もあるから、それならもう治療をせずに過ごしたい、と……。癌の進行も緩やかで、老衰が先か癌が先かという感じでしたからね。どちらにしても副作用の強い薬を使ったり放射線を当てるなんていうたいそうな治療はやりたくないと常々言ってましたよ」

「トクさん、寿命だったんですか」

「さあ、どうだろう……末期癌の患者が亡くなる原因は特定できませんから。腫瘍が自己融解して出血が止まらなくなる場合もある。抵抗力が落ちてるせいで感染症に罹ることもある。癌の進行が進めば血液やリンパ液の循環が悪くなって、排泄障害を伴う機能不全も出てくる。いろいろなことが考えられますよ。ただひとつ言えることは、亡くなった時のトクさんは、それほどの苦痛を感じていなかったということです。ご遺体を見ていると、体に過剰な負担をかけず自然に枯れていったことがわかります」

三上がトクさんの手を取り、自分の両手で包んだ。枯れたという表現通り、水分の抜けた皺だらけの手はなにも欲しがってはいない。

「頭を怪我する前、川岸さんが初めてトクさんに会った日を憶えていますか。あの日のトクさんも苦しそうじゃなかったでしょう。食事も排泄も、動作はゆっくりだったけど自立してたし、腹水も溜まっていなかった」

「ほんと。自分でも『癌も消えたんやないか？』って言ってましたよね」

「ご家族にも鴨井さんらしいゴールでしたと、さっき電話で伝えましたよ。東京に住んでおられるからこっちに到着するのは夕方くらいになるようでしたが」

玄関の引き戸が開く音が聞こえてきたかと思ったら、涼介が息を切らして部屋の中に駆け込んできた。

「これ見てっ」

涼介の手に、栗の実のような茶色い塊がこぼれ落ちるほどに載っている。近寄ってよく見れば塊はカブトムシで、互いの頭を相手の懐に埋めるようにしてモソモソと足を動かしていた。

「木に集まってたんだ。バナナの匂いがする木が庭に一本だけあって」

「あぁ、トクさんだな」

「じいちゃんが？」

「トクさんが罠を仕掛けてたんだろう。潰したバナナに砂糖を加えてドライイーストと焼酎で発酵させ、それを木の幹に塗りつけて虫を呼ぶんだ。小森さんの孫にあげるんだって、前にも一度仕掛けてたから」

「そっか。捕って小森さんにあげるつもりだったのか」

「いや、今回は涼介くんのためだよ。トクさんはきみにあげたかったんだ。涼介くんはトクさんに、カブトムシを飼いたいって話してたろ」

涼介の手の中から一匹、大きめのカブトムシが畳の上に落ちた。黒褐色の甲がけば立った畳に擦れ、ガサガサと大きな音を立てる。仰向けになってもがいているカブトムシの角を指でつまみ、涼介がゆっくりと裏返しにした。

「トクさんは涼介くんに会えて嬉しかったんだ。罠を作ってる間、きっとワクワクしてたぞ。人が人と関わり続ける限り、相手を想う気持ちが生まれるんだよ」

トクさんは独りで暮らしていたけれど、いつも誰かを想いながら生きていた。

「涼介くんに出逢ったことでまた、トクさんはカブトムシ捕りを始めたんだ。もうしばらく、そんなことはしてなかったのにな」

三上は涼介の足元にしゃがみ込み、カブトムシの歩みの前に手のひらを差し出す。

「涼介くんの喜ぶ顔を頭に思い浮かべながら、トクさんは最後の最後まで、楽しかったはずだ。ありがとな、涼介くん」

「……うん。あ、あのさ三上先生、これ」

「ああ山椒か、ありがとう。トクさんの枕元に置いてあげよう」

居間に戻ると、小森さんがトクさんになにか話しかけていた。三上も「小森さんに整えてもらったんですね。よかったですね」と声をかけた後、枝の途中からぽきりと折られた山椒を枕元に置く。三百個の星々もすぐそばに添えた。

「ああこれ、じいちゃんが集めてた星だな。それにしてもすげえ数だよな。目がチカチカする」

「前に涼介くんが言ってた通り、トクさんの白星だよ」

「先生、ちょっとここ見てっ。なんか書いてある。じいちゃんが書いたんだな……でも鉛筆の字が薄すぎて読めないや」

「よく見つけたな、こんな小さな文字。……満……点？　ああ……『満点のゴォル』。そう書いてある。トクさん、星三百個がよっぽど嬉しかったんだな」

三上の言葉に大きく頷くと、涼介は電話台の上にあった野球帽を自分の頭に載せた。そして前かがみになってトクさんの耳元に唇を寄せ、「じいちゃん、三百も星集めてすげぇな」と囁き、目元を隠すために帽子の庇(ひさし)を鼻先まで押し下げた。涼介が洟(はな)をすする音が部屋を満たすと、その場にいた誰もが黙り込んでしまい、コチコチと派手な音を立てる古時計の音が響く。奈緒は、亡くなる直前のトクさんの笑顔が見えたような気がした。きらめく星々を前に、ちびた鉛筆を握りしめ文字を書きつけている、誇らしそうな笑顔だった。

家族が到着するまで小森さんがトクさんのそばにいることになり、奈緒たちは鴨井家を後にした。外は室内とは別世界のように明るい自然光で満ちている。山に近かった太陽が、空の高い位置に向かっていた。

「今日も暑くなりそうだな」

三上が眩しそうに目を細め、空を仰いだ時だった。

「先生、ちょっと待ってくれよ」

先に家を出て裏手に回っていた涼介が手に青いホースを握り、水を散らした。ゴム管の先を指で押し潰し、水は扇形に飛び散っている。

「庭に水やりしてから帰ろうぜ。じいちゃんがいなくなったら誰も水やりしてくれないだろ。いま咲いてる花も、山椒の木も枯れちゃうじゃん」

夜明けの海の色をした朝顔。真っ赤な穂を空に伸ばすサルビア。地上の星のように輝く向日葵。庭に植わる草花にホースで水を撒きながら、涼介が山椒の木に向かっていく。水を吸った土の色が濃くなり、空気の匂いまで変わる。

「そうか。そうだな」

三上は呟き、ゆったりとした足取りで涼介の後をついていく。奈緒はその場に立ち止まったまま、草木が生い茂る広い庭を見渡す。あと数か月もすれば、トクさんの手によって整えられていたこの庭は雑草でいっぱいになるのだろう。草木は思うままに蔓や枝を伸ばしやがては枯れ、そして家屋と同様に山に呑み込まれる。ここに人が暮らしていたことも忘れ去られていく。でもそのことを、トクさんは悲しんではいない。なぜだろう、そんな気がした。山椒の木の前では三上と涼介が代わる代わるホースを手に持ち、水を撒いていた。根元だけではなく、高い枝葉にまで水をかけていた。トクさんの祖父が植えたという山椒の木もいずれは役目を終えて、自然に還る。

奈緒は庭に転がっていたアルミのバケツを逆さまにして、その上に腰を下ろした。二人の水撒きは、それがまるでトクさんを送り出す儀式のようにしんみりと続いている。話し声はしない。ただ水が枝や葉を打つ涼しげな音だけが聞こえてきた。

「お母さん、タオル出して」

庭中の水やりを終える頃、二人はどうしてそうなったのか服をびしょ濡れにしていた。三上の長袖シャツとズボンの膝から下は水をたっぷり含んで色が変わり、涼介に至っては服はもちろん髪までも水浸しだった。

「まずいな。いまから仕事なんだけどな」

三上が弱り果てた様子で涼介を振り返れば、

「仕事、今日だけ休んだら？」

いまプールから上がったような顔で涼介が返す。奈緒は持ってきていた荷物の中からタオルを取り出し、二人に渡した。

「べっちょべちょで気持ちわりぃや」

涼介がTシャツを脱いで雑巾のように絞ると、ジャッと音を立てて水が土に落ちた。三上も奈緒に背を向けてシャツを脱ぎ取り、涼介を真似てくしゃりと手の中にまとめる。目を逸らす間もなく、日焼けしていない筋肉質な背中が目の前に晒された。え……。

視線が、彼の背中に張りつく。はっと息を吞めば、隣に立つ涼介も言葉を失くしている。三上の背中に、生肉色の瘢痕が浮き上がっていた。皮膚が深く抉られ、その上に新しい肉を詰めたかのような凹凸のある傷痕が、後頸部から背中、左肘にまで及んでいる。涼介が怯えた目を奈緒に向けてきた。物言いたげな唇が微かに震えている。

三上が背を向けたまま軽く咳こみ、その音に急かされ奈緒と涼介は視線を外した。

「さすがに冷たいなぁ」

三上が長袖シャツをぎゅうと絞り、体に張りつかせるようにしながら袖に腕を通していく。

「病院に戻るまでに乾くかな」

笑顔で振り返った三上が、一瞬にして笑みを消した。奈緒と涼介の青ざめた顔を見て、二人がいまなにを目にしたのかを瞬時に悟ったのだろう。ばつの悪そうな表

情を作り、

「火傷痕です。昔々の」

慌てた手つきで前ボタンをはめていく。

涼介はあからさまに表情を強張らせ、奈緒もしばらくかける言葉を思いつかなかった。

「あ……水」

足のつま先が冷たくむず痒いと思ったら、死にかけの蛇のように力を失くして地べたを這う青いホースの先っぽから、ちょろちょろと水が流れてきていた。無言で立ち尽くす二人をその場に残し、奈緒は逃げるようにして蛇口のコックを締めに向かった。

# 12 傷痕

トクさんの家から戻るとすぐに、涼介は虫捕りに出かけてしまった。虫捕りに行くと言って出たわりには、虫かごも捕虫網も持っては行かず、二階の部屋に置いてあったはずの早川の日記帳だけが忽然と姿を消している。奈緒は居間のソファに腰かけながら、ただぼんやりと涼介の帰りを待っていた。もう夕食の時間だというのに、お昼も食べずにあの子はどこまで行ってしまったのだろう。

帰り道、車の中ではほとんど三上ひとりが話していた。

「涼介くん、この辺りはマムシが出るから気をつけろよ。この辺りのマムシは茶色をしていて、皮に独特の模様があるからな。年にひとりは必ず毒蛇に嚙まれて病院に運ばれてくるんだよ。病院に来れたらいいけど、山奥で嚙まれて動けなくなったらまずいぞ。虫捕りにはできるだけ長袖長ズボンで行けよ」

涼介が無言なのは、自分が不用意に見せてしまった傷痕のせいだと思ったのだろう。お喋りでもないくせに、とりとめのない話は止まらなかった。涼介は三上の話に相槌も打たず、思い詰めた表情のまま後部座席から窓の外を眺めていた。

「ひよし野地蔵前」のバス停近くまで送ってもらい、三上が車を停めた時だった。

「先生って結婚してるの?」

それまでずっとだんまりだった涼介が、小さな声を出した。

「えっ、独身だけど」

質問の意味がわからないといった様子で、三上が困ったように微笑む。涼介は静かにドアを開け、道路に足を着けた。

「先生の下の名前教えてよ。名字じゃなくて」

助手席に座っていた奈緒が降りるのを待って、涼介が質問を重ねた。彼が道中ずっと黙り込んでいた理由を察し、奈緒はその横顔を見つめる。

「タカシだけど? 高い低いの高に、志すって書く。おれの名前が、どうかしたのか」

涼介が驚愕の表情で運転席の三上を見下ろしていた。なにか言おうとしているが、言葉にならないのだと見ていてわかった。早川が日記に書いていた生々しい火傷の描写と、さっき目にした三上の背の傷痕が頭の中に同時に浮かび上がる。涼介だけではない。奈緒も混乱していた。だが結局、涼介はそれ以上なにも聞かずにドアを閉め、三上は困惑顔のまま車を走らせ行ってしまった。

「ただいま……」

玄関の引き戸が開く音が聞こえてきた。

立ち上がって玄関先まで出ていくと、汗と土にまみれた涼介が、上がり框に力なく腰かけていた。黄色のバケツが廊下の端にぽつんと置かれている。

「遅かったね。なにしてたの」

「蟬の抜け殻……集めてた。網持ってかなかったし、動く虫は捕れなかった」

ほら、と指差した方向に、バケツ一杯ぶんの薄茶色の物体が見えた。蒸れた土の匂いが涼介の髪から香ってくる。

「外で日記、読んでたの？」

バケツの横に日記帳があった。

「うん」

「なんか……びっくりしたね。お母さん動揺しちゃった」

「なぁお母さん、日記に書いてある高志って三上先生のことだよな。そういうことだよな」

どうだろうと首を傾げながらも、奈緒は心の中では確信していた。カナカナカナカナというヒグラシの声が、近くなったり遠くなったりしながら耳に響いてくる。

「とにかく中に入りなさいよ。お腹すいたでしょ、チャーハン食べる？」

「うん。今日は醬油味じゃなくてケチャップライスにして」

「オッケー。作ってる間にお風呂先入っちゃいなよ。汗でべとべとでしょう」

「そうする」

いつになく素直な返事に頷き返し、今日はいろんなことがあったと台所に立つ。トクさんの死に顔が思い出され、続いて早川の寂しげな笑みが頭に浮かんだ。奈緒奈緒は野菜を切る手をふと止めて、三上はなにを考えているのだろうかと思う。もし三上があの日記の中の高志であるのなら、どうして早川にその事実を告げないのだろう。

「お母さん、それ食べたらおれ、シロのこと見てくるわ。腹へってるだろうし」

「あ、そっか。シロの夜ごはんもまだだね」

奈緒は冷凍庫にあった食パン二枚をトースターで焼くと、一リットルの牛乳パックと一緒にトートバッグに詰め込んだ。

「お母さんも一緒に行くよ」

「え、いいよ。おれひとりで行けるって」

「何度も言ってるでしょ、夜はひとりで出歩かないって。それより早くお風呂に入っといで」

二人ぶんのケチャップライスを手際良く作り終え、テーブルに並べた。

家の前の坂道を下り、野道を歩いた。もうすっかり日は落ちていたが、土にこもった熱が、額や背中辺りにさらさらした汗を滲(にじ)ませてくる。街灯ひとつない山の中、視界を照らすのは涼介の手にある懐中電灯だけだった。それでも今夜は雲がなく空気も澄んで、空の星がいつもより多い気がする。

「なあ、ばあちゃんっていつ退院すんの」

「少なくとも十日くらいは無理じゃないかな。いろいろと精密検査もするだろうし」

草を踏みしめるサクサクという音が耳に心地良い。

「ふうん。じゃあその間ずっとシロはひとりぼっちだな」

「そうなるね」

「うちに連れてきていい？」

「うちに？　そっか、そうだね。早川さんが退院するまではそのほうがいいか。家で犬を飼っていいかどうか、おじいちゃんに聞いてみるね」

隣人の早川が十二年前のあの時の看護師だと知れば、耕平はどんな顔をするだろう。父のことだから、もうすんだことだと流してしまうに違いない。過去は変えられない。それなのに人はどうして過去にこだわるのだろう。

足元を照らす丸い光だけを頼りに、草むらの中を歩いた。

「あのさ、お母さん、高志のことだけど……。お母さんもおれと同じこと考えてんだろ」

「同じことって？」

「高志は三上先生じゃないかって。なのに三上先生はそのことをばあちゃんには隠してる。なんでかな」

「それは……三上先生に聞いてみないと。それにまだ三上先生が日記の中の高志くんだと決まったわけじゃ」

「決まってるさ。絶対そうなのに三上先生はそれを黙ってて。わけわかんねぇな」

奈緒は夜空に散った星を見上げた。星も季節によって明度が変わるのだろうか。夏空の星がこんなに明るいなんて知らなかった。

「シロ、腹減ってるだろうなぁ」

「そうね。朝からなんにも食べてないもんね。涼介と違って行儀がいいから拾い食いもしないだろうしね」

緩やかな傾斜のある山道を上がりきったところで、ほんの少し視界が開けた。

早川の家の方角に小さな光が揺れていた。涼介がその場で足を止める。

「なんだあの光」

「なんだろ……懐中電灯の灯（あか）りかな」

「ばあちゃん留守だし、今度こそ泥棒だな」

「まさか。だってシロが吠（ほ）えてないじゃない。見知らぬ人がいればシロなら吠えるでしょ」

「そっか。だな」

泥棒なら早く逃げてください、とその誰かを驚かせないようわざと足音を立てながら、涼介と二人で庭へと入っていく。足音に気がついたのか、止まっていた光がとたんにじぐざぐに揺れ動き、やがて涼介と奈緒の顔を照らし出した。眩(まぶ)い光に顔をしかめながら、奈緒は手をかざして光源を見据える。

「川岸さん……」

懐中電灯の光が交差する中に、三上の驚いた顔が浮かんだ。三上の足元にはシロが前足を揃(そろ)えた姿勢で座り込んでいる。涼介が懐中電灯を餌(えさ)皿に向けると、空っぽの餌皿の底が土の上に映し出された。

「先生、なにしてんのさ」

クゥンクゥンと甘えるシロの鳴き声が、生ぬるい夜風に乗って庭を漂う。

三上の手にある懐中電灯の光が地面に落ち、そのまま彼のジョギングシューズのつま先を照らした。シロの分厚い体毛にも光が刺さる。

「きみたちはなにを?」

「シロにごはんをあげにきたんだ」

言いながら涼介が餌皿に食パンを、水用の皿に牛乳を注いだ。けれどシロは匂いを嗅いでぺろぺろ舐めるだけで、いつものようにはがっつかない。涼介は皿を引きずって鼻先に持っていったがそっぽを向いて、しまいには両足を枕にして眠り始めた。

「シロ、おまえ、具合でも悪いのかよ」

涼介がその場でしゃがみ込み、シロの頭を撫でる。

「シロの餌は、たったいまおれがやったよ」

シロが眠たげな目を上げ、クゥンとひと鳴きしてみせた。シロが体を動かすたびに、温まった夏草の匂いがふわりと立ち上ってくる。

奈緒の頭の中で、おぼろげななにかが形になろうとしていた。目を閉じて、このひと月の間に目にしたいろいろなことを必死で繋げていく。どことどこを結んで繋げればいいのか。糸の先はおそらく二十四年前の、奈緒の知らない風景に繋がっている。

「いまからひと月くらい前、『ひよし野地蔵前』のバス停近くで、白い服を着た男の人の姿を見かけました」

しばらく忘れていた一場面を、たったいま思い出した。奈緒と涼介が東京から実家に戻って来た日、実家の近くで人影を見たような気がした。こんな場所に観光客が来るわけもない。そう耕平に言われ、気のせいだったと思い込み、いまのいままで思い出すこともなかったことだ。

「ここで早川さんが倒れているのを涼介と一緒に見つけた時にも、なにかおかしな感じがしました。早川さんの衣服には土がついていて、おそらく庭のどこかで倒れたはずなのに、なぜか縁側で横たわっていたんです。いま思えば、私と涼介がここに着く前に誰かが早川さんを縁側まで運んだんでしょうね。運んだ人は、早川さんに大事がないことを確認してから、その場を去ったんだって」

核心に迫っていく緊張感で、奈緒の心臓は脈打っていた。顔が熱い。涼介は口をつぐんだまま奈緒と三上、両方の顔を交互に見つめている。

「それから……早川さんが三度目に倒れた時です。その時は三上先生がそばにいて、早川さんのことをとてもよく知っているふうでした。早川さんのことを『自分の患者だ』と先生、言ってましたよね。でもこの前救急車で運ばれた時は、早川さんを初診の患者だと、伝えていた。私、どういうことだろうって思ったけど、あの場ではうやむやになってしまって……」

黙って話を聞いていた涼介が手の中の懐中電灯で三上を照らした。熱のない光を当てられ、三上の全身がぼんやりと闇に浮かぶ。

「でも本当は、早川さんは三上先生の患者じゃなかったんですね。先生だけが一方的に早川さんを見ていただけ……。先生の昔の名前は、上松高志さん……ですよね」

三上は目を見開いたまま瞬きもせず奈緒の顔を見つめていたが、やがて諦めたように視線を逸らし、頬を緩めた。奈緒はそんな彼の静かな戸惑いを眺めながら、白いシャツに隠された傷痕を思い浮かべる。時が経っても消えない心の傷のように、シャツの下にはピンク色の艶やかなケロイドが、健康な皮膚の上に痛々しく張りついている。

「上松高志という名前はどこで知ったんですか。……早川さんから?」

「いえ、早川さんの昔の日記に書いてあったんです。日記は……、私と涼介とで読ませてもらって」

「そこに火傷のことが書いてあった?」

「はい。高志という名前も先生と同じだったし、それで……」

三上は小さく頷いた後、

「座りましょうか」

と縁側の下にある沓脱石を指差した。沓脱石に腰を下ろすと懐中電灯を傍らに置き、その光をシロの足元に向ける。ぼやけた光の輪の中で柔らかそうなシロの輪郭が揺れた。

「ぼくが早川さんと初めて会ったのはいまから二十四年も前のことです。早川さんは訪問看護婦、ぼくは患者の家族という立場で出会いました。ぼくは小学校五年生になったばかりでした。この話も、もう知ってましたか?」

奈緒が首を縦に振れば、三上がもう一度こくりと頷き言葉を繋ぐ。

「ぼくの父の名前は、上松快二といいます。祖母は上松文。当時はぼくら三人家族で、東京の下町で暮らしていました」

父親は重度のアルコール依存症だった。素面の時は気のいい男だが、飲むと手がつけられなくなり、暴言はもちろん、暴力をふるうことも日常だった。自分が生まれた時は建築関係の仕事に就いていたというが、仕事のストレスから鬱病になり、それがアルコールに依存するきっかけだったと祖母からは聞いていた。依存症になってからは仕事に行ったり行かなかったりで生活も性格も荒れ果て、母親はそんな父親を見限って出ていってしまった。

「といっても母親の記憶はなにひとつ残ってないんですけどね。まだ乳飲み子だったぼくを育ててくれたのは祖母だったんで」

祖母は気持ちの強い人で、息子と孫の暮らしを支えるために、できる限りのことをしてくれた。家事はもちろん、働かない息子の代わりに工場での労働や掃除の仕事、なんでもやっていた。そんな頑張り屋の祖母に育てられたからか、母親を恋しいと思ったことは一度もない。恋しがるほどの記憶もなかったけれど、それよりも祖母が大好きだったからだ。祖母さえそばにいてくれればそれで十分だった。

体調のいい時は父親も日雇い労働者として働いた。父の収入と祖母の年金とパート代。それらを合わせ、自分たちは東京の片隅で細々と暮らしていた。人から見れば貧しい生活だったかもしれないけれど、祖母のいる家は安心できる場所だった。台所のコンロに毎日火が入り、冷蔵庫を開けると必ずおやつのちくわが入っている。天気の良い日には布団のシーツ、風呂マットまで洗われ、家中が洗濯洗剤の香りに満たされていた。

「でもその安定した暮らしも、祖母が難病を患ったことで終わりを告げたんです。ぼくが小学三年生になった年の冬に、祖母が倒れたんですよ」

そう口にした時だけ、それまで淡々と語っていた三上の声が微かに震えた。それだけで三上にとって彼の祖母がどれほど大切な存在であったかがわかる。三上が顎を上げて夜空を見つめた。そして顔を上に向けたまま「それでもまだその頃の自分は幸せだった」と言葉を繋ぐ。

以前のようには動けなくなったとはいえ祖母は家にいて、学校から帰ってくれば「おかえり」と出迎えてくれた。きれいごとを口にするわけではないが、子供が感じる幸せはお金の有無とは比例しないと自分は思っている。たとえ衣食住に金をかけてもらえなくても、自分を大切に想う大人が両手を広げ、全力で守ってくれているのであれば、たとえその力が微風すら防げない弱々しいものであってもその子供は不幸ではない。子供は大人が思う以上に、逞しく純粋な生き物だからだ。

「でもそんなささやかな幸せですら、そう長くは続かなかったんです。ぼくが四年生に進級して間もなく、祖母の病気が急速に進行したからです。手足の筋力が衰え立てなくなり、ほどなく言葉も話せなくなって意思の疎通も難しくなりました。父親はそんな祖母を持て余し、施設に入れると言ってきました。でもぼくはそれを拒んだ。衰えていく祖母をそばで見ているのは苦しかったけれど、祖母が家からいなくなるのはもっと怖かったんです。だからぼくは、自分が面倒をみるからおばあちゃんをどこにもやらないでほしい、そう父に頼み込みました」

三上が長袖シャツの前ボタンを外し、ゆっくりと脱いでいく。奈緒は息を詰めて身を引き、涼介はその場で棒立ちになったまま目を凝らしている。

「涼介くん、悪いけど懐中電灯の光をおれの背中に当ててくれないか」

三上が座ったまま体を丸め、背中を涼介に向けた。

細長い光が届いた先に、ぼこぼこと不揃いに皮膚が盛り上がり、蛇が這ったような縦にうねる傷痕が、首の付け根から背中全体に浮かび上がった。

「これは父親がぼくに熱湯をかけた時の火傷です。酔うとどうしようもなくなるんですよ。辛くて苦しい時に酒に手を伸ばすもんだから、祖母が病に臥せるようになってからは以前よりも酒量が増えました。酒を飲むとアセトアルデヒドという猛毒が出るんです。この毒を分解するのに日本酒一合で四時間。五合なら二十時間。休む間もなく飲み続けると、脳も体も意思とは無関係に動いてしまいます。父親からの暴力が日常化していた当時、どうしようもない暗闇からぼくを救ってくれたのが早川さんでした」

早川は訪問看護婦として週に三回、祖母を看にやってきた。アパートの外で早川の乗る自転車のブレーキ音が聞こえると、体中に音符が生まれるようなむず痒い、ふわふわとした気持ちになった。母親という存在がもし自分にもいたなら、きっとこんな感じなのだろう。そんな思いに耽ったりもした。

「アルコール依存症は脳の病気なの。心が弱いからという理由だけでは片付けられないの。でもね、これは病気だから治すことができるのよ。お父さんのアルコール依存症は、治る病気なの」

と早川は父親のアルコール依存症を自分に任せなさいと言ってくれた。祖母が死んだらどうしよう——。その恐怖に怯えて夜もろくに眠れなかった自分に「死はゴールなのだ」と教えてくれたのも、早川だった。人が死ぬということは、決して悲しいだけじゃない。

「高志くんのおばあちゃんはゴールに向かっていまを懸命に生きているの。だから私と高志くんとで最高のゴールを迎えさせてあげましょう」

早川に肩を抱かれた時のふくよかな腕の感触。温かな体温。消毒液の匂い。歯磨き粉のミントの香り。いろんなものが優しい言葉と混ざり合って胸を衝いた。祖母が病気になってからは人前で涙を見せることなどなかった。それなのに両目からぽろぽろと涙がこぼれ出し、気がつけばその場でうずくまり泣いていた。

「誰にも救ってもらえないのなら、あなたが救う人になればいい。救われないなら救いなさい。その時、大泣きしているぼくに向かって早川さんは、そんなことを言ったんです。十一歳の子供にとっては難解な言葉だったけれど、圧倒的な正しさをもって頭の中に入ってきました。救われない虚しさを、知り尽くしていたからでしょう。これで、救われないことを嘆く必要がなくなった。そんなふうに思ったんです」

いつか自分で祖母や父親の病気を治そう。その時、そう決めた。早川にその決意を話せば、「高志くんなら必ずできる」と強く頷いてくれた。それからの自分は変わった。友達と遊べなくても平気になった。そして家にいる時間のほとんどを、勉強に費やした。

「でもね、いま思えば褒めてほしかっただけだったんです。早川さんが、頑張った日の数だけ星のシールをくれるから……。それが欲しくて折れずにいただけなんですよ。出会ってから別れるまでの一年四か月、ぼくは星を集め続けました。早川さんにもらった星のおかげで、中学に入った頃には里親に巡り会うこともできました。里親は、施設にいた大勢の子供たちの中からぼくにある光を見つけてくれたんです」

ひと息つくと、三上は空に星を探すように視線を右から左へ、ゆっくりと移す。

「早川さん、先生が里親さんの養子になったこと、すごく喜んでくれたんじゃないですか」

「いえ。小学六年生で祖母が亡くなってから、早川さんとは一度も会ってませんから」

祖母の死を境に、早川とはふつりと連絡が途絶えたのだと三上が顔を曇らす。祖母が亡くなった後、父親と二人きりの暮らしは二か月と持たず、このままでは殺されると思って養護施設に駆け込んだから……。

「じゃあ早川さんは先生が施設に入ったことも知らないんですか」

「ええ。向こうからも連絡が来ることはなかったですしね」

引き取られた時すでに老齢だった里親が亡くなり、父親もアルコール依存症を治すための病院内で息を引き取った。自分がかつて上松高志という名であったことを知る人は、もういなくなったのだと三上が苦笑する。

「先生はどうしてばあちゃんに言わないのさ。ぼくは上松高志ですって。言ってやらないと絶対に気づかないぜ。先生、これといって特徴のない顔してるし」

「そうだな。おれも涼介くんぐらい男前だったら、ちょっとは印象に残ってたかもしれないな」

「まあな。鼻の上にでっかいホクロがあるとかな。でも、なんで名字まで変えたんだよ。上松のまんまにしとけばよかったのに」

「三上という姓は里親の両親のものだよ。中学一年生の時に養子になったんだ」

「涼介の言う通りよ。こんなに近くにいるのにどうして名乗らないんですか。早川さんだって会いたいに決まってますよ」

奈緒にしてみれば、三上が早川を避けているかのように見える。小森さんが時々、早川の家を訪問しているようだが、自分自身で訪ねていけばいいことではないのか。里親の両親も亡くなっているいま、誰かに気兼ねすることもないだろう。

だが三上の返答は、思いもかけない言葉だった。

「ぼくは早川さんの人生を変えるような、ひどいことをしたんです。あの人が仕事をやめて故郷に帰ったのはぼくのせいなんです。だから早川さんは、ぼくと会いたいなんて思ってませんよ」

そこまで話すと三上はふいに口を閉ざし、「そろそろ病院に戻る時間ですから」と立ち上がった。昼夜を忘れたヒグラシの声がカナカナカナカナと遠くに近くに木霊(こだま)し、突如訪れた沈黙を埋める。奈緒は三上の後ろ姿に視線を当てていたが、彼は振り向くことなく門扉に向かって歩いていった。涼介が懐中電灯で、三上の進む前方を照らしてやる。シロは三上の後を追って数歩進んだところで、諦めたように腰を落とした。

「シロってほんとは先生の犬なんだろっ」

三上の背に向かって、涼介が叫べば、

「ああ。もともとはラッシュって名前なんだ」

三上が足を止めて振り返る。ラッシュという呼び名に反応して、シロが両耳をピンと立てた。

「先生はずっと早川さんのことを捜してたんですか」

立ち去ろうとする三上を引き留めたくて、奈緒は聞いた。

「ここで暮らしていることは、十年以上前から知ってましたよ。だから年に一度は観光客のふりをしてここを訪れてました。ぼくには実家がないのでよくわかりませんが、家族のある人が故郷に帰るのに似た気持ちだったのかもしれません」

そして三年前に訪れた時、偶然にも家の近くの畑で倒れている早川に遭遇した。その時は通りかかった観光客を装い救急車を呼んで海生病院へ運んだのだが、その後どうなったのか気になってしかたがなかった。早川の暮らすこの土地で働く——。初めはただの思いつきだったのが、ネットで検索していくうちに海生病院の求人を探し当てた。海生病院は医師不足が深刻化し、切実に常勤医師の公募をしていた。自分にとってはその地域の窮状がそのまま早川の病状に重なり、後先考えずに応募したのだ。

「いまでは地域医療を守る毎日に、充足を感じてますよ」

三上の表情は闇に紛れてわからない。

「早川さん、先生に会いたがってると思いますよ。会えることなら……会ってみたい。電話ででも、声を聴けたら嬉しいって言ってたから」

早川がどれほど高志を大事に思っていたか。日記にあった早川の気持ちを、どうすればこの人にわかってもらえるのか。奈緒はもう少し話がしたいと思い、必死に言葉を繋ぐ。

「それはあり得ませんよ」

だが三上はきっぱりと言い、立ち止まることなく行ってしまった。藪蚊が不快な羽音を立てて頭上を飛び回り、奈緒も涼介も剝き出しの肌を刺されていた。

「トクさんにあげてた星のシール、三上先生が昔々、ばあちゃんにもらってたのと同じだったんだな」

集めた星を嬉しそうに眺める、十一歳の三上の顔を思い浮かべた。

自分の頑張りに星をくれる人がいる。それだけで人は生きられるのかもしれない。

「帰ろうか」

奈緒が言うと涼介が無言のまま頷き、そっと近づいてくる。久しぶりに、本当に何年かぶりに、彼のほうから手を繋いできた。

# 13 思慕

午後二時から一時間取れた休憩時間の合間に、奈緒は早川の病室に立ち寄った。緊急搬送されてから今日で一週間が経ち、症状が安定したため、混合病棟の集中治療室から四人部屋に移っている。安定したといっても検査によって大腸に腫瘍があることが発覚し、精密検査の結果で悪性だということがわかった。早川は出逢って間もない頃に「持病がある」と口にしていたので、本人は薄々気づいていたことなのかもしれない。

「奈緒さん……？」

ベッドを囲む薄い水色のカーテンの中に入り寝顔を見下ろしていると、気配に気づいたのか早川がうっすらと両目を開けた。

「おはようございます。と言ってももう、お昼はとっくに過ぎてますよ。そろそろ昼食のトレーを下げに配膳車が回ってくる頃です」

食事も取らずに眠っていたのか、床頭台の上には手つかずの昼食が残っている。

「あら、もうそんな時間なのね。……奈緒さんは？　どうかしたの」

「早川さんが退院希望を出してると聞いたんで、ちょっと話をしに」

今朝のカンファレンスで、早川が退院を希望していると聞かされた。だが退院などできる状態ではないことは明らかだった。主治医である岩吹院長の許可ももちろん出ていない。

「暗いから部屋のカーテン開けますね。空気の入れ替えもしたいし」

同室の患者の許しを得て、閉めっぱなしになっていた病室のカーテンと窓を開ける。こもっていた空気が窓から抜けていくのがわかり、新鮮な水を注いだコップみたいに室内が明るい光で満たされた。

「退院、今日にでもできればいいんだけど」

早川に治療をする意思がないことは、意識が戻った時に彼女の口からはっきりと聞いている。だが病変のある箇所から継続的に出血があり、極度の貧血状態に陥っていることは、院長から聞かされているはずだった。

「退院……まだ早いんじゃないかな。院長はなんて？」

「岩吹先生からは単刀直入に大腸癌だって言われたわ。私が現役だった時代、癌の告知はもっと慎重にしたものだけれど、最近ははっきりと言うのね。でもそれも悪くないわ。準備ができるものね。私は手術も抗癌剤も必要ないから、とにかく早く退院したいってお願いしたのよ」

　早川が肩をすくめ、奈緒のほうからも頼んでもらえないかと言ってくる。

「そういえば涼介くん、そろそろ新学期ね。緊張してない？」

「あの子、そういうのには強いんです。いま必死で京都弁を習得してるし、私にまで標準語を喋るなって命令してきて」

「あら逞しい。お父さんは？　退院されたの？」

「ええ。おかげさまで術後の経過も良くて、いまは家にいてくれるので助かります。自分の父と息子と三人暮らしをするなんて、これまで想像したこともなかったけど、案外しっくりいくもんですね」

　春江の話をした日から、早川との距離は縮まっている。昔の自分や母親のことを知る人だと思えば、遠い親戚のようにも思えてくるのが不思議だった。この十二年間、逆恨みし続けた日々が嘘のようだ。

「それより早川さんは、どうして手術を受けないんですか。院長は手術を勧めてるのに」

　現時点では他臓器への転移は見られず、手術の適応だと説明していた。

「私はもう高齢者よ。これ以上苦痛は味わいたくないわ」

　早川が軽く返してくる。いまこうして話している間も腫瘍からの出血は続き、鉄剤の点滴くらいではどうしようもないほどの倦怠感（けんたいかん）があるはずなのに。

「うちの消化器外科には、岩吹院長以外にも三上先生という東京から来たとても優秀な医師がいるんです。早川さんが救急車で運ばれた時に対応してくれた医師なんですが、腕がいいと評判だから任せてみたらどうですか」

「奈緒さん、私はもういいのよ。手術をしてあと数年寿命を延ばして、どうなるっていうの。なにもすることのない、高齢者の独り暮らしが続くだけでしょう」

もう食欲もないし、と早川が床頭台の上に置かれたトレーに視線を置く。

「高齢者っていっても、早川さんはまだ七十一歳ですよ。これから楽しいこともたくさん」

「ないわよ。私には楽しいことなんて、もうないの。これまでもなかったし、これからもないことはわかってる。ねえ奈緒さん、そういう人生もあるのよ。あなたも看護師をしてみてわかったでしょう。幸せに縁のない人生を送り、不幸なまま死んでいく人もいるってことを。それも人の生なのよ」

できるだけ早く退院させてもらえるよう、院長にかけ合ってほしい。早川はきっぱりと告げると、この話はもう終わりだというふうに体を起こした。

「どうしたんですか、そんな思い詰めた顔して。AランチとBランチで悩んでるんですか」

食堂の入り口、食券売り場の前で立ち止まっていると声をかけられた。

「あ、三上先生」

今日は外来を担当していたはずだが、もう終わったのだろうか。白衣をひっかけた三上が立っている。腕時計を見ると二時半を回ったところだ。

「いまから昼飯(ひるめし)ですか。病棟、忙しかったんですか」

「三上先生こそ、ずいぶんゆっくりの昼食じゃないですか」

「いや、いつものことながら外来が長引いてね。院長の時はこんなでもないのに、ぼくの会話のテンポが遅いのかな、患者さんもずいぶん待たせてしまいましたよ」

三上と向き合って食事をするのは初めてのことだった。食堂で出される昼の定食はAランチとBランチの二種類しかなく、三上はBの豚の生姜(しょうが)焼き定食、奈緒はAのサーモン丼をトレーに載せる。三上はごはんを大盛にしていて、それが意外で笑ってしまう。

「ぼくが大食いだとおかしいですか」

「え、だって先生、野菜ばっかり食べてるイメージだし」

「草食ってことですか」

「昆虫好きでしょ」

たわいもない会話の中で、どうしても視線は彼の首筋へと伸びる。白衣の下はいつもの白い長袖シャツで、火傷痕は襟で隠されている。

「虫好きが草食というのは、どういう根拠なんですか」

「花の蜜とか吸ってそう」

「吸わないですよ。花の蜜には毒を含むものもありますし。子供の時に一、二回つつじの蜜を吸ったきりで」

「ほらやっぱり吸ってるじゃないですか。普通の子は一度も吸わないでしょ」

「それより川岸さんはどうしてぼくが昆虫好きなのを知ってるんですか」

「涼介がいつも家で話してますから。虫のことなら三上先生がなんでも教えてくれるって」

三上が虫を好むのは、小さい頃に外で遊べなかったからだ。祖母の介護で自由に外を出歩けない代わりにバッタやカミキリムシ、カマキリにアリなんかを学校の行き帰りに捕まえ家に持ち帰っていた。捕まえた虫は空き瓶やプラスチックケースに入れて部屋の隅に新聞紙を敷いて並べておく。「高志くん」が昆虫を友達代わりにしていたことは、早川の日記を読んで知ったことだ。

「早川さんのことですが」

タイミングを計っていたかのように、彼の口から名前が出てくる。食堂の入り口で奈緒を見かけた時からきっと、この話をしたかったのだろう。

「はい」

「退院を希望されているとか」

「そうなんです。手術も抗癌剤などの治療も、いっさいを拒否してますよ。院長が退院を許可すれば、もう二度と病院には通わないつもりじゃないでしょうか」

ある程度の話は院長から耳に入っていただろうが、三上が青ざめた表情で箸を置く。

「私もなんとなく体調が良くないことは知ってましたけど、それでもまさか癌だとは思ってませんでした。ここまで放置しておける病気だとは思ってなかったから」

「我慢して我慢して、倒れて救急車で搬送された先で末期の癌が見つかる。そんな患者を、ぼくはこれまで何人も見てきましたよ」

「先生も早川さんがここまで重症だってこと、気づいてなかったんですよね」

「なにかしら疾患があることはわかってました。一度病院で検査するようにと、小森さんから伝えてもらってはいたんですよ。でも無理やり連れていくわけにもいきませんから」

「わかります。私も何度か病院に行くように勧めたけど、早川さん全然聞く耳を持たないというか……」

「三年前に救急車で搬送された時、様子がおかしいことには気づいてたんです。それでなにもできなかったわけですから、責任はぼくにあります」

「そんな……先生のせいじゃありません」

真剣に話し込んでいるうちに声が大きくなり、いつしか自分たちのテーブルに他の客の視線が集まっていた。奈緒は慌てて声を落とす。こんなところで言い合っていてもしかたがない。それよりどのような形で早川に伝えるか、だ。三上が上松高志である事実を、どうやって……。白衣のポケットから携帯のアラーム音が響き、

「そろそろ時間だ。じゃあぼくはこれで。この後盲腸のオペが入ってて」

三上がまだ半分以上皿に残っていた豚肉をひと口でかき込む。

「じゃあお先に」

「あ、オペ頑張ってください」

「ありがとう」

三上の姿が見えなくなると、奈緒は小さく息を吐く。聞きたかったことがあったのに、うまく切り出せなかった。トートバッグの中から早川の日記帳を取り出し、最後のページを開く。

一九九四年　八月十日

今日は高志くんと夏祭りに行ってきた。蒸し暑かったし、蚊にたくさん刺された

し、人混みに酔ってしまったけれどとても楽しかった。

帰り道では高志くんと手を繋いで帰ってきた。料理も洗濯もおばあさんの介護も、なんでもこなす器用な高志くんの手は、思ったよりずっと小さかった。

いつまでもこの手を離したくない。そんなことを思いながら帰ってきた。

「また明日ね」

アパートの下まで高志くんを送り、そう口にした時、私にも明日があるのだと涙が出そうになった。高志くんと出逢ってからの私はずっと、明日が来ることを心待ちにしている。早く明日が来ればいいのに。

早川の日記は、この二十三年前の文章を最後に終わっていた。その後のページは白紙のまま残っている。

三上にこのページの続きを聞きたいと思って聞けなかった。この後、二人の間になにかがあったのだ。最後の文章を書いた時点では、二人の関係はこの先もまだまだ続くはずだったのではないか。早川がしだいに高志にのめり込んでいくのが、抑えた筆致からも伝わってくる。高志にとっても早川は、祖母以外で揺るぎない愛情をくれる唯一の大人だった。お互いを必要とし、そこに幸せな時間が流れていたことが短い文章から伝わってくる。

それなのにこの日を最後に、日記は突然終わるのだ。

――ぼくは早川さんの人生を変えるような、ひどいことをしたんです。

三上の呟きがノートの空白に滲んでいく。

奈緒は腕時計に目をやり、休憩が終わるまでにあと十分しかないことを確かめると、何度も繰り返し読んだ日記帳をトートバッグにそっと戻した。

翌朝、朝のカンファレンスが終わるとすぐに早川の病室を訪ねた。病棟リーダーの友阪が読み上げた今日の予定の中に早川の退院があったからだ。友阪は「院長の許可が出たから」と言っていたが、この状態で自宅に帰したら、今度こそ大事に至るのではないか。

早川の病室では窓際のカーテンが開け放たれ、その明るい陽射しの中で朝食が始まっていた。ベッドに彼女の姿はなく、掛け布団がきちんと畳まれている。

「おはようございます。あの、こちらのベッドの早川さん、どこに行かれたかご存じですか」

と同室の患者に尋ねると、

「さあ、私はわからんねぇ。でもさっきここ出ていく時、みんなにお別れの挨拶をしていかれたけどねぇ」

と気のない答えが返ってくる。女性患者は今日の正午に手術を控えていて、奈緒と話しているどころではないようだった。

「早い時間からお邪魔しました」

奈緒はひとまず病室を出て、その足で階段を駆け下りる。もしかしたら一階の受付で会計をしている頃かもしれない。

昨夜、家で夕食を食べていると、涼介が三上のことを話してきた。涼介は自分なりにいろいろと考えたのだと奈緒に伝えてきた。

「おれたちで話そうよ」

涼介は、三上が上松高志であることを早川に伝えようと言ってきた。もう三年も名乗り出ないのであれば、この先もきっと三上はなにも口にしないだろう。そんなまどろっこしいのを見ているのは耐えられない。それが涼介の言い分だった。

「でも三上先生の気持ちも、お母さんには少しわかるの。先生は早川さんの日記を読んだわけじゃないから、きっと怖いんだと思う。早川さんが自分のことを忘れていたらどうしよう。忘れるよりももっとひどくて、疎ましく思っていたらどうしようって。自分は会いたいと思っていても、早川さんはそうは思ってないかもしれない。そんなふうに考えてしまって足がすくんでいるのかもしれない」

「三上先生が怖がってる？　大人なのに？」

「大人は子供より臆病なものよ。それに三上先生は涼介のように怖いスイッチを攻撃スイッチに切り替える術(すべ)もないし」

夜更けまで話し込み、でも結局はなにが正解か答えは出なかった。でも、早川が入院しているいましか、二人を会わせるチャンスはないのではないか。早川が倒れたあの日、日記が燃え残っていたのはなにかの巡り合わせなのではないか。そう涼介が言い出し、奈緒もそんな気になってきたのだ。もし運命というものがあるのだとしたら、奈緒や涼介がこの土地で彼らに出逢ったのは、二人を引き合わせるための必然なのかもしれない。人が人と関わり続ける限り、相手を想(おも)う気持ちが生まれる——。三上が以前口にした言葉を、なぜか奈緒はその夜に思い出したのだった。

一階の待合で早川の姿を捜す。九時から受付が始まるために待合には患者が大勢いて、そう簡単に見つけ出すことはできない。奈緒は必死で首を巡らせ、フロアの端から端まで何度も視線を往復させる。ここにはいない。もう一度病室に戻ってそれで見つからなかったら諦(あきら)めるしかない。自分にも勤務があるので、これ以上持ち場から離れるわけにはいかない。そう決めたちょうどその時、病院内で一台だけ設置されている公衆電話の前に、見覚えのある後ろ姿を見つけた。早川が公衆電話の列の最後尾に立っている。

「早川さん」

奈緒はそのままっすぐに近づき、声をかけた。振り返った早川は口元に笑みを浮かべ、「あら、奈緒さん」と会釈してくる。左手には入院中に使っていた物品が入っているのだろう大きな紙袋を持ち、右肩から麻で編んだショルダーバッグをかけていた。

「退院されるんですか」

「ええ。いま公衆電話でタクシーを呼ぶところなのよ。さすがにバスで一時間揺られるのはきついと思って」

柔和な笑みを浮かべながら、「シロのことが心配なのよ。ああ見えてけっこう気の小さいところがあってね」とそれが一番の理由だというように目を細める。

「奈緒さんはお仕事中でしょう。私になにか用事でも?」

並んでいた列の一番前にまで進んだ時、早川がたったいま気づいたように首を傾げた。

「早川さん、タクシーを呼ぶのをちょっと待ってもらえませんか。会ってほしい人がいるんです」

「会ってほしい人?」

困惑した笑みを浮かべながらも早川が列から外れ、後ろの人を先に通す。そして左手に持っていた紙袋を床に下ろし、奈緒の顔を覗いてくる。

「私がこんなふうにでしゃばるのは良くないんだろうけど、でも放っておけなくて」

奈緒の深刻な物言いに驚いたのか、

「どうしたの」

早川が緊張した面持ちで聞き返してくる。

「三上先生に会ってほしいんです」

ひと呼吸置いてそう告げた時、なんだそんなことかというような表情で早川が微笑んだ。

「ああ、昨日話してくれた消化器外科の先生ね。東京から来た腕のいい。でもね奈緒さん、その話はもう」

早川の言葉を遮って、

「上松高志くん」

そう口にすると、彼女の顔から笑顔が引いた。両目が見開かれ、まるで奈緒の背後に亡霊でも見たかのように頬を強張らせる。

「奈緒さん、あなたいま……なんて」

「上松高志。三上先生の昔の、子供の頃の名前は、上松高志といいます。……早川さん、ご存じですよね」

早川の肩からショルダーバッグが滑り落ち、足元でくしゃりと丸まる。とてつもなく巨大なものでも目にしたような、正気がぽっかり抜け落ちた顔で早川が首を振っている。

「上松高志さんと会ってほしいんです」

その場に突っ立ったまま、早川は話そうとも動こうともしなかった。唇を開いたり閉じたりを何度か繰り返した後、眉間に皺を寄せて黙り込む。その姿は体の奥底から湧き上がるなにかしらの感情を、必死で抑えているかのように見えた。奈緒は床に落ちたままになっていたショルダーバッグを拾い上げた。見た目よりずっと重いショルダーバッグを両手に握りしめ、彼女の目を見つめて返事を待つ。向かい合う二人を避けて、患者たちが通り過ぎていく。奈緒は目の前で呆然と佇む早川の心を思った。彼女の胸に滲み出す感情は憂いなのか喜びなのか。

「奈緒さんは……高志くんと私の関係を知ってるのね」

しばらく時間を置いた後、落ち着きを取り戻した声で早川が聞いてくる。

「ごめんなさい。日記を読んでしまいました」

「日記って？」

「早川さんの日記です。焚火の中で燃やそうとしていたものを涼介が拾ってきて。あの、なにか早川さんの助けになれることがないかと思って。前に早川さんが涼介に日記を読んでもかまわないって、そう言ってたことを思い出して……。でも、ごめんなさい」

罪悪感に苛まれ、本当は黙っていたかった。けれどこの告白なしにはなにひとつ前に進まないことはわかっていた。早川の反応も、わざと作られた沈黙も怖い。小さな吐息が聞こえた気もしたが、顔が上げられない。日記を火にくべた早川の心境を思えば、胸が痛んだ。

「奈緒さんは……三上先生が上松高志くんだということを、いつから知ってたの」

静かな声に感情は見えない。だが奈緒が恐る恐る顔を上げれば、いつもの穏やかな表情がそこにあった。

「ほんの一週間前です」

「そう。じゃあ高志くんが、私に気づいたのも一週間前……」

「いえ、三上先生はずいぶん以前から早川さんのことを知ってました。彼がここに赴任してくる前からずっと」

「赴任してくる前から……って。どうしてそんな……」

「三年前、自宅近くの畑で倒れている早川さんを、旅行者の男の人が助けてくれたことがありませんでしたか。救急車に一緒に乗ってくれた人がいたはずです。その男の人が三上先生……高志くんです」

「旅行者の男の人？　でも大人の方だったわよ、あの子があんなに大きいわけ……。

ああ……そうだったのね、あの男の人が高志くんで……でも、あの子はまだ十一歳で……」

早川が手のひらを口元に押し当て、意味をなさない言葉を呟き続ける。

「高志さんに会ってもらえませんか」

上ずる声でもう一度、奈緒は言った。いまここで二人を会わせなければ、もう二度と機会は訪れない。そんな確信があった。

「いま、三上先生を呼びますから。ちょっと、ちょっと待って」

奈緒は携帯を手に取り、三上の番号を呼び出した。指先が震えてしまい手間取ったが、それでもなんとか繋がった。呼び出しのコール音が留守番電話に切り替わると、

「呼んできます。早川さん、ここにいてくださいね。待っててください、私すぐに呼んできますから」

奈緒はその場に早川を残し、走り出していた。

医局や病棟を思いつくまま捜し歩き、ようやく三上を見つけたのは胃カメラの検査室だった。「急用なんで」と検査室のナースに断り中に入らせてもらうと、三上はちょうど検査を終えたばかりで、書類に文字を書き込んでいた。

『混合病棟のカンファレンス室に来てください。早川さんと待っています』

メモにそう書きつけて、三上に手渡した。三上はメモに視線を置いたまま大きく

目を見開き、息を吸って、それから小さく頷いた。奈緒はそのまま踵を返し、一階の待合に戻り早川を連れて混合病棟に戻った。

ナースステーションで「早川さんの退院指導をしますから」と告げ、カンファレンス室の鍵を借りて部屋に入る。

「早川さん、私と一緒にここで待っていてもらえますか」

あと数十分で三上がこの部屋にやってくることを伝えると、早川が覚悟を決めたように首を縦に振った。しんと静まり返った室内で、早川はいったんは椅子に座ったものの、すぐに立ち上がり、窓のそばに歩み寄った。

二十四年。早川と三上の間には、二十四年もの月日が流れていた。記憶の中では十一歳だった子供が、三十五歳になって自分の前に現れるというのはどんな気持ちなのだろう。奈緒はいまから二十四年後、三十四歳になった涼介を想像してみたが、輪郭すら浮かばない。

三上になにを言うべきか。それともなにを言われるかを、考えているのだろうか。早川は背中を強張らせたまま、海に面した窓の外に目を向けていた。

「早川さん、ひとつ教えてもらえませんか」

奈緒は日記を最後まで読み終えたことを伝え、その続きを教えてほしいと告げた。どうしてあんな中途半端なところで日記が途切れているのか。あの日、早川が高志を伴って夏祭りに行った日の後、二人の間に何が起こったのか。

「八月十日？　ああ……夏祭りの日のことね」

奈緒を振り返った早川は、光の加減のせいか十も二十も若返って見える。

「よく憶えているわ。いまでもね、あの夜のことは時々夢に出てくるのよ。辛い夢」

あの日、高志くんと手を繋いでアパートに戻ったのは、七時くらいのことだったわ。星がきれいな明るい夜でね——。言いながら、早川が窓を開け、外の空気を吸い込む。

祭り太鼓の響きや、屋台を照らす提灯の灯りを全身にうっすらと沁み込ませたま ま、自分はこの上なく幸せな気持ちで帰路についたのだ。きっと隣にいた高志も同じ気持ちだったと思う。手を繋いでいると、不思議と相手の気持ちが自分の中に流れ込んでくるように感じるものだからと、早川が視線を奈緒に戻す。

「また明日——。私たちはそう言って手を振り合って別れたの。翌日は訪問日になっていたから、離れがたい気持ちもなんとか抑えられた。カンカンと靴音を弾ませながらアパートの外階段を上がっていく高志くんの背中を、私は目で追っていたわ。そしたら高志くん、途中で止まって、階段の手すりにお腹を乗せて身を乗り出すようにして手を振ってきたの。出逢って一年四か月、彼がそんなはしゃいだ姿を見せるのは初めてのことだったから、危ないよって言いながらも涙がこみ上げるほどに嬉(うれ)しかったのを憶えてる」

祭りの屋台で、高志がずっと欲しがっていたカブトムシを買ってやった。学校からの帰り道では見つけられなくて、でも欲しくて欲しくてたまらなかったカブトムシを、雄と雌のつがいで。「上手に育てて卵を産ませる。カブトムシの家族を作るんだ」と高志が意気込んでいたことを思い出し、玄関のドアが閉じられた後もしばらく、彼の部屋を眺めていた。幸福感で胸がいっぱいになる。そんなもう何年も味わっていなかった熱さが体中に広がっていくのを感じていた。

「高志くんのおばあさんが亡くなったと事務所から電話が入ったのは、それから二時間ほど後のことだったわ」

上松文さんが亡くなったと聞いて、まっさきに高志の顔が浮かんだ。なぜか大火傷を負って死にかけていた時の高志の顔が脳裏をよぎった。あの子は大丈夫だろうか。息ができないほど悲しんでいるんじゃないか。早く。早く行ってやらないと。受け持ち患者が亡くなったというのに、頭をよぎるのは高志のことばかりで、家着のスウェットのままアパートまで自転車を飛ばした。

「祭りの日に亡くなったんですか……。原因はなんだったんですか」

「窒息死だったわ。吸引が遅れたせいで、痰(たん)を喉(のど)に詰まらせての呼吸停止。あの日、高志くんは、私に小さな嘘をついていたのよ。今日はお父さんが家にいる。おばあちゃんのことは任せてあるから出かけても平気だって。でも実際は家には上松文さん以外、誰もいなかったのよ……」

「まさか……その外出中に」

「たった二時間ほどの外出だったのよ。小学生の子供が小さな嘘をつくことなんて、よくあるでしょう？　子供なんだから、欲しくてたまらないものを手に入れるために、つい嘘をついてしまうことなんて、普通にあることでしょう？　私が悪かったの。私が高志くんに嘘をつかせてしまったのよ」

後から思えば、高志は待ち合わせた時から妙に落ち着きがなかった。その違和感を、慣れない外出のせいだと思い込んでいたのは自分だ。「お父さんは本当に家にいるのね」と念押ししなかった責任は、自分にある。

「それでどうなったんですか」

「私が訪問するのを忘れていた。事務所の所長にはそう伝えたわ。高志くんがその時間帯不在になることを知っていて、代わりに介助すると約束していたのに行かなかった。口約束をしたまま、予定を事務所に伝えるのすら失念していた。そう所長には報告したの」

「早川さんが罪を被った……」

「その時は他に思いつかなかったの。私がすべての責任を取ることが、あの子を救うことだと思い込んでしまったのよ。でもそんなことをすれば彼自身が傷つく。生真面目なあの子が、罪をすべて私のせいにしておけるわけなどないんだから……。でもね奈緒さん、そんな簡単なことを、あの時は考えられなかったの。動転していたのね、私もきっと」

その後、事務所側と高志の父親との間で示談の話し合いが持たれ、示談金が支払われた。示談金については事務所が加入している保険でまかなえたが、早川は責任を取るために退職を願い出た。所長を始め、引き止めてくれる職員はいたけれど、退職すべきだと心に決めた。やっぱりあってはならない事故だったから。

「でもそれが結果的に、高志くんを追い詰めたのね。彼は自分のせいで私が事務所をやめさせられたんだって思ったでしょう。私は私で『そうじゃないのよ』って伝えることもしないまま、東京を去ってしまったから」

あの時は高志から遠ざかることが彼のためだと考えていた。自分が近くにいれば、彼は一生あの事故を忘れることができない。自分を見るたびに罪の意識に苛まれるに違いない。それならばいっそ会わないほうがいい。

長く続けていた仕事をやめてしまうと、結婚生活を続けていくことも億劫（おっくう）になった。雄太を亡くしてからは夫との関係も希薄で、離婚を切り出した自分に、夫は理由すら聞いてこなかった。

「雄太がいなくなってから、私たち夫婦には離婚をする力すら残っていなかったのよ。でも事件がひとつの区切りとなって、ようやく夫を解放してあげなくちゃという気持ちになったの」

「それで、この土地に戻ってきたんですか」

「他に行くあてもなかったから。ここなら東京でのことを知らない人ばかりだったし……。高志くんの不幸せをすべて、私が抱えて持っていくつもりだったのよ。あの子を救いたかった。いま思えばどこまで自惚（うぬぼ）れているのかと笑ってしまうわ。そんなこと、本物の親子でもないのにできるわけがないのにね」

そんなことはない。早川の言葉をそう否定したかったけれど、「ぼくは早川さんの人生を変えるような、ひどいことをしたんです」という三上の言葉を思い出し、あるいはそうなのかもしれないと口をつぐんだ。早川に罪を被せてしまったという後悔は、祖母を死なせたという罪の意識に重ねて彼を苦しませてきたのかもしれない。

部屋に入ってから半時間ほどが過ぎた頃だろうか。互いの呼吸音が聞こえるほどの静寂に、ドアをノックする乾いた音が響く。

「はい。どうぞ」

鍵はかかっていない。奈緒と早川はドアが開くのを待つ。

「三上先生？」

だがカンファレンス室のドアは、ノックがされたきりいっこうに開かない。奈緒が中からドアを開けると、検査を終えてそのまま駆けつけてきたのだろう、緑のスクラブを着た三上が下を向いて立っていた。

「どうぞ。早川さん、中で待ってますよ」

スクラブの袖を引っ張るようにして奈緒が部屋の中へと促すと、三上がためらいがちに足を前に出す。

「すみません遅くなって。患者への説明に時間がかかってしまって」

靴先が引っかかったかのようなたどたどしい足取りで、三上が室内に足を踏み入れる。

「高志くん?」

三上が部屋に入ると同時に、窓際に立っていた早川がその名を呼んだ。

カンファレンス室の空気がゆらりとうねり、見えない力に操られるように三上がまっすぐに顔を上げる。

「本当に……高志くんなのね」

跳ね上がる心臓をなだめるかのように片手で左胸をきつく押さえ、早川が上気した顔で三上を見つめた。三上は恐ろしいものにでも出会ったかのように全身を強張らせている。「高志くん」と呼ばれるたびにその両目が左右に揺れた。

「立派になったのね」

早川が笑顔を作ろうと唇を引いた。でも笑顔になる前に涙が溢れ、口元が歪む。

「ちゃんと……大人になって」

早川がもう一度口にすると、

「お久しぶりです」

三上が初めて声を出す。

「いくつになったの」

「三十五です」

「小学生だったあなたが三十五？……ずいぶん月日が経ったのね」

早川は両目いっぱいに涙を溜めて、立ち尽くす三上のそばに歩み寄っていく。細い腕のどこにそんな力が残っていたのか、背伸びをして三上の両肩をきつく摑むと
「立派になって」と嬉しそうに繰り返し、喉を詰まらせた。三上の腕を手のひらで強く擦っているのはこれが夢ではないことを確かめるためだろうか。

「元気だった？」

「はい」

「あれから……大変だったでしょう」

「……はい」

「名字が変わったのね」

「里親の養子になったんで」

「そう……ごめんなさいね、あんな形であなたを放り出して」

「いえ、悪いのはぼくですから。おばさんに謝りもしないで……。本当に……すみません」

顔を隠すように三上は俯き、両肩を震わせた。消え入りそうな声の三上とは逆に、早川の顔に笑みが広がっていく。腕に触れていた手のひらを三上の首筋に当て、それから耳に、頬に――母親が幼いわが子を撫でるように動いていく。奈緒の目の前で三十五歳の三上がみるみる小さくなり、柔らかい髪と、か細い首筋、滑らかな肌の少年に還っていく。七十一歳の早川も、揺るぎない母性に満ちた中年女性の姿で傷ついた子供をその温かな腕の中にかき抱いた。

「おばさんは……おばさんはどうして突然いなくなったんですか」

小さな子供が胸のうちに溜め込んでいたものを吐き出すように、三上が聞いた。

学校からわき目も振らずにアパートに戻り、首から下げていた鍵でドアを開け、すぐに祖母のベッドに向かう毎日だった。「おばあちゃんただいま」と声をかけ、枕元にある吸引器に手を伸ばし、チューブが清潔なことを確認して喉に溜まった痰を吸い出す。チューブを差し込まれ咳き込む祖母に「おばあちゃん我慢してね」と声をかける自分の喉も、引き絞られるみたいに苦しくなる。酸素を求めて喘ぐ祖母の手を握りながら、「ごめんね」「我慢してね」と繰り返す時間は辛くて涙が出た。自分の手で祖母の首を絞めているような恐怖があった。

「週に三回。あの頃のぼくは、おばさんが家に来てくれる日だけを楽しみに、生きていました」

おばさんに会う日をゴールにし、ぎりぎりの毎日を必死で切り抜けていたのだ。おばさんに「よく頑張ったね」と頭を撫でてもらい、苦しさを乗り越えた日の数だけ星のシールをもらう。たったそれだけで生き延びることができた。まだ自分は大丈夫だと信じられた。ゴミ箱みたいな家で、酔っぱらった父親にボロ屑のように扱われても、自分自身を屑だとは思わずにいられた。

でもおばさんに見捨てられた後はもう、なにをどうすればいいのかわからなくなった。守るべき祖母もいない。ただ生きることをやめるわけにはいかなかった。本当は終わりにしてもよかったが、おばさんに罪を被せたことを謝れていなかったから……。おばさんに会って謝るまでは、生きることを諦めてはいけない。そう思いながらここまでやってきた。

「あの日、おばさんはなぜぼくを見捨てたんですか」

「見捨てたわけじゃないのよ」

「じゃあどうして？　どうしてなにも言わずにいなくなったんですか。『また明日ね』って約束したのに」

早川が両膝から崩れ落ちるようにして、床にしゃがみ込んだ。三上は自分の言葉に驚いた顔をして、呆然と早川を見下ろしている。

「あ……すみません」

三上が慌てて片膝をつき、右手を早川の背に添えた。そんなことを言うつもりなどなかったと、眉根を寄せた困惑顔が語る。

そして早川の顔を覗き込み、

「あの日、嘘をついたことを赦してください」

と頭を下げる。打ちひしがれ、全身で赦しを請う、すべてを差し出すような謝罪だった。

「高志くんが謝ることなんて、なにもないのよ」

早川がふっと頬を緩め、ゆっくりと顔を上げる。床についていた手を静かに持ち上げ、それからそっと三上の左腕に置いた。

「大人になった高志くんに会えるなんて、神様に感謝しないといけないわね。火傷の痕は、もう痛まない？」

早川の手が首筋の火傷痕に触れると、三上がゆっくりと顔を上げた。

「傷はもう痛みません。でもこの傷を見るたびに、おばさんのことを思い出します。おばさんにひどいことをした、昔の自分に引き戻されます」

父が亡くなり、引き取ってくれた時すでに高齢だった里親を看取った後は、拠り所もなく生きてきた。働くことでしか自分の価値を見出せない毎日の中で、それでもまだおばさんがいてくれたのだと、三上がためらいがちに口に出す。いつか会おう。会って昔のことを詫びよう。叶うならば、もう一度おばさんの笑う声が聞きたい……。そんな思いがいつしか小さな希望になって自分の日々を支えていたと、三上が力なく笑う。

「おばさんを助けたいんです」

三上が、早川の痩せた手をそっと摑む。

「私は、もういいのよ」

「お願いです。おばさんの手術をさせてください」

「本当に、もういいの。手術をしたところで寿命を少し延ばすだけだもの」

「でもこのまま放置しておくなんて、生きるのを諦めるのと同じだ」

「私はもうずっと前から、こうやって死んでいくと決めていたのよ。自分の寿命を受け入れて、よけいな治療も延命もしない。そう決めて……」

「救われないなら、救いなさい。おばさんは昔、ぼくにそう言ってたじゃないですか。ぼくにおばさんを救わせてください……」

三上の声に余裕がなくなっていく。射るような眼差(まなざ)しで早川を見つめていたかと思うと、気弱な様子で視線を外す。

「ありがとう。あなたが私のことを忘れずにいてくれただけで十分よ。もうこれ以上の奇跡なんてない。だから――」

「お母さん……。心の中でずっとそう呼んでました。本当は、あの頃もそう呼びたかったんだ。おばさんは、出逢った時からずっと、ぼくのお母さんでした。自分の母親をこの手で救えたなら、ぼくはぼくの人生に、少しは意味を持たせられる」

摑んでいた手を放し、三上が早川の両肩を抱くようにして支え起こした。

「お願いします。ぼくに、手術を任せてください」

痛ましいほどに深く深く、三上が頭を下げる。

「高志くんは昔から……言い出したらきかないところがあるから。息子に病気を治してもらえるなんて、きっと私は、世界で一番幸せなお母さんね……」

無言のまま三上を見上げていた早川の目尻に、優しげな皺が寄る。

その皺の隙間(すきま)から涙が伝って落ちていくのを、奈緒は懐かしい光景を見ているような気持ちで眺めていた。

# 14 真情

昨夜遅くから降り出した雨は、朝になってもやみそうになかった。霧のように細やかな秋の雨はどこか寂しくて、奈緒は朝からずっと憂鬱だった。

「どうしたの奈緒さん、そんな顔して」

ベッドに手をついて上体を起こしながら、早川が掠れた声で聞いてくる。

「もう九月なんだなと思って。時間って、あっという間に過ぎるもんですね」

東京から故郷に戻ってきたその日に、駅のロータリーで倒れていた早川を助け起こした。そんな二か月前がはるか遠い昔のように思えてくる。

「そうねぇ。早いような遅いような。それにしてもよく降るわね、台風でも来てるのかしらね」

あと一時間もすれば手術が始まるというのに、早川の顔には微塵の怯えもなかった。手術前だから寝つけないだろうと心配し、昨夜は精神安定剤にもなる睡眠薬も勧めたのだが「平気よ、いますぐにでも眠れるわ」と言って、本当に十時になる前には穏やかな寝息を立てていた。執刀医の三上のほうがよほど緊張していて、オペが決まってからは夜遅くまで病院に居残り同手術の論文を読み返すなど、「あれじゃあまるで研修医や」と木田看護部長にからかわれていた。昨夜も第一助手の岩吹院長と第二助手の非常勤医師とともに、数時間にわたる念入りな打ち合わせをしていたと聞いている。

「血圧は上が１２０の下が64。普段よりいいくらいですね」

早川に対する術前の処置とオペ出しを任されていた奈緒は、ひと通りのバイタル測定をしていくが、その値はどれも安定したものだった。手術直前の測定では三十近く血圧が跳ね上がる患者も少なくない中で、まったくといっていいほど動揺が見られない。

「それにしても『手術を受ける』って早川さんが口にした時の三上先生、おかしかったですね。押し黙ったまま一分近く身じろぎもしないで」

いまから二週間ほど前になるだろうか。病棟のカンファレンス室で二人を引き合わせた時のことは、きっといつまでも忘れられない。人は記憶の中に生きているのだと、確信した瞬間だった。

「高志くん、子どもの頃と同じ顔してたわ。あの子は泣きたい時でも泣かないのよ。嬉（うれ）しくても悲しくても、涙は見せないの。失敗を咎（とが）められたような顔をして黙り込むのよ」

「でも早川さんが手術を受けることになってからは、明らかに張りきってますよ」

「そう……私も嬉しいわ、とっても」

これは自分勝手な思い込みかもしれないけれど、と前置きをしながら早川が話す。

「上松文さんの病気が目に見えて進行し、父親もアルコール依存症の専門病院に入院している時期があったの。途方に暮れていた高志くんに向かって私、『あなたがお医者さんになって、おばあちゃんもお父さんも治してあげなさい』って言ったことがあるわ。誰にも救われないのなら、自分が人を救えるようになりなさいって。そう口にした時、彼の目が力を持った。難破しかかっていた船が陸地の光を見つけたような、あの子、そんな目をしてたわ」

その時の約束を彼はずっと憶えていたのかもしれない、と早川が遠くの一点を見つめる。

真面目な子だから約束を果たしたのね、きっと。早川は呟き、そのままゆっくりと目を閉じていった。半時間ほど前に服用した術前の睡眠薬が効いてきたのかもしれない。奈緒は寝顔に視線を落としながら、高志が古びたアパートの一室で早川を待っている姿を瞼の裏に浮かべていた。

「早川さん、そろそろ行きますね」

時計を見ると、オペ出しの時間があと五分に迫っていた。

「もう時間なのね」

目を閉じていたのでてっきり眠ったとばかり思っていたが、早川の口調ははっきりしたものだった。奈緒の声かけにうっすらと開いた両目が、涙で潤んでいた。

「早川さん……手術、怖いですか」

「なにも。なにも怖くないわ。あの小さかった高志くんが私の手術をしてくれるんだと思うと、なんだか涙が出てくるのよ。幸せでたまらないの。おかしいわね、こんなに具合の悪いおばあさんが嬉しくて泣いてるだなんてね」

早川は肩をすくめ、恥ずかしそうに涙を拭(ぬぐ)った。

「いま私ね、高志くんのことを思い出してたのよ」

「三上先生の？」

「ええ、まだ十一歳だった頃のね。可愛(かわい)らしかったのよ、本当に。虫が大好きでね、プラスチックの容器にせっせと草を敷き詰めたり、霧吹きで水をやったり。いつもいつも一生懸命お世話をしていた。おばあさんのことも、一生懸命。それでね、私がアパートから帰る時は外階段に立って見送ってくれるのよ。私の自転車が見えなくなるまで。外が真っ暗でもおかまいなしに、ずっとずっと……」

早川は口元に笑みを残したまま、また静かに目を閉じた。

　手術が終わったのは、予定よりも二時間近く早い正午を少し過ぎた頃だった。手術終了の連絡があまりに早く来たので奈緒は拍子抜けし、思ったより簡単なものであったのだと安心する。

「早川順子さんです。術後バイタルは130の86。プルス65の体温三十六度五分。酸素二リットルでいってます」

　水色の患者着を着て麻酔で眠っている早川のベッドが、手術部の看護師たちの手から送り出される。術中の状態や術後の注意点などの申し送りを聞いた後、奈緒は友阪に手伝ってもらいながらベッドをナースステーション前に四室並ぶ集中治療室に運び入れた。

　奈緒は「無事に終わってよかったですね」と早川に心の中で話しかけ、点滴の滴下や酸素量が指示通りかを確認していく。疼痛や呼吸苦は麻酔が切れてから出現すると友阪から教えられたばかりなので、ここからが看護の領域になる。手術中に雨はやみ、カーテンの隙間から入り込む雨上がりの澄んだ陽射しが早川の顔を艶やかに照らしていた。呼吸数は正常で、発熱もなく血圧も安定しているので、いまのところは問題なさそうだ。奈緒が勤務している夕方五時までには目を覚まさないかもしれないが、明日になったら早川と話ができるはずだった。

「川岸さん、勤務はもう終わりですか」

早川を病室に戻し、いまからナースステーションに向かおうと思っていると病室の入り口に三上が立っていた。

「あ、先生。手術おつかれさまでした。私なんてなにもやってないのに全身から力が抜けちゃった。先生もほっとしたんじゃないですか」

緑色のスクラブの上から白衣を羽織った三上が、疲労の滲んだ目で奈緒を見つめてきた。

「でもさすがですね。手術って普通は予定より時間がかかるもんだと思ってたけど……」

早川の白い頰と三上の顔を交互に見ながら話している途中、三上がベッドに歩み寄り早川の手を摑んだ。手の甲には点滴に繫がる針が固定されている。

「そんなに強く握ったら点滴の針抜けちゃいますよ」

大事な手術を終えたことで感極まっているのか、三上は早川の手を握りしめたまま放そうとしない。

「川岸さん、いま時間ありますか」

「え……これからですか。五時まで仕事なんですけど」

「じゃあ仕事が終わってから少しだけ」

「いいですけど。診療所の往診ですか」

「六時に正面玄関を出たところで待ってます」
奈緒の問いには答えず、三上は早川の手を摑んでいた力をふいに緩めると、体を反転させ出ていってしまった。

車を降りて日の沈んだ漁港に出れば、海側から強い風が吹きつけてくる。今日はもう時間が遅いからか釣り船も釣り人も見当たらず、常夜灯の光だけがぽつんと人待ち顔で灯っていた。

「すみません、涼介くんも待ってるのに、こんなところにまで連れてきてしまって」

「父が家にいるから平気ですよ。最近は涼介も簡単な料理を覚えたりして、けっこう自立してるんです」

三上は落ち窪んだ瞳を海に向けていた。周りが薄暗いせいもあって顔色はひどく悪く、彼自身が重い病気を患っているかに見えた。

「あの……なにかあったんですか」

ずっと願っていたオペが終わったというのに、彼の顔には微塵の喜びも浮かんでいない。麻酔から覚醒するまでは不安なのだろうか。手術後の容体は安定していたように思えたのだけれど。

「川岸さん……」

「はい」

「早川さんは……手遅れでした」

波の音が大きくなった気がした。三方を陸に囲まれた穏やかな海が、今日に限って荒れていた。三上の言葉の意味が理解できない。手術をすれば治る。院長もそう診断したから手術に踏みきったのではないのか。

「手遅れって、どういう……」

「もう手の施しようがありませんでした。開腹したら、腹膜播種が見つかってしまって」

「腹膜……播種」

「点々とした癌細胞が、腹の中に散らばり広がっている状態です。結腸と腹膜は隣同士に位置するから、転移もしやすい」

「でも術前の検査では転移は見られないって、岩吹院長が説明してたじゃないですか」

手術前の入院で胸部のレントゲン検査や腹部のCT検査、注腸検査など全身を精査した結果、早川の癌は他の臓器への遠隔転移は見られないとのことだったはずだ。体力的にもいまなら全身麻酔に耐えられると院長と三上で判断し、腫瘍の摘除に踏み切る、と。腫瘍が広がっているのは粘膜下層内だけなので、院長は内視鏡でも切除できるのではないかと提案し、それを三上が大事を取って開腹の術式を選んだと聞いている。そこまで綿密に術前の準備をしていたのに、どうして……。

「腹膜播種の癌細胞はCTに写らないくらい小さいものなんです。PET(ペット)でならなんとか発見できる程度で」

癌が予測より浸潤(しんじゅん)していたくらいなら、摘除する自信はあった。以前にも何件か浸潤が広がっていた患者の手術をしたことがあり、その時は可能な限り病巣を取り除くことで余命を延ばしたからだ。だから、どんなに進行が進んでいようとも遠隔転移さえなければ絶対に治してみせると思っていたのだと、三上が喉(のど)を詰まらせた。

「術中、点々と散らばる無数の癌細胞をぼくが電メスで取ろうとして、院長を激高させてしまいました。全部の癌細胞を取りきることなどできるわけないのに……。院長に怒鳴られて我に返って、それ以上のオペを諦(あきら)め、縫合しました」

後悔しかないと、三上は声を湿らせる。早川に対して自分は後悔しかしてこなかったし、きっとこれからもそうだ。この後悔が一生消えることはない。三上が切れ切れに言葉を繋ぐのを、奈緒は言葉を失ったまま聞いていた。やけに肌寒いと思ったら大粒の雨が降っていた。隣にいる三上もきっと、雨が降っていることに気づいていない。通り雨だろうか。今夜はきっと星も出ない。

「三年前なら助けられたのに……」

三上が両手で自分の顔を覆った。

「早川さんが治療を望まなかったんだから……しょうがないじゃないですか。自分の体調が良くないことを知っていて病院に行かなかったのは、三上先生のせいじゃない」

「いや、ぼくが無理やり連れていくべきだった」

「そんな責任、先生にはありませんよ」

「あるんですよ。ぼくはあの人に罪を被せて、自分はこうしてのうのうと生き延びてきたんだ」

「のうのうとなんて……。何人もの患者を救ってきたんですよね。トクさんや斎藤さんや他にも大勢。トクさんのゴールは、先生が最後まで引き受けたから叶ったものですよ」

「いや、それはぼく自身のためですよ。医師として人に尽くせば、自分の居場所ができるからで」

「自分のために人を救う。それのどこが悪いんですか。みんなそうやって生きてます。そんなことで自分を責めていたら、三上先生はどうやって幸せになるんですか」

「幸せ？　ぼくは自分が幸せになれるとは思ってませんよ」

顔を覆っていた両手を外し、三上が奈緒に向き直った。秋の海をそのまま映したような冷ややかな双眸が、奈緒を捉える。唇の片端を上げたその顔は、奈緒が初めて目にする三上の皮肉めいた表情だった。

「幸せになれない理由でもあるんですか」

「ぼくは祖母を殺しましたから」

祖母が酸素を求めてもがき苦しんでいる夢を、これまで何度繰り返し見たことだろう。酸素を求めて喘ぎ、白目を剝く祖母。助けようと必死でもがくのに夢の中の自分は指先ひとつ動かすことができない。夢の中ですら過去は変えられない。

「祖母の夢を見るたびに、自分のうめき声で目が覚めるんです。施設でも、里親に引き取られた家でも。夢は際限なく繰り返され、そのたびに自分の罪を思い知らされました」

「まだ小学生の子供を、誰も責めたりしませんよ」

「罪は祖母を死なせたことだけじゃありません。本当はあの夜、早川さんがぼくを庇ってくれてほっとしました。自分の母だと慕った人に罪を被せて安堵している人間なんですよ、本当のぼくは」

「いいじゃないですか。それが早川さんの望みだったんだから。先生は早川さんに罪を被せたわけじゃない、早川さんがあなたを救いたかっただけなんです。先生、トクさんが亡くなった時に私に言ったじゃないですか。人が人と関わり続ける限り、相手を想う気持ちが生まれるって。それなら、あなたのおばあさんや早川さんが、あなたに対してどんな気持ちでいたかわかりますよね？ わからないわけないでしょう？ あなたがそんなふうに自分を責め続けて生きていたら、二人は悲しむだけですっ」

感情を抑えられず、気がつけば烈しい言葉で責め立てていた。三上は目の前にある藍色の海を見つめ、瞬きを繰り返している。

「ぼくはどうしたらいいんだろう」

上体を震わせながら、三上が呟く。波音を越える動揺が伝わってきて、奈緒は彼の腕を強く摑んだ。そうでもしなければ三上が海に引きずられていきそうだった。

「またぼくは、ひとりになるんだ」

顔を上げた三上の目の周りが、なにかに怯えるように引きつっていた。奈緒はこれまでひた隠しにしてきたのだろう孤独が彼の顔に露わになっているのを見て取り、その体を強く抱きしめる。

この人は、本当はただ素直に嬉しかったのかもしれない。見守るために赴任してきたのだと言いながら、この二年半、早川の近くにいられることが嬉しかったのかもしれない。小さな子供が体の一部を母親にくっつけていれば安心するように。同じ空の下でともに生きていることで幸せを感じていたのかもしれない。それがもうできなくなる。彼の絶望の中に、後悔と寂しさ、そしてもう一度味わわなくてはならない喪失への恐怖が見えた。

「先生は母親離れができてませんね」

奈緒の声が届いているのかいないのか、三上は海に目を向けたまま身じろぎもしない。

「私もそうだけど、先生は相当なもんですよ」

波の音がさっきよりも大きく聞こえ、自分たち二人がこのまま遠い場所へさらわれそうな気がした。

「母親のいない人間に対して、ひどい言いようだな」

「知らないみたいだから教えてあげてるんです。たいていの母親はね、子供に救ってもらおうなんて、これっぽっちも思っていませんよ」

三上の顎が少し上がり、視線が波間と空の間を漂う。海と夜の匂いが混じる場所に、彼が探しているのは亡くなったおばあさんの声だろうか。それとも若かりし頃の早川の声だろうか。この人はこれまでの人生で果たして何回、こんなふうに宙を睨んで涙を止めてきたのだろう。船は出ていないはずなのに、海面にちらちらと小さな光が浮かんでいた。いつしか雨はやみ、風が靄を払っている。

「先生見て、海に星が映ってる」

奈緒は彼の横顔から視線を外し、秋の海に漂う星影を見つめた。

# 15 永遠

あまりの寒さに目を覚ますと、風に煽られた雪片が居間の窓ガラスをかすめた。

雪、まだ降ってたんだ……。玄関のほうで引き戸を叩く音が聞こえ、奈緒はソファの背もたれに手をかけながら体を起こす。立てつけの悪い戸を力任せに引こうとしているのか、壊れるのではないかというくらい、荒々しい音が聞こえてくる。

「涼介なの？」

居間には自分しかいなかった。ソファの上でうつらうつらしているうちにいつの間にか眠っていたのだろう。点けっぱなしの電気ストーブが、暗くなった室内を仄かに赤く灯している。

「おかえりぃ」

奈緒は間延びした声を出し、引き戸を敷居の溝から浮かせるよう持ち上げた。引き戸はこのところ以前に増して扱いづらく、そろそろ修理しなくてはいけない。

「早かったね。……え？」

戸を開ければ涼介の顔があるものだとばかり思っていたので、奈緒はその姿に目を見張った。すぐ目の前に立っている三上の姿に唖然とする。黒のダウンコートを着た三上が、顔を上気させ仁王立ちしていた。

「川岸さんっ。一緒に来てください」

奈緒の顔を見るやいなや、三上が手首を摑んでくる。その迫力に気圧され、奈緒は体を引いて玄関の内へと戻った。戸の向こう側には朝の雪かきで作った細い道に、いま三上がつけたばかりの足跡がついている。玄関先まで一直線に続いているその足型からも、彼の勢いが見て取れるようだった。

「どうしたんですか。なにか急用でも」

言い終わらないうちに、三上が強引に奈緒の腕を摑み自分のほうへと引き寄せた。前のめりになる体を、もう片方の黒い腕が抱きとめる。

「早川さんが、きみを呼んでて」

そのまま外に連れ出され、ゴム長靴が雪を踏んだ。雪は脛の辺りまで積もっている。

「早川さんが私を？」

冷たい感触が体の表面だけでなく、胸の奥にまでぞわりと広がる。三上がこれほど焦る姿を目にするのも初めてで、手を振りほどくのがためらわれた。

「すみません、大丈夫ですか」

長靴のつま先が雪の塊に引っかかり、転びそうになって初めて三上が足を止めた。野道にも畑にも積雪があるので、道と道ではない場所の境界がわからなくなっている。白一色の世界の中で遠近感が薄れ、酸素が足りないのか頭の中まで痺れてきた。耳が痛い。

「大丈夫ですか」ともう一度聞かれ、

「私、寒くて」

辛さをやっと口に出すことができた。息が切れ、口の中に錆っぽい味が滲み出てくる。三上がダウンコートのボタンに手をかけひといきに体から剥ぐと、奈緒の体を包んだ。コートの内側はカイロみたいに温かく、自分の体がずいぶん冷えていたことがわかる。

「ごめん。上着もなしに連れ出してしまって」

奈緒の肩にダウンをかけるとすぐにまた、三上が手を引いて歩き始める。

「早川さんになにかあったんですか」

「急変したんです」

「急変って」

「朝行ったら三十九度近くまで熱が上がってて。かなり衰弱してます」

「え、嘘……。だって昨日はそんなじゃなかった……風邪気味だとは聞いてたけど」

昨日、涼介と一緒に訪ねた時は、台所に立ってかぶらの煮物を作っていたくらいだ。
「移動マーケットで久しぶりに鶏肉を買ったから一緒に炊きつける」
と笑っていたのに。

　早川の家の庭までたどり着く頃には息が上がり、その場で倒れそうなほど辛かった。三上はそんな奈緒の体を抱きかかえるようにして、慌てた様子で家の中に入っていく。自分が履いていた登山用の雪靴を三和土に脱ぎ捨て、奈緒の長靴を力任せに取り去ると、また手を引いて廊下を進んでいく。

「おばさん、奈緒さんを連れてきましたよ」

　三上が襖を開けると六畳間の和室に布団が敷かれ、早川が横たわっていた。室内に響き渡った三上の声に、早川の落ち窪んだ両目がそろそろと見開かれる。奈緒は生気を失った早川の顔に一度目をやった後、息を呑んで三上を見上げた。

「肺炎を起こしてます」

　抗生剤とビタミン剤を点滴投与しているところだと、三上は普段の平静さを装った。ついさっきまでの焦った素振りは微塵も見せず、いつもの「冷静沈着な三上先生」に戻っている。

「肺炎でここまで？」

「肺炎といっても高齢者と子供は重症化することも多い。安心はできませんよ。それに……もともとの疾患があるので」

三上は声を潜めて口にすると、奈緒の耳に唇を寄せ「涼介くんにも会ってもらいたいんです」と告げてきた。その言葉の意味を察し、奈緒は首を横に振る。三上の思い詰めた表情に気圧され、会話が続かない。

「……奈緒さん」

奈緒がひどく動揺していることに気づいたのか、早川が点滴のルートが入っていないほうの手を弱々しく持ち上げた。

「奈緒さん、忙しいのに呼び出したりして……」

細い声が苦しそうな呼吸の合間から漏れ出る。話さなくても衰弱は見て取れたが、声を出すとよけいに力が尽きた感じが伝わってきた。あれほど毅然としていた早川の目尻に、息苦しさからか涙が浮かんでいる。

「いえ、今日は休みなんで」

「そう……ならよかった」

早川は水の中から息継ぎをするように空気を吸い、言葉を繋げようとする。

声を出すと苦しくなるのか烈しく咳き込み、三上が慌てて往診鞄の中から酸素マスクを取り出した。マスクを奈緒に手渡すと、三上はすぐさま、

「ボンベを取りに車に戻ります」

と立ち上がったが、早川が「高志くん、いいのよ」と視線で制す。

「あなたたち……ここに座ってて」

早川が片手を持ち上げ「ここに」と指差そうとするがいくらも力は入らず、少し浮き上がっただけでその手はすぐに布団に落ちた。

「この頃眠くてしかたがないの。……それでね、眠くなるたびに、もう二度と起きることはないのかもしれないと思うのよ。だから、いつか目が覚めなくなる前に、あなたたちに言っておきたいことがあって……」

言葉通り、早川は時折疲れたように瞼(まぶた)を閉じ、眠ってしまったのかと思うと急に瞼を開けるといった動作を繰り返していた。別れの時は刻一刻と近づいている。浅い呼吸がさらに弱いものへと変わり、目の周りに痣(あざ)のような黒い隈(くま)がじんわりと滲(にじ)み出てきていた。

「……奈緒さん」

花の上で蝶(ちょう)が羽を休めているほどの小さな沈黙の後、

「あなたにあの日のことを謝ることができて……よかった。お母さんを救えずにごめんなさい。……それから、高志くんに会わせてくれてありがとう」

熱を持って潤んだ両目を、早川が再び見開いた。布団の上に置いていた手が震えていたので、奈緒はその手を自分の両手の中に包み込み、無言で頷(うなず)く。それだけの言葉を伝え終えると、早川は心底安心したように息を吐く。

「それから高志くん。手術をしてくれてありがとう。……おばさん、本当に……嬉しかった。こんなに幸せになっていいのかしらって、涙が出た……」

閉じようとする瞼を無理に瞬かせ、早川は三上に向かって笑いかける。窓から差し込む光の加減か雪のせいか、痩せこけているはずの頬が、白く輝いていた。

「まだです。まだぼくは、おばさんになにも返せていない」

「もう十分よ……。あなたは……いつでも……ほんとにいい子だった。……こんな幸せなゴール、他には考えられない。これで全部なしよ。あなたが背負ってきた苦しみはもう終わり。私は最後に幸せになれた。あなたに幸せにしてもらって、ゴールを迎えるの。わかった？」

早川の声がしだいに聞き取りづらくなり、三上と奈緒は自分の耳を早川の唇に近づけなんとか音を拾っていく。

「おばさんっ」

薄れていく意識を引き戻そうと三上が声を張り上げたが、力を失くした瞼がふっりと閉じる。

「おばさんっ」

それでも三上が叫べば、唇だけは微かに震える。

「……ほんとはずっと……」

皺の刻まれた目尻からひと筋、薄い涙が流れてくる。三上が手を握り、掛け布団に覆い被さるようにして「なに？」「聞こえない」と悲痛な声を出す。

すると、喘ぐように早川の唇が開き、

「高志くんのお母さんになりたかったの……」

と優しげな声が絞り出された。そしてそのひと言を口にしてしまうと、早川は満足したかのように唇を閉じ、後はどれだけ大声で声をかけても体を揺らしても再び目を開けることはなかった。

下顎呼吸が始まると、三上が「酸素ボンベを取りに行ってくる」と奈緒を振り返り、だがすぐに「やっぱり……いいです」と言い直す。うちひしがれた後ろ姿から、祖母の介護をたったひとりで背負い続けた少年の日々が透けて見えた。

「早川さんとたくさん話ができましたか？」

しんと静まり返った居間の中に、早川の息遣いだけが聞こえていた。

「話？ ああ……そうですね。手術をした後の四か月は、往診のたびに座り込んでお茶を飲んで……。いろいろと昔話をしましたよ」

学校から帰り、祖母のベッドのわきで宿題をしながら早川が来るのを待っていた。自転車のブレーキ音が聞こえるたびに靴下のまま玄関を飛び出し、二階の鉄柵から身を乗り出して姿を探した。全身を耳にして聴力を研ぎ澄ませ、祖母の呼吸器のシューシューという空気音がする中で、インターホンが明るい音を響かせるのをいまかいまかと待っていたのだ。カンカンカンという外階段を上がってくる軽やかなその足音は、いつしかすっかり憶えてしまった。希望の音だった。（お母さん、おかえりなさい）と心の中ではそう呟いていた。辛い時間を乗り越えたことを褒めてもらおう。よく頑張ったねと頭を撫でてもらうんだ。星のシールをもらえたら、ぼくはまた頑張れる。どんなことにも耐えられる。

おばさんとの思い出は尽きることがありませんから、と三上が微笑む。

「疼痛も倦怠感も強かったはずなのに、早川さんはモルヒネを使いたがらなかったんです」

「どうして？」

「起きて話がしたいから、と。ぼくの話を、ぼくが大人になるまでの長い話を聞かせてほしいと言ってね」

「そうなんですね。……よかった」

「なにが、よかった？」

「早川さん、先生と再会して、もっと生きたいと思ったんですね。それまでは息子さんの元に早く行きたいって言っていたのに」

奈緒の言葉に小さく頷き、三上が早川の手の甲を自分の額に押しつけた。

「先生、涼介を連れてきますね。そろそろ学校から戻る時間だから」

「ああ……そうですね」

早川と三上を家に残し、借りたダウンコートを着込んで玄関を出ていく。雪の上にはさっきつけた足跡がまだくっきりと残っていて、奈緒は大きいほうの足跡をたどりながら家へと急いだ。

早川の枕元に座った涼介は、正座をして両手を太腿（ふともも）の上に置き、涙をぽろぽろとこぼし続けた。だが涼介がいくら声をかけても早川の目が開くことはなく、顎（あご）を突き出し深い呼吸を繰り返すだけだ。

「お母さん、ばあちゃんとはもう喋（しゃべ）れないの？」

「目は、もう開けてくれないかもしれない。でも声は聞こえてるのよ。ねえ先生、声は聞こえてますよね」

三上は布団から少し離れた場所に両膝（ひざ）を立てて座り、壁にもたれかかっていた。奈緒の問いかけに、弱々しい笑みで返してくる。

「よかったな、ばあちゃん」

涼介が声を張った。

「ばあちゃん、いま三上先生がそばにいてくれて嬉しいだろ。だってばあちゃんがずっと会いたかった人だもんな」

早川の指先が動いたかに見えたのは、気のせいだろうか。涼介の声が届いてほしいと強く願いすぎて、幻覚を見たのかもしれない。ただ、涼介の声が届いていてもいなくても、早川は喜んでいる。自分が言いたかったことを、涼介が代わりに口に出してくれたのだ。嬉しいに違いなかった。

「ばあちゃん聞こえてるんだろ？　返事してくれよ」

長く大きなひと息が早川の喉から吐き出されると、

「ばあちゃん、一緒にいてくれるって約束しただろ。お母さんが仕事でいない時は、ばあちゃんの家にいてもいいって。なのにばあちゃんがいなくなったら、おれどうすりゃいいんだよっ」

涼介の声がひときわ高くなった。早川のゴールがすぐそばまで迫っていた。

呼吸音がふつりと切れ、苦しそうに上下していた胸郭の動きが止まる。

抜けていく魂を摑むように、

「ばあちゃんっ」

涼介が早川の手を強く握りしめる。

涼介が烈しく泣き出したので、その肩を抱きしめ力を込めた。奈緒の目からも涙

が溢れ、

「三上先生っ！　早川さんがっ！」

事切れる瞬間を前に、三上を振り返った。三上はどこか遠くに飛ばしていた意識を呼び戻したかのように立ち上がり、わきに置いていた往診鞄を手に近づいてきた。

早川の枕元にひざまずいた三上が、早川の頬にそっと触れる。

しゃくり上げていた涼介が必死で声を抑え、座ったまま後ずさった。涼介の肩を摑んでいた奈緒も、そっと体を引く。

早川の顔は三上の背中で見えなくなった。

三上の肩が大きく上下している。全身に力が入り、暗く深い海の底を覗いているような緊張が、背中に漲っていた。三上がなにかを呟くのが聞こえた。だが呟きは声にならず、喉の奥で潰れた。狭いアパートの一室で、祖母のベッドのすぐそばに座る少年の姿が、奈緒の瞼には浮かんでいた。クラスでは目立たない子だったかもしれない。いつも無口で、授業が終わると一目散に走って家に帰っていく得体の知れない子。友達は、学校帰りの道で見つけた昆虫だけ。でもそれでもよかったのだ。少年には守るべき人と、暮らしがあった。自分を育ててくれたおばあちゃんを守れれば、それでよかった。でも寂しくて、時々は疲れてしまって、誰かにもたれかかりたいこともあって。週に三回だけ訪れるその人は、少年が欲しくてたまらなかった言葉をくれた。高志くん、今日はホットケーキ焼いてあげるわね。ジュースも買ってきたから一緒に飲みましょ。今日は学校でなにを勉強してきたの——。おばあちゃんの処置をすませて台所に立つ、その人の後ろ姿を眺めていた。暖かい。陽の射さない湿ったアパートの中で、その人のいる場所だけが暖かかった。

三上が、もうぴくりとも動かなくなった早川の手を取り、自分の額に強く押し当てる。

（お母さん、たくさんの星をありがとう……）

そう呟く声が、今度ははっきりと聞こえた。薄暗い日々を生き抜いてきた少年が、遠ざかっていく自転車の影に、別れの言葉を告げていた。

# 16 星空

樹陰に覆われた山道を半時間ほど走り抜け、車はようやく平地へと出た。車内に真夏の夕陽がいっぱいに満ち、眩しくて運転席のサンバイザーを下ろす。

今年こそ花火を間近で見たくてアクセルを踏み込むと、

「川岸さん、ちょっとスピード出しすぎです。鹿が出てきたら轢きますよ」

と隣でうとうとしていた三上が、慌てて両目を開く。

「だって急がないと花火大会のスタートに間に合わないから」

「もう七時になりましたよ。急いでもとても間に合わないですよ」

今日最後の訪問は、柴田さんの家だった。この夏で百歳を迎えた独居の女性で、奈緒の隣の集落で暮らしている。高血圧以外の疾患はないのだけれど、時々独りでいることが不安になるのか「先生いよいよお迎えがきたようや」と診療所の電話を鳴らす人だ。

早川が亡くなって七か月が過ぎ、奈緒たちの日常はまたいつもの忙しさに戻っていた。涼介はこの春から五年生に進級し、奈緒は病院の勤務をこなしながら訪問看護の仕事を手伝うようになった。技術も知識もまだまだ足りないが、小森さんたち先輩ナースの指導を受けながら懸命に働いている。二十二歳で免許を取ったきりペーパードライバーだった車の運転も、三上が寝不足の時などには進んで交代している。ペーパーナースにペーパードライバー。ペーパーでしかなかったものがこの一年の間に厚みと重みを増し、確かな質感をともなって自分の人生を支えていた。涼介と積み上げていく一日一日が、「川岸奈緒」という起き上がりこぼしのおもりになっていく。

「花火は諦めましょう。また来年でいいんじゃないですか」

「だめですよ。だって院長がせっかく舟屋の料理旅館を借りきってくれてるんですよ。美味しい刺身、食べたいし」

早川が息を引き取った時、三上は聴診器で心音を聴くことも脈を取ることもしなかった。ライトで瞳孔の開きを診ることも時刻を確認することも。早川の魂についていってしまったのではないか。寝起きの子供みたいに目の焦点を宙に彷徨わせたままの三上を見て、本気でそう思った。この人はだめになるんじゃないか、と。

でもいまはまたこうして「冷静沈着な三上先生」をやっている。

「あ、いま花火の音しましたよね。バンって」

「うん？」

三上が窓を開ける。

「ああもうっ。始まってる」

「だから言ったじゃないですか、もう間に合わないって。……そんな顔しないでください よ。運転、ぼくが代わりましょうか」

車を路肩に停めるようにと三上が言ってくる。遠目にはなるが、花火の見える砂浜がこの近くにあるからそこまで走ろう、と。

「ああ、刺身食べたかったなぁ。絶対に巨大な船盛で出てきたはずですよ。ひらめ、さわら、あじ、とりがい、たこ、あおりいか、あまえび、ほたて、さざえ、あわびぃ」

耕平と涼介は昼間のうちから花火会場に出かけていった。開始時間までの間、近くの海岸で釣りをしようと相談しながら。

「いいじゃないですか。ぼくたちが往診したことで、柴田さんに元気が戻ったんだから」

「まあそれはそうですけど」

百歳の記念に老人会からお祝いの品をもらったのだと、柴田さんは嬉しそうだった。そのお返しに小学校の児童に巾着袋を縫ってあげたい。生地をどこで手に入ればいいだろうか。次に移動マーケットが回ってくる時に可愛らしい生地を積んできてもらえるよう、先生から頼んでもらえないか。柴田さんとはそんな楽しい世間話をした後、血圧だけを測定して手を振って別れた。たしかに柴田さんの笑顔と刺身の船盛を天秤にかけることはできない。

「たしか、この辺だったと思うんだけど」

海岸沿いを飛ばしていた車が、浜辺に続く細道を下っていく。ここは私有地ではないかと咎めると、仲良しの患者さんの土地だから大丈夫だ、と涼しい顔をしている。細い砂利道をゆるゆると下り砂浜に車を乗り入れ、この場所で花火を見ようと三上が車を降りた。

「ほら、あそこ。あの光は花火でしょう」

「ほんと。ちょっとだけ見えますね。でもやっぱりここからだと小さすぎません?」

下腹に食い込むようなくぐもった音が、海の上を流れてくる。光は小さいけれどドンドンという爆裂音だけは何連発も。

「小さくてもいいじゃないですか。あの空の下でたくさんの人たちが花火を見上げてるんだと想像するだけでも、幸せな夜の空気が伝わってきますよ」

「刺身の味はわかりませんけどね」

奈緒が砂浜に腰を下ろせば、三上も人ひとりぶんの距離を空けて隣に座った。

「星がきれいですね」

日暮れのオレンジに染まっていた空は、いつの間にかすっかり暗くなっていた。海と空の境は曖昧になり、それと同時に空にはいくつもの星が白く光る。

「ここに来てもう四年目になりますが、この夜空はいつ見ても飽きないな」

晴れた夜には都会のビル灯りより明るく見える。星空の灯りで、本も読める。そう呟く三上に、「前にも同じこと言ってましたよ」と苦笑を返して夜空に目をやる。

早川の命が終わった瞬間を、後になって思い返すことがある。あの時の自分は涙を流しながらも、死を怖いものだとは思わなかった。全力で生き抜いた先に死があるのだとしたら、死は生きたことの証に違いない。死からまた始まる明るいなにかを、早川の命が消える瞬間、たしかに信じていた。

「この星空なら明日は晴れるな」

独りごとみたいな三上の声が、花火の爆裂音の隙間にすとんと落ちた。早川が、三上を照らす星になっていることを、奈緒は知っていた。そしてその光は、自分や涼介の生きている場所までをも、明るく照らし出してくれていた。

誰かの星になる。そんなゴールを自分もいつかできるだろうかと、奈緒は満天の星を見上げた。闇を弾く明るい音が、ひときわ大きく聞こえてきた。

# お母さんのふる里

字と絵・涼介

おじいちゃんの家

丹後半島

トクさんの家

舟屋

日本海

お母さんの働く病院

花火会の海

宮津駅

巻末特別対談

# 「その人の生きざまが死にざまに反映される」

## 石野秀岳（医師）×藤岡陽子

『満天のゴール』が生まれるきっかけともなった、京都・伊根町（いねちょう）で過疎地医療に奔走されている石野医師と著者・藤岡陽子氏の対談が実現。本作品のテーマである過疎地医療・在宅看取り（みと）りについて語っていただきました。

**藤岡**　石野先生、お久しぶりです。『満天のゴール』を刊行したのが二〇一七年の十月でしたから、前にお会いしてから五年以上が経（た）ってしまいました。その節はお忙しい中、取材をさせていただき、本当にありがとうございます。先生のおかげで書けた物語だと、いまも感謝しております。

**石野先生**　お久しぶりです。そうですか、もう五年も前になりますか。

**藤岡**　はい、ほんとに月日が流れるのが早くて……。さっそくなんですが、コロナ禍が始まってからお忙しいんじゃないですか？　私もまだ京都市内の医院で看護師を続けているんですが、やっぱりなにかと大変です（日本国内で新型コロナウイルスの感染者が初めて確認されたのは、二〇二〇年一月）。

**石野先生**　そうですね。私が勤めている伊根診療所も、北部医療センター（京都府立医科大学附属）もコロナの患者さんを診ています。北部医療センターでは感染対策の担当をやっていますし、あと京都府にコロナサポートチーム（新型コロナウイルス感染症施設内感染専門サポートチーム）というのがあって、北部は私が受け持っています。

**藤岡**　コロナサポートチーム？　北部を受け持つ……？

**石野先生**　ええ、北部に四十ほどの介護施設があるんですが、そこでクラスターが起こったら、介入させていただいてます。「どう対処したらいいか」という質問がＬＩＮＥで送られてきて、それに対して対処方法を伝えています。（「ほら、こんなふうに」と、ＬＩＮＥを見せてくださる石野先生。ディスプレイには、ＬＩＮＥのやりとりが延々と続いている）

**藤岡**　……何人かの医師で手分けされてるんですよね？

**石野先生**　いいえ、医師は私だけです。ＩＣＮ（感染管理認定看護師）のナース六、七人と、私とでやってます。

**藤岡**　えっ……（絶句）。それって猛烈に忙しくないですか？

**石野先生**　忙しいですよー（笑）。だから私、ワクチンを激推ししてまして。「みな

京都・伊根町 舟屋の美しい町並み

さん、ワクチンを打ってください。コロナにならないでください。重症化を防いでください」と訴えています。

**藤岡**　先生が訪問診療をされている伊根町はどうでしたか？　高齢の方も多いので、コロナで重症化されるようなことがあったのでは？（伊根町の人口は二千人ほど。高齢化率は約50％）

**石野先生**　それが、この地域はコロナに罹る方がとても少なかったんですよ。ゼロだった期間がしばらく続いていました。在宅療養をされている方もコロナにはならなかったし、みなさん気をつけていたんだと思います。

**藤岡**　そうなんですね。よかったです。

**石野先生**　ですが北部医療センターでは、コロナ患者用の二十床がすべて埋まってしまうことがありました。一時は、私ともうひとりの総合診療科の医師とで、二十人から三十人の患者を同時に診ていました。その中で何人か亡くなる方もおられて……。その時はとても辛かったです。

**藤岡**　そんなにたくさんの患者さんが同時に来られたのですか？

**石野先生**　はい。北部医療センターは、丹後半島のコロナ患者を診てましたから。

**藤岡**　丹後半島って……。私が住んでいる京都市内では、救急車の受け入れを断る病院もありました。北部医療センターではそういうことはなかったんですか？　こちらは手いっぱいなので他の病院に行ってください、のような。

**石野先生**　救急患者の受け入れを拒否するようなことはなかったですね。他の病院といっても、ないですから。すべての患者さんを受け入れて、並行して診ていました。

**藤岡**　……（再び絶句）。病院で当直もしておられるんですよね？

**石野先生**　してますよ。現在は平日が月に一、二回。休日が一回ですね。

**藤岡**　伊根診療所は、どれくらいの頻度で診察されているのですか。

**石野先生**　伊根診療所は、現在は三人の医師で持ち回りをしています。総合診療科のルーキーの医師も週に一回来てくれていますし、私の担当は週に二回です。

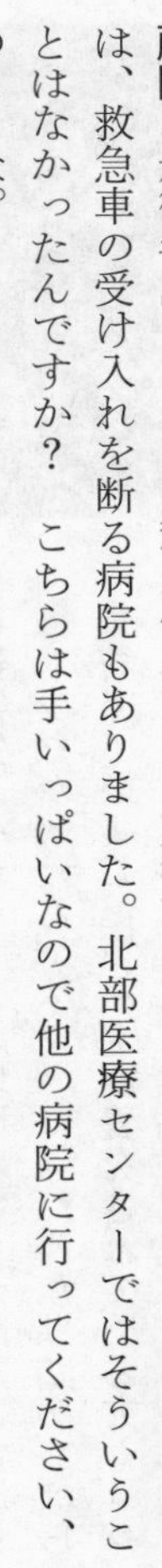

**藤岡**　それに加えて先生は訪問診療もされていて……。睡眠はとれていますか？

**石野先生**　とれていますよ（笑）。でも地域の方たちには、ずいぶんと我慢をしてもらっています。

**藤岡**　我慢？

**石野先生**　ええ、前にもお話ししましたが、訪問診療している患者さんから私が連絡を受ける時間帯は、夜は十二時まで、朝は五時以降でお願いしているんです。実は今朝も四時過ぎに呼吸が止まってしまった患者さんがおられたんですが、ご家族から私への連絡は午前五時を過ぎてからでした。「深夜の呼び出しはしない」という約束を、みなさん守ってくださっています。

**藤岡**　それでも石野先生がおられるおかげで、この地域の方々は自宅療養ができます。それは幸せなことだと思います。私も将来できることなら、住み慣れた自分の家で最期まで過ごしたいです。

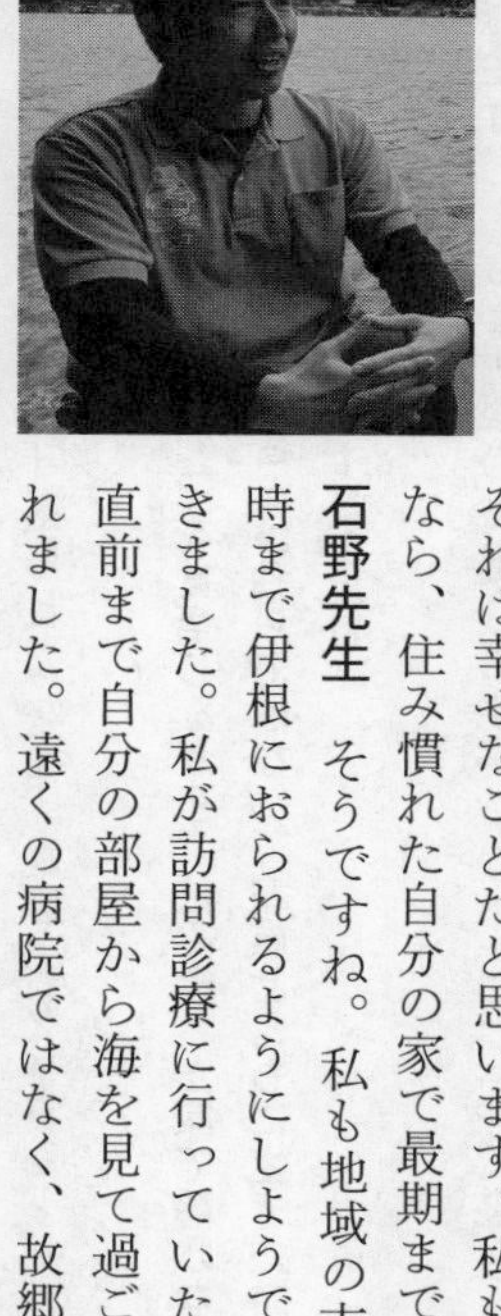

**石野先生**　そうですね。私も地域の方々と、「最期の時まで伊根におられるようにしようで」と話し合ってきました。私が訪問診療に行っていた方に、亡くなる直前まで自分の部屋から海を見て過ごされた方がおられました。遠くの病院ではなく、故郷で亡くなりたい。

そうした希望をどうすれば叶(かな)えられるかを、地域のみなさんと一緒に考えています。

彼はさほど遠くはない自分の死を覚悟しながら、住み慣れた家で静かな時間を過ごしている。あの家にいる限り、トクさんは独りではない。家族とともに生きた時間が家の中に残っている。（『満天のゴール』P132より）

**藤岡**　先生はもともと伊根のご出身ですが、こちらに戻って来られたのは何歳の時だったんですか。

**石野先生**　え……と、三十五歳の時でしたね。

**藤岡**　それまでは京都府立医科大学で勤務しておられたんですか？

**石野先生**　はい、第一内科にいました。

**藤岡**　伊根町には、先生のご希望で戻っていらしたんですか。

**石野先生**　ええ。私は伊根町に住みたくて、医者になりましたから。中学生の時に、友達と、「大人になったらどこに住む？」というような話をしていて、その時に、自分はここに住みたいなと考えていました。伊根町に嫌な思い出がないんですよ。すくすくと育ててもらったんで（笑）。

**藤岡**　それで医師になって、戻って来られた……って、すごすぎます（ため息）。

**石野先生**　私は膠原病科の専門医を十年間やっていたんですけど、それもこの町をゴールとして決めたからなんです。伊根町にひとり医者が必要だとしたら、内科がいいなと思いまして。膠原病科は臓器や免疫システム、つまり全身を診ることができる科なんです。

**藤岡**　私が石野先生のことを初めて知ったのは、丹後地域で問題になっていた「医療過疎」の新聞記事でした（二〇一五年六月）。その記事に、伊根診療所で診察をしている石野先生のことが書いてありました。その時から先生に関する記事を、新聞やネットで探すようになったんです。過疎地と呼ばれる地域で、どのような思いを持って診察をされているのかなと気になってしまって……。

**石野先生**　これまでもこの地域で訪問診療をしてくださる開業医の先生はおられましたし、僻地医療に関心があって来てくださる先生もいました。ですが、その方たちが引退された後など、在宅医療に対応してくださる医師がいなかった時期があるんです。

誰にも救ってもらえないのなら、あなたが救う人になればいい。救われないなら救いなさい。（『満天のゴール』　P272より）

石野先生が勤務している伊根町診療所

**藤岡**　それで伊根に戻られてから、在宅での看取りができるようにと尽力されてきたんですよね。

**石野先生**　そうですね。集落の人たちを対象に集会などを開いてきました。治る病気であれば、もちろん病院で治療する。でももし、もう助からないというのであれば、その人が希望する最期を叶えたいと思っています。

**藤岡**　以前取材に来た時に、先生が主催しておられる集会に参加させていただきました。その時、本当に驚いたんです……。なんていうか、死をこんなに身近に、冷静に、それも和やかに語り合うことができるんだな、と思って。（集会では「劇団伊根」の俳優さんたちが、日常生活の中で死に直面する場面が上演されていた。劇団といっても、集会のために即席で作られたもので、俳優陣は伊根町の職員さんや石野先生の同僚の医師などで構成されている。集まった高齢者の方たちは微笑み（ほほえ）ながら、熱演を観劇

していた）

**石野先生**　集会では劇を観た後、集まった方たちで「寝たきりになったら、どこに行きたい？」というようなことを話し合います。それから「わたしの綴り帖」を書いていきます。病気になる前に準備をするのは、大事なことです（「わたしの綴り帖」は社会福祉協議会が作成したエンディングノートのようなもの）。それは本当に大切だと思います。

**藤岡**　元気な間に、自分の最期の時をどうするかを考える。

**石野先生**　「私は病院がいい」「私は家がいい」など、それぞれ希望があると思うんです。病院で最後を迎えたいと考える方も、もちろんおられます。ただ「家に帰りたいけど、子供たちに迷惑がかかる」、そんな気遣いから在宅の希望を口にしない方もおられる。家族側も「あの人の家族は病院にも連れて行かず、家で死なせた」と周りの人に思われるかもしれない、とか。なので私は、家で看取ってもいいんだ、という雰囲気を作りたいんです。

私はもうずっと前から、こうやって死んでいくと決めていたのよ。自分の寿命を受け入れて、よけいな治療も延命もしない。（『満天のゴール』　P305より）

**藤岡**　この『満天のゴール』という物語には、石野先生の死生観（しせいかん）がとても色濃く反映されています。石野先生に出会えたからこの物語が書けた、といっても言い過（す）ぎではありません。五年前の取材の際、車で山道を走っていた時、石野先生が「この山全体がホスピスなんです」と仰（おっしゃ）っていて……。その言葉をそのまま、物語で使わせていただきました。

**ホスピスのようなものだ、と三上は眩しいものを見るかのように目を細める。トクさんにとってはこの山全体がホスピスなのだ。自分は医師として、この近辺の集落で暮らす人たちのゴールを見届けてきた。（『満天のゴール』　P134より）**

**石野先生**　実は先日、ある男性が自宅で最期を迎えられました。男性の奥さんが看取りをされたのですが、その奥さんは「私はこの人のところに嫁に来て、本当によくしてもらった。ええ人やったから、だから私もこの人の世話をしたかった」と言っておられたんです。

**藤岡**　あ、だめだ、泣いてしまいそう……。

**石野先生**　私はいつも、自分の生きざまが死にざまに反映されると思っています。その人の考え方や生き方は、死に方に出るのだなあ、と。

人は一生に一回しか死ねませんからね。たった一度の死だから、自分にとっても周りにとってても悔いのないものにしたい。誰もがそう考えるのは当たり前です。自分の死が周りを不幸にしてしまったら、浮かばれませんから。（『満天のゴール』　P186より）

**藤岡**　先生と話していると、死が不思議と怖くなくなります。自然なこととして、当たり前に受け入れられるというか。

**石野先生**　生きてきて、ふと気づくと、老いている。老いて、病気になって、終着点にたどり着く。生きていく末に死が——満天のゴールがある。生きることも死ぬことも、それまでの人との関わりの中で決定していくものなのです。

**人が人と関わり続ける限り、相手を想う気持ちが生まれる。（『満天のゴール』　P288より）**

**藤岡**　『満天のゴール』は、
私が石野秀岳先生と
出会い生まれた物語です。
石野先生、
本当にありがとうございました。

●いしのひでたか●
伊根診療所　所長。京都府立医科大学附属北部医療センター総合診療科リウマチ専門医。生まれ育った伊根町で僻地医療や在宅医療に従事。妻と４人の子供と伊根町舟屋に暮らす。

―――本書のプロフィール―――

本書は、二〇一七年十一月に単行本として小学館より刊行された同名小説作品に加筆・改稿し、文庫化したものです。

小学館文庫

# 満天のゴール

著者　藤岡陽子

二〇二三年三月十二日　初版第一刷発行

発行人　飯田昌宏
発行所　株式会社　小学館
〒一〇一-八〇〇一
東京都千代田区一ツ橋二-三-一
電話　編集〇三-三二三〇-五八二七
　　　販売〇三-五二八一-三五五五
印刷所――大日本印刷株式会社

造本には十分注意しておりますが、印刷、製本など製造上の不備がございましたら「制作局コールセンター」（フリーダイヤル〇一二〇-三三六-三四〇）にご連絡ください。（電話受付は、土・日・祝休日を除く九時三〇分～一七時三〇分）本書の無断での複写（コピー）、上演、放送等の二次利用、翻案等は、著作権法上の例外を除き禁じられています。本書の電子データ化などの無断複製は著作権法上の例外を除き禁じられています。代行業者等の第三者による本書の電子的複製も認められておりません。

この文庫の詳しい内容はインターネットで24時間ご覧になれます。
小学館公式ホームページ　https://www.shogakukan.co.jp

©Yoko Fujioka 2023　Printed in Japan

ISBN978-4-09-407234-1

第3回 **警察小説新人賞**

# 作品募集

大賞賞金 **300万円**

**選考委員**

今野 敏氏（作家）

相場英雄氏（作家）　月村了衛氏（作家）　長岡弘樹氏（作家）　東山彰良氏（作家）

**募集要項**

**募集対象**

エンターテインメント性に富んだ、広義の警察小説。警察小説であれば、ホラー、SF、ファンタジーなどの要素を持つ作品も対象に含みます。自作未発表（WEBも含む）、日本語で書かれたものに限ります。

**原稿規格**

▶ 400字詰め原稿用紙換算で200枚以上500枚以内。

▶ A4サイズの用紙に縦組み、40字×40行、横向きに印字、必ず通し番号を入れてください。

▶ ❶表紙【題名、住所、氏名(筆名)、年齢、性別、職業、略歴、文芸賞応募歴、電話番号、メールアドレス（※あれば）を明記】、❷梗概【800字程度】、❸原稿の順に重ね、郵送の場合、右肩をダブルクリップで綴じてください。

▶ WEBでの応募も、書式などは上記に則り、原稿データ形式はMS Word（doc、docx）、テキストでの投稿を推奨します。一太郎データはMS Wordに変換のうえ、投稿してください。

▶ なお手書き原稿の作品は選考対象外となります。

**締切**

**2024年2月16日**

（当日消印有効／WEBの場合は当日24時まで）

**応募宛先**

▼郵送

〒101-8001 東京都千代田区一ツ橋2-3-1
小学館 出版局文芸編集室
「第3回 警察小説新人賞」係

▼WEB投稿

小説丸サイト内の警察小説新人賞ページのWEB投稿「こちらから応募する」をクリックし、原稿をアップロードしてください。

**発表**

▼最終候補作

文芸情報サイト「小説丸」にて2024年7月1日発表

▼受賞作

文芸情報サイト「小説丸」にて2024年8月1日発表

**出版権他**

受賞作の出版権は小学館に帰属し、出版に際しては規定の印税が支払われます。また、雑誌掲載権、WEB上の掲載権及び二次的利用権（映像化、コミック化、ゲーム化など）も小学館に帰属します。

警察小説新人賞　検索　くわしくは文芸情報サイト「小説丸」で

www.shosetsu-maru.com/pr/keisatsu-shosetsu/